Harri Nykänen

# Raid und der Brandstifter

Kriminalroman

Aus dem Finnischen von
Regine Pirschel



grafit

## Der Autor

Harri Nykänen, geb. 1953, arbeitete viele Jahre lang als Polizeireporter bei *Helsingin Sanomat,* der größten finnischen Tageszeitung. Heute lebt der Schöpfer der *Raid*-Romane als freier Schriftsteller in Helsinki. Eine 12-teilige Fernsehserie zu den Krimis avancierte in Finnland zur erfolgreichsten Serie aller Zeiten, außerdem wurde *Raid* für das Kino auf Zelluloid gebannt. *Schwärzer als ein schwarzes Schaf* (Grafit 2002) wurde 2001 mit dem ›Vuoden johtolanka‹, dem finnischen Krimipreis, ausgezeichnet.

# 1.

»Verpiss dich!«

Der junge Bursche mit den langen Haaren, der die Schlange vor dem Laden anführte, hielt dem dreisten Blick des Mannes, der einen Kopf kleiner, aber stämmiger als er selbst war, nicht stand. Er trat zur Seite, und der Stämmige nahm seinen Platz ein. Der Eroberer freute sich nicht über seinen Sieg, sondern blickte finster auf die geschlossene Luke.

Raid hielt auf seinem Weg durch den Gang inne und betrachtete die Schlange. Einige der Wartenden drehten sich zu ihm um, die anderen konzentrierten sich nur auf sich selbst.

»Wer ist der Drängler?«, fragte Raid.

»Happonen ..., halte dich von ihm fern«, riet ihm der Wärter.

»Sicher.«

Der Wärter war ein magerer, rotwangiger Bursche. Seine Uniform saß schlecht, die Hose beulte über dem Hintern.

Auf dem Gang kamen ihnen zwei weitere Beamte entgegen, zwischen sich führten sie einen Häftling, aus dessen Handgelenk Blut floss. Der Mann wimmerte leise.

Raid und sein Begleiter machten Platz, der Wärter wich den Blutflecken auf dem Fußboden aus.

»Es ist bestimmt schon das zehnte Mal, dass sich der Mann die Pulsadern aufgeschlitzt hat. Ihm gefällt es im Krankenhaus besser als hier.«

Der vorige Zellenbewohner war philosophisch veranlagt, aber sehr bedacht auf sein Geld gewesen. Über dem Kopfende des Bettes prangte die Inschrift an der Wand: *Kein Rausch ist besser als der Tod, niemand ist zurückgekommen, um sich zu beklagen.* Über dem Fußende stand in derselben kultivierten Handschrift: *Wenn dir nach masturbieren zu Mute ist, denk an Alli Paasikivi.*

Und unter dem Paasikivi-Spruch:
*Außenstände*
Es folgten etwa zehn verschiedene Posten.
*Mika, Kasettenrekorder und Kofferfernseher, zusammen 1110*
*Pasi, Uhr, 110*
*Tinde, Kamera, 480*
*Jussi, Radio, 600*
Die Aufzählung endete mit der Mahnung:
*Ihr schuldet mir insgesamt 8350 mk.*

Die Zelle maß drei mal drei Meter, war aber wesentlich höher. Die geschwungene Decke und die Höhe ließen sie wie einen Schacht wirken. An der Decke befand sich ein Rauchmelder, aber seine Batterie war schon vor Zeiten für andere Zwecke verwendet worden.

Die Wände waren weiß gestrichen, der Fußboden grau. Die metallverkleidete Tür hatte die Farbe von Preiselbeergrieß. Es blieb ein Rätsel, unter welchem innenarchitektonischen oder psychologischen Aspekt die Farbe ausgewählt worden war. Eine mögliche Erklärung war, dass es sich um preiswerte Restbestände aus der Fabrik gehandelt und die Farbe dabei keine Rolle gespielt hatte.

In der Tür befand sich der mit einer Metallklappe versehene Spion.

»Du kennst wahrscheinlich die Gepflogenheiten des Hauses«, sagte der Wärter.

»Ich denke schon.«

Die Zelle lag im Westflügel des Gefängnisses, im untersten Geschoss und teilweise unter der Erde. Durch das Gitterfenster sah man das rote Dach des gegenüberliegenden Hauses und einen Streifen grauer Himmel.

Die Einrichtung war spartanisch: ein im Fußboden verankertes Metallbett, ein Stuhl und ein kleiner, beinloser Tisch, der an der Wand befestigt war. An den Wänden hafteten Reste von Klebestreifen, die die Bilder der Traumfrauen des vorigen Bewohners gehalten hatten. Aus der Anzahl der Spuren ließ sich erkennen, dass es fünf Traumfrauen gewesen waren.

Raid lauschte eine Weile, aber die Geräusche der Zivilwelt drangen nicht bis in die Zelle. Das Gefängnis war ein Ort, aus dem jeglicher Geschmack normalen Lebens herausgefiltert wurde. Hier schmeckte alles gleich, irgendwie künstlich, nach Ersatzstoff. Im Gefängnis wurde gegessen, aber keine Speisen, sondern Gefängniskost, im Gefängnis gab es Kumpel, aber nur Gefängniskumpel. Wenn man rauskam, vergaß man sie am besten, sonst wurden sie zu einer ebenso hartnäckigen Plage wie nigerianischer Tripper.

Die Fußböden und Wände, das Bettzeug, die Häftlingskleidung, selbst die im Laden erworbene Seife rochen nach Gefängnis. Das Gefängnis war wie ein stinkender Kühlschrank, in dem alles, was man hineinlegte, den Geruch annahm.

Irgendjemand hatte einmal gesagt, dass es sogar dann, wenn man die eigene Frau im Besucherraum des Gefängnisses fickte, anders war, als man es von zu Hause gewöhnt war. Auch sie hatte sich auf dem Weg vom Tor infiziert.

Raid war zum vierten Mal im Gefängnis. Er hatte zwei lange und einen kurzen Aufenthalt hinter sich. Beim letzten hatte man ihn wegen Mangels an Beweisen freigelassen. Außerdem war er ein halbes Dutzend Mal verhaftet worden oder in Polizeigewahrsam gekommen. Diese Aufenthalte zählte er nicht mit.

Das erste Mal in Schweden war am schlimmsten gewesen. Raid erinnerte sich, wie er buchstäblich sein Gehirn entleeren musste, um auszuhalten, dass die Wände, die Stahltüren und die Mauern seinen Bewegungsdrang bremsten. Er schaute, ohne zu sehen, lauschte, ohne zu hören. Er hätte schreien und toben mögen, beherrschte sich aber gewaltsam.

Noch schlimmer war es, als man ihn wegen Misshandlung eines Mithäftlings, der sich für den King des Gefängnisses hielt, für zwei Monate in die Isolierzelle steckte. Er hatte dem Kerl beide Hände gebrochen. Der gab danach seine Illusionen auf und kehrte wieder auf den Boden der Tatsachen zurück. Sogar die Wärter feierten Raids Tat als das positive Ereignis der Woche.

Für den Insassen der Isolierzelle gab es keinen Hofgang, nur ein paar kurze Schritte auf dem Flur. Das Essen wurde in die Zelle gebracht. Das ganze Leben spielte sich auf ein paar dunklen Quadratmetern ab.

Eine zusätzliche Erschwernis bei diesem ersten Gefängnisaufenthalt war noch die Tatsache, dass Raid sich kurz zuvor verliebt hatte. Er schrieb der Frau, bekam aber keine Antwort.

Zum ersten Mal in seinem Leben dachte er daran, sich umzubringen. Er verbrachte ganze Tage damit, über Methoden nachzugrübeln, wie man schnell und schmerzlos sterben konnte.

Er war überzeugt, dass er all das nicht ausgehalten hätte ohne den finnischen Landsmann, der im Gefängnis arbeitete. Der nahm ihn unter seine Fittiche, verschaffte ihm kleine Freiheiten, half ihm hier und da und sah nach ihm. Mit seiner Hilfe kam Raid über das Schlimmste hinweg.

Der zweite Gefängnisaufenthalt war dann bereits viel leichter und der dritte schon beinah Routine. Raid hatte inzwischen gelernt, wie man klarkam. Er wusste, wie man sich in den Rhythmus des Gefängnisses fügte, wusste um die Bedeutung der alltäglichen Verrichtungen. Die Träume musste man noch als Embryos töten, vom Zivilleben nur die unangenehmen Dinge im Gedächtnis behalten.

Auch die ungeschriebenen Gesetze und die Hierarchie des Gefängnisses verinnerlichte er schnell. Man durfte niemanden verpfeifen, musste zu den Wärtern Abstand halten, durfte sich nur um seine eigenen Angelegenheiten kümmern. Obwohl er jung war, erlaubte er niemandem, ihn herumzukommandieren. Und nachdem er jenem Arschloch die Hände gebrochen hatte, hatte das auch niemand mehr versucht.

Raid legte seine Habseligkeiten aufs Bett und ordnete sie, so gut es ging. Außer einigen Kleidungsstücken besaß er nur die Einkäufe aus dem Laden: ein Paket Nescafé, Orangensaft, eine Packung Kekse, eine Tube Zahnpasta und eine Zahnbürste.

Als er seine Sachen eingeräumt hatte, ging er in die Teeküche, um Wasser zu kochen und sich Kaffee zu machen. Es war Nachmittag, und in der Küche befanden sich außer ihm nur drei Männer, einer von ihnen fegte den Fußboden.

Die beiden anderen saßen am Fenster und blickten auf den Hof. Einer war um die dreißig und tätowiert, der andere etwa zwanzig Jahre älter. Sie hätten Vater und Sohn sein können. Seit Raid den Raum betreten hatte, hatte keiner der beiden ein Wort gesagt. Jetzt stand der Jüngere auf und kam zu ihm.

»Verkaufst du mir Nes für eine Tasse?«

»Ich geb einen aus.«

Der Mann zögerte, denn Nescafé war im Gefängnis gefragte Valuta, ebenso wie Zigaretten. Damit konnte man einen Schläger bezahlen oder den Tod bestellen.

»Kriegt mein Kumpel auch welchen?«

»Bedient euch.«

Der Mann schüttete Nescafé in seinen Becher und erhitzte Wasser in der Mikrowelle. Der andere tat es ihm gleich.

Der Ältere betrachtete Raid von der Seite. Sein Augenwinkel musste früher einmal von einem Schlag getroffen worden sein, und das Narbengewebe zwang ihn, schräg nach oben zu schielen.

»Sind wir uns schon mal begegnet?«

Raid kannte den Mann nicht.

»Bist du in Schweden gewesen?«, fragte der weiter.

Raid nickte.

»Dort also.«

»Vielleicht.«

Der Mann neigte den Kopf, um Raid mit seinem vernarbten Auge genauer betrachten zu können. Plötzlich blickte er unsicher, dann fast ängstlich. Er setzte sich wieder zu seinem Freund an den Tisch und sagte nichts mehr.

Der junge Wärter kam den Gang entlang, die schweren Absätze seiner Dienstschuhe dröhnten auf dem Fußboden. Er blieb vor Raid stehen.

»Der Direktor will dich sprechen.«

Raid biss ein Stück von seinem Schokokeks ab.

»Jetzt sofort!«

»Lass ihn wenigstens aufessen«, sagte der ältere Häftling.

»Misch dich nicht ein, Pesonen.«

Raid ließ sich nicht stören, sondern kaute seinen Keks und trank den Kaffee aus. Dann stand er auf.

»Lassen wir den Direktor also nicht warten.«

Raid wurde nicht gleich vorgelassen, er musste eine Weile vor der Tür stehen. Das Fenster am Ende des Flurs ging aufs Meer hinaus. Schließlich kam ein etwa fünfzigjähriger Mann im Trainingsanzug aus dem Büro des Direktors. Er sagte zu Raid: »Sieh dich vor, er hat verdammt schlechte Laune.«

»Ich auch.«

Der Wärter spähte ins Büro, dann sagte er: »Du kannst reingehen.«

Das Dienstzimmer von Direktor Yrjölä war nicht groß, und durch die vielen Möbel unterschiedlichen Stils, mit denen es voll gestopft war, wirkte es noch beengter. An der Wand hing das offizielle Porträt der Staatspräsidentin, daneben das Landschaftsbild eines untalentierten Anstaltsinsassen und eine Luftaufnahme des Gefängnisses. Der Direktor hatte einen dünnen Stapel Papier vor sich liegen. Alle Gegenstände auf seinem Schreibtisch waren wohl geordnet.

»Setz dich auf deinen Hintern.«

Yrjölä war um die sechzig und reichlich übergewichtig. Auf seinen Wangen lag die typische helle Röte des Bluthochdrucks. Alle Anzeichen deuteten darauf hin, dass der Staat ihm nicht lange würde Rente zahlen müssen. Yrjölä studierte die Papiere, die er vor sich hatte.

»Ich weiß, wer du bist. Ich habe hier den Auszug aus dem Strafregister und ein paar andere Unterlagen, die mir aus Schweden gefaxt worden sind. Ich verstehe nur nicht, was unserem kleinen und unbedeutenden Gefängnis diese Ehre verschafft. Kannst du es mir erzählen?«

»Schwer zu sagen.«

»Wenn man den Behörden unseres Nachbarlandes glauben darf, hast du in Schweden und Dänemark einen beachtlichen Ruf. Große Fälle, große Namen. Denkst du, wir sind so naiv zu glauben, dass du das lächerliche Bußgeld freiwillig in eine Haftstrafe hast umwandeln lassen, um sie hier abzusitzen?«

Der Direktor nahm aus der Seitentasche seines grauen Sakkos eine Schachtel Zigarillos und zündete sich einen an. Er hielt Raid die Schachtel hin.

»Willst du auch einen?«

»Nein, danke.«

Der Direktor paffte und fixierte Raid durch die Rauchwolke.

»Wir haben uns natürlich mit der Polizei in Verbindung gesetzt. Dort klären sie gerade, warum du hier bist. Das eine sage ich dir: Solltest du irgendwas vorhaben, es wird nicht klappen.«

»Was soll ich vorhaben?«

»Was auch immer, es wird nicht klappen, und statt zwei Wochen hast du plötzlich zwei Jahre am Hals. Das dürfte keine verlockende Aussicht sein.«

»Nein«, gab Raid zu.

»Ich gehe in einem halben Jahr in Pension. Auch wenn ich es selbst sage, ich habe meinen Job gut gemacht. Ich will nicht im letzten Moment noch irgendwelche Scherereien haben.«

»Wer würde das schon wollen?«

»Einigen wir uns darauf, dass du dich anständig führst, dann kommst du raus, ehe das Laub von den Bäumen fällt.«

Raid überdachte Yrjöläs poetisches Angebot.

»Muss ich die Tagesdecke falten?«

»Wenn du nichts machst, was mir graue Haare verursacht, dann wirst du merken, dass es hier beinah angenehm ist. Das Essen ist gut und gesund, und es gibt genügend Freizeitmöglichkeiten. Zwei Wochen vergehen bei Vollpension wie im Flug. Es wird dir so gut gefallen, dass du gar nicht mehr wegwillst«

»Kaum.«

»Abgemacht?«

»Meinetwegen.«

»Hand drauf?«

Yrjölä streckte seine Hand aus.

Raid zögerte, dann schlug er ein.

Raid ging in die Bibliothek, lieh sich ein paar Zeitschriften aus und kehrte in seine Zelle zurück. Im Gang hing starker Essensgeruch. Raid schnupperte und ahnte, dass es Kohlauflauf geben würde.

Beim Abendessen spürte er, wie er von allen Seiten angestarrt wurde. Die Kunde hatte sich schnell verbreitet. Es kam jedoch niemand zu ihm, um sich mit ihm zu unterhalten.

Als er gegessen hatte, setzte er die Erkundung des Hauses fort.

Die Gefängniskapelle befand sich im Westflügel. Raid verharrte in der Tür und sah sich den Raum an. Die Kapelle war ziemlich groß. In die langen grauen Holzbänke passten mindestens hundert Andachtsteilnehmer. Der mit rotem Samt ausgekleidete Altar war prächtig wie in einer Dorfkirche, dahinter befanden sich zwei Altarbilder und Bleiglasfenster, die nach Westen gingen.

Rechts vor dem Altar stand ein großer schwarzer Flügel. Außerdem standen vorn im Raum ein Klavier und an der anderen Wand ein Harmonium.

In den verzierten Tafeln rechts und links steckten die Nummern der Lieder. Unter der rechten Tafel stand die Bank für die Wärter.

Am Ostgiebel befand sich ein großer staubiger Dachboden, der als Abstellraum genutzt wurde, dort lagerten alte Möbel und leere Pappkartons. An die blaugraue Zwischendecke hatte jemand goldene Sterne gemalt.

Wenn viele Besucher ins Gefängnis kamen, wurde die Kapelle auch für die Begegnung von Häftlingen mit ihren Angehörigen genutzt. Unmittelbar am Eingang stand ein langer schmaler Tisch, der durch eine Plexiglasscheibe in der Mitte geteilt war: eine Hälfte für die Häftlinge und eine für die Besucher.

Raid sog den schweren Geruch der Kapelle ein. Es roch nach feuchten Leinentüchern, staubigen Gesangbüchern und mit Kerzenrauch gesättigtem Holz, aber auch ein wenig nach alter Farbe, nach Reinigungsmitteln und nach Bohnerwachs.

Raid hörte, dass jemand hereinkam, und drehte sich um.

»Nicht nur irdische Dinge bestimmen den Geruch, sondern auch ein bisschen Himmel und Hölle, Todesangst und Verheißung des ewigen Lebens. Ich komme jeden Tag hierher, um zu schnuppern und herauszufinden, wonach es hier riecht.«

Der Mann musterte Raid ernst. Dann streckte er die Hand aus, und Raid drückte sie. Der Mann gab seine Hand nicht gleich frei, sondern sah ihn an.

»Ich hatte mich gefragt, ob ich dich wiedererkenne, wenn du kommst, aber die Befürchtung war überflüssig.«

»Dito.«

»Zwanzig Jahre verändern einen Menschen.«

»Stimmt.«

Raid fand, dass sich der Mann in den zwanzig Jahren nur wenig verändert hatte. Er hatte etwas zugenommen, und die dichten Haare waren ergraut, das war alles. Dieselben blaugrauen, freundlichen Augen, die Raid geholfen hatten, Isolation und Einsamkeit zu ertragen.

Der Mann fuhr sich mit der freien Hand durchs Haar.

»Grau, aber zum Glück noch vorhanden.«

Er ließ Raids Hand los.

»Kommst du aus Schweden?«

»Genau.«

»Ich war mir nicht sicher, ob dich die Nachricht erreicht …, und selbst wenn, so wusste ich nicht, ob du kommen würdest …, ich fragte mich, ob ich überhaupt das Recht hatte, dich zu rufen.«

»Wer, wenn nicht du. Du hast mich gerufen, und ich bin gekommen.«

»Schon allein dafür vielen Dank.«

»Worum geht es?«

»Reden wir später darüber. Erst möchte ich hören, was du in den zwanzig Jahren getrieben hast.«

Raids Miene wurde verschlossen.

Der Mann lachte. »Du brauchst nicht ins Detail zu gehen.«

## 2.

Kommissar Jansson hatte an diesem Morgen nur herumgeschimpft.

Beim Frühstück nörgelte er, weil seine Frau die Seiten der Tageszeitung durcheinander gebracht hatte, und bemängelte, dass der Kaffee zu stark sei. Und im Kühlschrank gab es nur fettarme Milch, Leichtmargarine und die falsche Sorte Orangensaft.

»Lass deine Wut nicht an mir aus, du hast dein Los selbst gewählt«, sagte seine Frau.

»Wer spricht denn hier von der Arbeit!«

»Um die geht es doch.«

»Keineswegs.«

»Doch.«

»Nein.«

Seine Frau sah ihn an und schüttelte den Kopf.

Jansson wusste, dass er für sie so durchsichtig war wie Plexiglas, und das verstärkte noch seinen Ärger.

»Ich habe dir gleich gesagt, dass dir die Aufgabe nicht gefallen wird«, sagte sie. »Es gibt Männer der Praxis und Männer der Verwaltung. Du bist ein Mann der Praxis, und noch dazu ein guter, wie du wohl im Laufe der Jahre selbst gemerkt haben dürftest.«

»Wer hat gesagt, dass sie mir nicht gefällt?«

»Man merkt es.«

»Es macht mich rasend, dass in diesem Haushalt keine vernünftige Ordnung herrscht. Überall liegen Sachen rum, Staubflocken wirbeln über den Fußboden, und die Spüle ist mit dreckigem Geschirr voll gestellt ...«

Jansson trank seinen Kaffee im Stehen aus und knallte die

Tasse ins Spülbecken. Dort standen bereits sein Saftglas und das Geschirr vom Vorabend.

»Soll ich vielleicht nach einem anstrengenden Arbeitstag auch noch putzen und abwaschen?«

Jansson wusste, dass er sich auf gefährliches Terrain begab, kümmerte sich in seiner Wut aber nicht darum. Er brauchte seine Tagesration Adrenalin.

»Ach ja?«, fragte seine Frau und verengte die Augen zu Schlitzen wie ein Scharfschütze, der sich auf den tödlichen Schuss vorbereitet.

»Ja.«

»Wessen Sachen sind es denn, die herumliegen, und wer stellt sein Geschirr ins Spülbecken, obwohl einen halben Meter weiter eine Geschirrspülmaschine steht?«

»Ich jedenfalls nicht.«

»Außerdem bist du in dieser Familie nicht der Einzige mit langen Arbeitstagen, falls es dir noch nicht aufgefallen ist.«

»Ich leiste meinen Teil, leiste du deinen.«

»Was ist dein Teil, und was meiner?«

»Ich kümmere mich ums Haus. Wer hat denn die Veranda und die Toilette repariert und den Schuppen angestrichen? Wer mäht den Rasen und beschneidet die Apfelbäume …?«

»Plagen dich etwa die Wechseljahre?«, fragte seine Frau bissig.

»Herrgott nochmal, jetzt reicht es!«

Jansson schlug mit der Faust auf den Tisch und stieß wütend die Zeitung beiseite. Er ging ins Bad, hörte aber noch die letzte Bemerkung seiner Frau: »Mach dir nichts vor.«

»Himmel, Arsch und Zwirn!«, wetterte Jansson.

Er bereute inzwischen, dass er eingewilligt hatte, die Krankenvertretung für seinen Chef Tuomela zu machen. Tuomela hatte fast ein Jahr auf seine Bypassoperation gewartet, und schließlich war er an die Reihe gekommen. Man hatte ihn vor zwei Wochen operiert, und seine Genesung machte gute Fortschritte.

Tuomela selbst hatte Jansson für die Vertretung vorgeschlagen, und die Hakala war einverstanden gewesen. Jansson hatte vor allem Tuomela zuliebe eingewilligt, er betrachtete es als einen Freundschaftsdienst.

Jansson musste zugeben, dass seine Frau Recht hatte. Er war mit seinem Los als Kriminalkommissar immer zufrieden gewesen und hatte nicht nach höheren Ämtern gestrebt, da mit ihnen zu viel Papierkram verbunden war.

Jansson ließ sich zehn Minuten von der Dusche berieseln. Dann trocknete er sich ab und schaute dabei nach draußen. Das Badfenster gab den Blick auf die Apfelbäume und die große Pappel frei. Dieser riesige Baum lag Jansson besonders am Herzen, obwohl er nicht nur ihm selbst, sondern auch den Nachbarn viel Ärger bereitete. Im Frühsommer, wenn die Pappel samte, waren der Rasen und der Asphalt mit weißen Watteflöckchen übersät, sodass es aussah, als hätte es geschneit. Aus den Wurzeln unter dem Rasen sprossen schnell wachsende Schößlinge, die immer wieder ausgerissen werden mussten. Im Herbst warf der Baum eine riesige Menge Blätter ab, die nur langsam auf dem Kompost verfaulten. Außerdem beklagten sich die Nachbarn, dass die Blätter auch auf ihr Grundstück fielen.

Aber an den milden Augustabenden spannte Jansson zwischen den Apfelbäumen eine Hängematte und lauschte dem Rascheln der Pappelblätter im Wind. Dann war es, als wollte sich der Baum für all die Mühe, die er verursachte, entschuldigen.

Jetzt war Ende September und der Baum hatte bereits einen Teil seiner Blätter abgeworfen. Jansson hatte sie auf dem Rasen zu einem Haufen zusammengeharkt. Er sah, dass er die Harke versehentlich zurückgelassen hatte, sie lehnte am Apfelbaum.

Als die Kinder klein gewesen waren, hatten sie unter eben diesem Apfelbaum einen riesigen Blätterhaufen zusammengeharkt und waren von oben hineingesprungen. Die Pappel nahm dem Boden die Lebenskraft, sodass der Apfelbaum von kümmerlichem Wuchs war und meist nur wenige Früchte trug. Sie schmeckten jedoch gut, ein wenig wie Birnen.

Im Garten standen drei Apfelbäume. Als Jansson seinerzeit das Haus bezogen hatte, waren es fünf gewesen. Einer war innen ganz morsch gewesen. Jansson hatte ihn gefällt und die Wurzeln ausgegraben.

Ein zweiter Baum hatte vor sich hin gekümmert und keine Früchte getragen. Die meisten Äste waren vertrocknet, sodass keine Aussicht auf Besserung bestand. Jansson fällte auch diesen Baum, bekam aber den Stumpf nicht aus dem Boden, weil die Wurzeln sehr zäh waren. Schließlich kaufte er ein paar Stäbe Dynamit und Zündschnur.

Er grub eine Höhlung unter die Wurzeln und legte einen Dynamitstab hinein. Die Ladung war zu schwach, und der Stumpf hielt stand. Jansson steckte eine stärkere Ladung in die Höhlung und warf ein paar alte Flickenteppiche darüber.

Er vergewisserte sich, dass die Oma der Nachbarsfamilie nicht draußen war, und zündete die Schnur. Die Detonation war so stark, dass sich die Flickenteppiche in einzelnen Fetzen über die Apfelbäume und das Hausdach verteilten.

Die Oma vom Nachbarn kam mit eingedrehten Lockenwicklern aus dem Haus.

»Ach du liebe Zeit, ich dachte schon, es gibt Krieg ...«

Der Stumpf war in viele Stücke gerissen worden, und den Rest hatte Jansson mit der Brechstange aus dem Boden geholt.

»Andere wollen auch noch rein«, rief seine Frau durch den Türspalt.

Jansson zog sich den Bademantel an und versuchte, an seiner Frau vorbeizugehen, aber sie hielt ihn fest.

»Ist es wegen der Arbeit?«, fragte sie und ergriff seine Hand.

»Auch ..., unter anderem.«

»Wann kommt Tuomela zurück?«

»Im März, wenn alles gut geht.«

»Das sind ja nur noch fünf Monate, die wirst du schon ertragen.«

»Ich bin mir nicht mehr so sicher.«

Seine Frau strich ihm über die Wange.

»Doch, das wirst du. Du erträgst eine ganze Menge, wenn du nur willst.«

»Ich bin nicht dazu geschaffen, mich wegen Überstundenbezahlung oder Winterurlaub herumzustreiten. Der Job besteht bloß aus Papierkram.«

»Vielleicht hast du die falsche Einstellung.«

»Ich habe genau die richtige Einstellung ...«

»Denk in größeren Bahnen, zum Beispiel, ob du irgendetwas ändern oder verbessern kannst.«

»Das ist leicht gesagt.«

»Beseitige die Missstände, die du als Ermittlungsleiter festgestellt hast, versuch es wenigstens. Das ist Herausforderung genug. Tuomela mag bestimmt auch keinen Papierkram, aber er weiß, dass es ohne nicht geht.«

»Tuomela hat das ganz ausgezeichnet gemacht.«

»Hattest du angenommen, dass du dir die Rosinen herauspicken kannst? Auf den Stuhl des Abteilungsleiters klettern und trotzdem machen kannst, worauf du Lust hast?«

»Allerdings.«

»Da hast du falsch gedacht. Macht bringt Verantwortung mit sich ... An deiner Stelle würde ich mit Tuomela reden, er kann dir bestimmt gute Ratschläge geben.«

»Tuomela erwartet, dass ich den Job mache, da ich ihn einmal angenommen habe. Ich möchte ihn nicht zusätzlich mit meinen Sorgen belasten.«

»Tuomela sieht das bestimmt nicht so. Er würde es zu schätzen wissen.«

Als Jansson zur Arbeit kam, war er schon ein wenig milder gestimmt. Er machte einen Abstecher in die Kantine und kaufte sich drei Flaschen Mineralwasser.

Er hatte vorläufig noch sein altes Zimmer behalten können, obwohl er, als Tuomelas Vertreter, jetzt Leiter der Abteilung war. Es reichte zunächst, dass die Anrufe zu ihm hineingestellt wurden. Die Hakala trieb ihn jedoch zum Umzug, denn sie hatte einen Berater ins Haus geholt, der die Motivation der Mitarbeiter untersuchen sollte, und dieser Berater brauchte einen Raum.

Die zwei Tausender Gehaltserhöhung, die am Amt des Oberkommissars hingen, rechtfertigten nach Janssons Meinung den Umzug nicht. Trotzdem hatte er bereits angefangen, seine wichtigsten Papiere in einen Karton zu packen.

Janssons eigene Einheit leitete vertretungsweise Kriminalkommissar Seppo Jokela vom Branddezernat.

Jansson sah zwei Stunden lang Papiere durch, zeichnete sie ab und leitete sie weiter, die meisten an die Mitarbeiter oder ins Innenministerium. Dann las er die aus dem Ministerium eingetroffenen Vorlagen und Anfragen. Mit einigen war er schnell fertig, andere legte er auf einen gesonderten Stapel, um sich zu einem günstigeren Zeitpunkt damit zu befassen.

Als er die dringlichsten Fälle erledigt hatte, griff er sich sein Jackett von der Stuhllehne und machte sich auf die Suche nach Huusko. In Huuskos Zimmer war niemand. Es herrschte die übliche Unordnung. An der Wand stand eine große Sporttasche, deren Inhalt Jansson erahnte: eine saubere Hose, mehrere Unterhosen, schmutzige Socken und Hemden und vielleicht ein paar Bierdosen, die von der Fähre nach Tallinn stammten.

Für Huusko bedeutete ein Umzug, dass er seine Tasche woanders abstellte, im Allgemeinen bei seiner neuesten Freundin. In der Zwischenzeit kam er manchmal bei Kollegen unter. Einmal hatte er einen ganzen Sommer lang auf Tuomelas Boot in Kaisaniemi gewohnt.

Es war einer der schönsten Sommer des Jahrhunderts gewesen, und Huusko dachte immer noch mit Wehmut daran. Mitten in der Stadt und am Wasser zu wohnen, die Bierterrassen und Tanzplätze nur einen Steinwurf entfernt!

Das Zuhause war für Huusko ein indifferenterer Begriff als für andere, aber neuerdings machte er anscheinend Anstalten zum Erwerb einer Wohnung, wie Jansson bemerkt hatte. Er hatte Huusko dabei überrascht, wie er Wohnungsinserate las. Auch jetzt lag auf seinem Schreibtisch das Infoblatt einer Bank, in dem es um Wohnungskredite ging.

Jansson hatte beschlossen, Huusko zu helfen, und hatte einen früheren Mitarbeiter angerufen, der jetzt bei einer Versicherungsgesellschaft arbeitete. Der Mann hatte versprochen, sich zu melden, wenn er eine passende Wohnung für Huusko gefunden hätte.

Auch Sanna Susisaaris Zimmer war leer. Jansson fand beide im Beratungsraum, wo sie mit Jokela zusammensaßen. Als Vierter war ein Ermittler des Branddezernats dabei.

»Du kommst gerade richtig«, sagte Jokela.

Jokela war zwei Jahre jünger als Jansson. Früher war er ein begeisterter Fünfkämpfer gewesen, aber in den letzten Jahren hatte er an Gewicht zugelegt. Gleichzeitig hatten sich seine Haare an den Schläfen und am Scheitel gelichtet. Er wirkte freundlich, und das war er auch.

Jokela arbeitete bereits seit zehn Jahren im Branddezernat der Abteilung für Gewaltdelikte und kannte sich aus. Jansson hielt ihn für einen guten Polizisten. Auch Janssons Mitarbeiter mochten ihn, mit Ausnahme von Huusko, für dessen Geschmack Jokela zu bieder war.

Jokela stand im Ruf, ein außerordentlich guter Vernehmer zu sein, und die schwierigsten und heikelsten Fälle wurden im Allgemeinen ihm übertragen. Jokela besaß die Gabe, Menschen dazu zu bringen, sich zu öffnen.

»Gibt es etwas Besonderes?«

Jansson fühlte sich fast als Eindringling. Sanna Susisaari bemerkte es und half ihm.

»Möchtest du Kaffee?«

Jansson nickte und bekam einen Pappbecher in die Hand gedrückt.

»So kann man es auch nennen. Wir haben die Chance unseres Lebens, Luotola zu schnappen«, sagte Huusko.

»Etwa Rainer Luotola?«

»Genau den.«

Luotola war ein Geschäftsmann, der in Kauniainen wohnte und gegen den bereits seit mehr als zehn Jahren ressortübergreifend ermittelt wurde.

Die Spezialisten für Wirtschaftkriminalität verdächtigten

ihn der Steuerhinterziehung in Millionenhöhe, der Urkundenfälschung und des Versicherungsbetrugs. Sein Vermögen in Höhe von mindestens zweihundert Millionen Mark war hauptsächlich in Grundbesitz und in Immobilien angelegt. Es gab Hinweise, dass außerdem zig Millionen ins Ausland geschafft worden waren.

Jansson und Huusko wiederum verdächtigten ihn der Anstiftung zum Mord in zwei Fällen. Das eine Opfer war Luotolas ehemaliger Anwalt und das zweite der Buchhalter seiner Firma gewesen. Beweise hatte man nie gefunden, auch wenn Luotola zwei Tage inhaftiert gewesen war.

Der Anwalt und der Buchhalter waren in Luotolas Sommerhütte auf einer Insel gewesen, um zu angeln. Die Hütte war bis auf die Grundmauern niedergebrannt, und beide Männer waren dabei umgekommen.

Die Ermittlungen zur Brandursache hatten ergeben, dass das Feuer von einem mit Gas betriebenen Katalytheizkörper ausgegangen war, an dem sich ein Handtuch entzündet hatte, das in unmittelbarer Nähe hing. Die beiden Männer hatten geschlafen. Das Kohlenmonoxyd und die Rauchgase hatten sie zunächst bewusstlos gemacht und die Flammen hatten den Rest besorgt.

Jansson hatte einen Hinweis erhalten, dass der Brand kein Unfall gewesen war. Der Anwalt und der Buchhalter hatten sich von Luotolas Vermögen privat etwas abgezweigt und daraufhin hatte er sie aus dem Weg geräumt und bei der Gelegenheit sämtliches Beweismaterial verbrannt.

»Wie wollt ihr Luotola denn schnappen?«, fragte Jansson.

»Wer erzählt?«, Huusko sah Jokela fragend an.

»Schieß los«, forderte Jokela ihn auf.

»Im Gefängnis von Katajanokka sitzt ein Kerl namens Span-Johansson, er hat für Luotola gearbeitet, hat Brände gelegt und andere nette Sachen gemacht. Wir haben ihn damals vernommen, als wir die beiden Todesfälle bei dem Brand im Sommerhaus untersuchten, du erinnerst dich bestimmt daran.«

»Luotolas Hausmeister«, bestätigte Jansson.

»Span-Johansson hat den Brand in dem Finanzamt auf dem Kerbholz. Er hat sich sofort in die Sicherheitsabteilung verlegen lassen, weil man ihn töten will, wie er sagt.«

»Warum sollte ihn jemand töten?«

»Weil er zu viel über Luotolas Angelegenheiten weiß.«

»Woher wissen wir das?«

»Ein günstiger Zufall will es, dass jemand aus der Drogenszene, den wir kennen, in der Nachbarzelle sitzt. Er hat jahrelang für das Rauschgiftdezernat als Informant gearbeitet, und mir hat er auch mal geholfen. Vor einigen Jahren habe ich den Mord an seinem Jugendfreund untersucht, und wir sind gut miteinander ausgekommen.«

»Wirklich günstig«, bestätigte Jansson.

»Manchmal findet auch ein blindes Huhn ein Korn«, sagte Huusko.

»Ein Wunder, dass er noch am Leben ist«, bemerkte Sanna Susisaari.

»Dieser Bekannte hat mit Johansson Kontakt knüpfen können, und Johansson hat ihm erzählt, dass die Sache mit dem Finanzamt von Luotola und Rusutvuori in Auftrag gegeben worden ist und dass sie versucht haben, ihn, Johansson, mit den Steuerunterlagen gleich mit zu verbrennen. Er hat sich durch die Dachluke retten können.«

»Hat jemand überprüft, ob Johanssons Geschichte stimmt?«, fragte Jansson.

»Zumindest stimmt es, dass die Dachluke offen war«, sagte der Ermittler aus dem Branddezernat.

»Und die Art der Brandstiftung weist darauf hin, dass Papiere vernichtet werden sollten.«

»Welche Art von Papieren?«

»Luotolas und Rusutvuoris frisierte Unterlagen. In dem Büro stand eine Prüfung an, und da dachten sich die beiden, dass es am besten sei, den ganzen Krempel einfach zu verbrennen.«

Jokela setzte Huuskos Ausführungen fort.

»Wir glauben, dass wir Span-Johansson dazu bringen können, gegen Luotola auszusagen. Er hat wahrscheinlich noch andere ähnliche Aufträge für den Mann erledigt. Vor etwa zehn Jahren ist Luotolas Bootswerft abgebrannt und vor sechs Jahren eine Sperrholzfabrik, dazwischen hat es noch einen Brand in einem Motel gegeben. Die Versicherung hat jedes Mal bezahlt, obwohl alles eindeutig auf Brandstiftung hinwies. Es gab nicht genügend Beweise.«

»Ich habe damals den Brand auf der Bootswerft untersucht«, erzählte der Ermittler aus dem Branddezernat. »Luotola hat sieben Millionen als Entschädigung gekriegt, obwohl die Werft überhaupt keine Aufträge und mehrere Millionen Mark Schulden hatte. Luotola hatte behauptet, dass sich in der Lagerhalle Chemikalien und Rohstoffe im Wert von drei Millionen Mark befanden. Die Lagerhalle war zu Asche verbrannt, und es konnte nicht bewiesen werden, dass die Sachen nicht drin gewesen waren. Wir hatten damals den starken Verdacht, dass der Detektiv der Versicherungsgesellschaft irgendwie in der Sache mit drinsteckte. Die Zahlung erfolgte anstandslos, und die Summe war auffällig hoch. Außerdem wussten wir, dass eben dieser Detektiv in Luotolas Nobelvilla in Florida zu Gast gewesen war.«

»Kennst du Johansson?«

»Der klassische Pyromane, lebt völlig in seiner eigenen Welt und fantasiert vom Feuer. In seiner geistigen Entwicklung befindet er sich ungefähr auf dem Stand eines Sechsjährigen. Die Forscher müssten die Gelegenheit haben, im Schädel dieses Mannes zu stochern, dann bekäme man Einblick in die Seelenlandschaft solcher Feuernarren. Der Kerl war früher in Luotolas Firma als eine Art Hausmeister beschäftigt. Wir haben ihn nach dem Brand in der Bootswerft und der Sperrholzfabrik verhört, nachdem wir von seinem Hobby erfahren hatten, aber ohne Ergebnis.«

»Johansson hat sich selbst der Polizei gestellt«, erinnerte sich Jansson.

»Weil er Angst hatte.«

»Man muss ihm nur begreiflich machen, dass es zu seinem eigenen Vorteil ist, wenn er redet«, sagte Sanna Susisaari.

Jansson war nicht begeistert: »Selbst wenn man ihn zum

Reden bringt, so würde ihm doch niemand glauben. Ein halbverrückter Pyromane gegen den Direktor eines Finanzamtes und einen erfolgreichen Geschäftsmann. Luotola hat gewiefte Anwälte, die kippen das Ganze im Handumdrehen.«

Huusko deckte seine Trumpfkarte auf.

»Johansson hat auch nicht nur Worte. Er hat meinem Informanten erzählt, dass er Unterlagen versteckt hält, die er aus dem Finanzamt mitgenommen hat. Luotolas Papiere – die, die er verbrennen sollte.«

»Hört sich schon besser an.«

»Außerdem kann Kempas noch irgendwelche Informationen in der Sache beisteuern. Er ist zurzeit unterwegs, hat aber versprochen, uns gleich nach seiner Rückkehr einzuweihen.«

»Was mag Kempas darüber wissen?«, fragte Jansson.

»Er gab sich wortkarg wie immer, ließ aber durchblicken, dass er ebenfalls die Möglichkeit hat, an Informationen über Luotola und Johansson ranzukommen.«

»Der Fall wird in zwei Wochen verhandelt. Wir müssen dafür sorgen, dass Johansson bis dahin am Leben bleibt.«

»Das dürfte nicht schwer sein. Notfalls muss der Mann völlig isoliert werden«, sagte Jokela.

Huusko war anderer Meinung.

»Er will die Sicherheitsabteilung, aber mehr nicht. Der Kerl ist so unberechenbar und launisch wie ein kleines Kind. Wenn wir ihn verärgern, macht er womöglich eine Kehrtwendung.«

»Und dein Informant in der Nachbarzelle?«, fragte Jansson.

Huuskos Handy klingelte, aber er schaltete es aus.

»Der hat mit seiner eigenen Sicherheit zu tun. Er sitzt in der Abteilung, weil er einen mächtigen Drogenboss ans Messer geliefert hat, aber er hat trotzdem versprochen, mit Johansson zu reden, wann immer sich eine günstige Gelegenheit ergibt.«

»Gelegenheiten kann man schaffen.«

»Span-Johansson ist kein so leichter Brocken, wie man vielleicht denkt. Er befindet sich zwar auf dem Entwicklungsstand eines Kindes, aber auch Kinder können gerissen handeln.«

»Es gibt in der Sache noch ein zweites Aber«, sagte Sanna Susisaari.

Jansson bemerkte, wie sich Susisaari und Huusko ansahen. Er kannte diesen Blick und wusste, dass das Folgende irgendwie mit ihm zu tun haben würde.

»Raid«, sagte Sanna Susisaari. »Raid ist gestern in dasselbe Gefängnis gekommen, und wir vermuten, dass er den Auftrag hat, Johansson zum Schweigen zu bringen.«

## 3.

Span-Johansson war scheu und flink wie eine Spitzmaus, die sich auf ein Schneefeld verirrt hat.

So wie die Existenz aller anderen scheuen Lebewesen, basierte auch die seine auf ständiger Wachsamkeit und schnellen Fluchtreflexen. Die Welt war voller Gefahren. Hoch oben am Himmel glitten Habichte entlang, und in den Büschen lauerten schlaue Füchse. Sie verschonten nicht mal ein winziges Spitzmäuschen mit seidigem Fell und blanken Augen. Wenn es nicht aufpasste, blieb von ihm nichts als ein kleiner Blutfleck und ein Büschel dunkelbrauner Haare im Schnee zurück.

Span-Johanssons Kopf, seine Augen und Ohren waren in ständiger Empfangsbereitschaft. Er registrierte jede vom Normalen abweichende Bewegung und Geste. Jedes Knacken konnte Gefahr bedeuten, jedes Wort einen Angriff ankündigen.

Er war etwa vierzig Jahre alt und von kleinem Wuchs, hatte aber einen großen Kopf. Seine Haare standen hoch und seine Ohren ragten heraus wie lebende Radarantennen. Seine Augen waren klein, aber scharf. Johansson brauchte keine Brille, er sah nah und fern gleich gut.

Wenn er eine Streichholzschachtel an die hinterste Wand der Zelle pinnte, konnte er immer noch das kleinste Wort darauf lesen. Alle hielten das für unmöglich, aber sie wussten ja auch nicht, dass die Schachtel sein Freund war und ihm antwortete, wenn er freundlich fragte.

Manchmal musste er allerdings eine List anwenden, aber im Allgemeinen waren die Streichholzschachteln gesprächig und konnten Geheimnisse nicht für sich behalten.

Der Spitzname *Span* bezog sich nicht auf seinen Körperbau, sondern auf sein geliebtes Hobby, das Zündeln. Wenn er eine Schachtel Streichhölzer – im Durchschnitt 48 Stück – in die Hand bekam, war er ein Megatonnenmann, ein Megamann. Er war ein wandelndes Atomkraftwerk, das jeden beliebigen Winkel der Welt in Brand stecken konnte, wenn ihm niemand mit Wasser und Feuerlöschern dazwischen kam.

In Johanssons Erinnerungen an seine nichtsnutzige, meistens betrunkene Mutter gab es nur eine einzige schöne Stunde, nämlich die, als sie ihm die Geschichte von dem kleinen Mädchen mit den Schwefelhölzern erzählt hatte. Johansson hatte das Märchen durchaus nicht traurig gefunden. Im Gegenteil, er hatte hell aufgelacht, als die Geschichte ihren Höhepunkt erreichte und das Mädchen das erste Streichholz anriss.

»Wenn man ein Streichholz anreißt, kann man sich wünschen, was man will«, hatte der kleine Johansson zu seiner Mutter gesagt.

Die Mutter gab ihm eine Kopfnuss: »Lass ja deine Finger von Streichhölzern.«

»Das Mädchen hat auch gekriegt, was es sich gewünscht hatte.«

»Aber es ist schlimm für sie ausgegangen, sie ist gestorben.«

»Ich finde, es war ein schönes Märchen.«

Er machte mit den Händen Gesten, als würde er ein Streichholz anreißen.

»Schlag dir die Streichhölzer aus dem Kopf, sonst kriegst du eine Tracht Prügel, die sich gewaschen hat.«

»Was ist denn Schlimmes an den Hölzern?«

»Was schon! Ein elendes Papphaus wie unseres brennt wie

Zunder. Nicht mehr als eine Schuhsohle bleibt von uns übrig, wenn du dich auf das Spiel einlässt, verstehst du?«

Die Mutter hatte ihrem Sohn streng in die Augen gesehen, aber es hatte nichts genützt.

Schließlich vergaß die Mutter das Ganze und goss sich ein großes Glas Saft für Erwachsene ein. Johansson wusste Bescheid. Wenn sie die ganze Flasche ausgetrunken hatte, würde sie an irgendeiner komischen Stelle einschlafen, zum Beispiel unter dem Tisch, im Flur oder im Wohnzimmersessel.

Als die Mutter mit offenem Mund im Wohnzimmersessel schlief und dabei schnaufte wie ein Maulwurf, holte sich Johansson eine Schachtel Streichhölzer aus dem Küchenschrank. Er versteckte sie unter seinem Hemd, nahm seine Jacke und ging nach draußen.

Hinten im Hof stand eine Sauna, die mit Holz beheizt wurde. Johansson stopfte trockenes Heu ins Feuerloch. Er hockte sich nieder und riss ein Streichholz an.

Die Seele des Streichholzes sprang sofort heraus und wurde zu einer schönen Flamme. Sie tanzte im Luftzug, so als würde sie Johansson zuwinken. Dann hörte er die Flamme mit kleiner und heller Stimme sagen: »Zünde das Heu an.«

Johansson war ein gehorsamer Junge und tat, wie ihm geheißen. Die Flamme sprang ins Ofenloch und rannte von Halm zu Halm. Sie winkte Johansson zu und erzählte ihm, wie sehr sie sich freute, frei zu sein.

Die Flamme fraß und fraß und wuchs und wuchs. Bald schon leckte sie an der Decke des Umkleideraumes. Gerade als Johansson es so schön hatte, öffnete sich die Tür der Sauna, und der Nachbaronkel schaute herein. Ohne ein Wort zu sagen, holte er einen Eimer Wasser aus dem Brunnen und schüttete ihn ins Ofenloch.

Dann hatte er sich zu dem weinenden Johansson hinuntergebeugt und ihm erzählt, dass das Feuer zwar ein guter Diener, aber ein sehr gefährlicher Herr war.

Johansson hatte das Märchen niemals vergessen, und von diesem Tag an hatte er sich ›der kleine Junge mit den Schwefelhölzern‹ genannt, nicht vor den anderen, die das nicht verstanden, sondern nur vor sich selbst. Wenn der kleine Junge ein Hölzchen entzündete, konnte er sich etwas Besonderes wünschen, und Johansson wusste, was er wollte.

Die Mutter hatte nur teilweise Recht gehabt. Das Haus war abgebrannt, aber von ihr war nicht einmal so viel wie eine Schuhsohle übrig geblieben. Jedenfalls hatte das der Nachbarsjunge behauptet.

Für Johansson war der Brand ein Beweis für die wunderbare Zauberkraft des Feuers gewesen. Als er die Flamme unter dem Haus entzündet hatte, war sie anfangs so klein und hübsch gewesen, kaum größer als ein Starenei. Er hatte sie gefüttert und sie hatte gierig gefressen. Sie war gewachsen und hatte nach mehr verlangt, immer nur mehr.

Johansson hatte ihr alte Zeitungen gegeben, aber die hatten auch nicht gereicht. Dann hatte er sie mit ausrangierten trockenen Saunaquasten gefüttert, die unter dem Haus lagen, und schließlich mit trockenen Brettern. Die Flamme war immer weiter gewachsen und erstarkt und hatte schließlich das ganze Haus mitsamt der Mutter verschlungen.

Als die Feuerwehr gekommen war und ihren Wasserstrahl in die Flammen gerichtet hatte, war Johansson böse geworden. Er hatte abseits gestanden, die Feuerwehrleute mit kleinen Steinen beworfen und immerzu gerufen: »Nicht, nicht, nicht ...«

Schließlich hatte ihn einer der Männer mit festem Griff gepackt, ihn auf die Rückbank des roten Feuerwehrautos gesetzt und ihm Bonbons und Limonade gegeben.

Johansson kam in ein neues Zuhause. Kein richtiges, sondern ein Kinderheim. Dort gefiel es ihm eigentlich besser als in einem richtigen Zuhause. Er musste weder hungern noch frieren, und niemand schrie ihn an oder verprügelte ihn, sofern er nicht etwas anstellte.

Als Johansson fünfzehn geworden war, hatte er nicht mehr der kleine Junge mit den Schwefelhölzern, sondern etwas Größeres, hatte erwachsen sein wollen. Er war der Megamann geworden, und diesem reichten Streichhölzer nicht mehr. Der Megamann benutzte Benzin, denn Benzin war der Körper des Feuers, rein und makellos, und die Flammen waren seine Seele. Außerdem benutzte der Megamann raffinierte Anzünder, sie erweckten die Flamme genau dann zum Leben, wenn Johansson es wollte. Er selbst konnte ganz weit weg gehen, und trotzdem befolgten sie seinen Befehl.

Mit dem Feuer in der Hand war Johansson so stark wie eine Megatonnenbombe, die eine ganze Stadt in Schutt und Asche legen konnte. Es war nicht gut, den Megamann zu erzürnen, wenn man nicht zu Asche werden wollte. Niemand hielt der schrecklichen Zerstörungskraft des Megamannes stand …

»Megamann, Megamann, Megamann …«

»Verpisster Span-Johansson«, sagte eine wütende Stimme. »Hör auf zu brabbeln und schaff deinen Scheißkübel weg. Der ganze Flur stinkt …«

Johansson sah zu dem Hitzkopf auf. Suokas gehörte irgendeinem sonderbaren Geheimbund oder einer Motorradgang an. Er hatte einen Pferdeschwanz und lange Koteletten, und vorn auf seinem kurzärmeligen T-Shirt war das Symbol seines Klubs aufgedruckt.

Johansson musste kichern.

Ekholm, dessen Zelle rechts neben der seinen war, hatte gesagt, dass das Bild den Arsch eines Raubvogels, eine Axt und Angeln zeige. Suokas gefiel das nicht, aber er wagte nicht gegen Ekholm aufzumucken. Johansson wusste, dass Ekholm keine Angst vor dem Pferdeschwanz hatte. Ekholm sah so aus, als ob er vor niemandem Angst hätte.

Johansson mochte Suokas auch sonst nicht, weil der ihn als Diener der ganzen Abteilung betrachtete, obwohl es eigentlich umgekehrt war. Suokas war genau wie Luotola, der immer nur befahl und schrie und befahl, und er, Johansson, musste dann rennen und gehorchen und immer tun, was der andere sagte, auch Böses.

Damals, als er bei Luotola angefangen hatte, war dieser viel netter gewesen. Johansson hatte mehrere fast neue Anzüge und feine, glänzende Schuhe bekommen. Die Stücke hatten allerdings nicht lange gehalten bei alledem, was er auf Luotolas Befehl hatte tun müssen.

Aber er hatte auch Geld bekommen, und er hatte sich von Luotolas Apfelbaum bedienen, sein Boot zum Angeln benutzen und in der Hausmeisterwohnung hinter dem großen Haus wohnen dürfen.

Johansson erinnerte sich nicht mehr genau, wie er Luotola kennen gelernt hatte. Er wusste nur, dass er noch klein gewesen war und zu Hause gewohnt hatte. Es war eine schöne Erinnerung, damals war Luotola richtig nett gewesen.

Ekholm war ebenfalls ein netter Mann, wenn auch manchmal finster und traurig. Ekholm kommandierte ihn nicht herum und jagte ihm keine Angst ein. Einmal hatte er ihm sogar Nescafé und einen Pfannkuchen spendiert.

Johansson wunderte sich, dass ein so netter Mann in der Sicherheitsabteilung saß, denn er hatte geglaubt, dass netten Menschen nur angenehme Dinge passierten.

Johansson selbst war ebenfalls manchmal nett, aber manchmal auch nicht. Deshalb passierten ihm auch schlimme Dinge.

»Was gibt's zu kichern, Scheiß-Span?«, fragte Suokas, packte Johansson am Nacken und schüttelte ihn.

Der Wärter, der in der Tür stand, warf Suokas einen warnenden Blick zu.

»Einfach so.«

»Ach nee. Du siehst dabei noch idiotischer aus als sonst. Hast du Wichserspiele gespielt?«

Er versetzte Johansson einen Stoß gegen die Brust, dass der beinah gefallen wäre.

Der Wärter kam näher.

»Genug jetzt!«

Suokas kümmerte sich nicht darum, sondern starrte Johansson an.

»Ich hab gar nichts gespielt.«

»Scheißlüge, ich seh's dir doch an.«

Johansson war froh, als Suokas, vom Wärter geschoben, in

seine Zelle ging. Johansson war einmal dort gewesen. An den Wände hingen lauter Bilder von nackten Frauen.

Suokas' Zelle lag am Ende des Flurs. Gegenüber auf der anderen Seite wohnte Grön. Der war irgendwie unheimlich. Er erzählte Furcht erregende Dinge von Gott, der die Sündigen bestrafte, aber jene rettete, die ihn um Hilfe anriefen. Johansson tat das nicht, er hatte den Megamann, und der Megamann war eigentlich dasselbe wie Gott.

Johansson hatte oft in den Nächten gehört, wie Grön zu seinem Gott gerufen hatte. Nicht mit schrecklich lauter Stimme, aber doch so laut, dass Johansson es gehört hatte. Er horchte in den Nächten sehr aufmerksam, seine Ohren bewegten sich und suchten nach Lauten. Sie erhaschten alle Geräusche, auch die allerkleinsten. Im Kinderheim hatte der Arzt gesagt, dass Johansson sogar den Furz einer Ameise hören würde. Johansson hatte gefunden, dass das lustig ausgedrückt war, und es hatte ihm lange Zeit Freude gemacht.

Der Wärter öffnete die Zwischentür, und Johansson ging in den Waschraum, um seinen Kübel auszuleeren. In seiner Zelle gab es ein Toilettenbecken aus Beton, aber es war defekt, und er musste den Kübel benutzen.

Als er aus dem Waschraum zurückkam, sah er den neuen Mann mit einem Handtuch, einer Zahnbürste und einer Tube Zahnpasta in der Hand. Johansson blieb stehen und sah den Mann an, der seinerseits stehen blieb und Johansson ansah. In Begleitung des Mannes war der nette Wärter, der Manner hieß. Johansson wusste die Namen der Menschen, die er mochte. Manner ging in den Waschraum und Johansson blieb mit dem neuen Mann allein.

»Bist du Johansson?«, fragte der Mann.

Johansson mochte eigentlich nicht antworten, aber der Mann hatte eine kleine Flamme in den Augen, und so musste er.

»Ja. Wer bist du?«

»Dein neuer Freund.«

»Wir können keine Freunde sein, ich bin ja dort drüben, und du bist hier.«

»Und wenn ich auch dorthin komme?«
»Kommst du?«
»Könnte sein.«
»Wie heißt die?«
»Wer?«
»Die kleine Flamme, die du in den Augen hast.«
Der Mann lächelte.
»Funke. So klein ist sie noch.«
»Ein guter Name.«
»Ich hab ihn mir selber ausgedacht.«
»Und wie heißt du selber?«
»Raid.«
»Auch ein guter Name. Hast du dir den auch allein ausgedacht?«
»Nein, jemand anderer ..., vor langer Zeit.«

Der Wärter kam, und Johansson kehrte in seine Zelle zurück. Er war unruhig und dachte einige Minuten über die Begegnung nach. Er hatte einen neuen Freund.

Johanssons Zelle war genauso eingerichtet wie alle anderen, allerdings füllte sein Hobby den größten Teil des Platzes aus. Die aus abgebrannten Streichhölzern errichtete Kirche war schon mehr als zur Hälfte fertig. Sie nahm fast die gesamte Tischplatte ein. Normalerweise arbeitete er im Werkraum daran, aber der Wärter hatte es ihm auch in seiner eigenen Zelle erlaubt.

Die Hölzchen, die darauf warteten, verklebt zu werden, lagerten in einem Pappkarton neben der Kirche. Johansson hatte zusätzlich zum Kleister noch Schnellkleber haben wollen, aber den hatte man ihm nicht gegeben, weil der Abteilungsleiter fürchtete, er würde ihn schnüffeln.

Johansson hatte überhaupt kein Verlangen danach, Klebstoff zu schnüffeln oder Pillen zu schlucken, obwohl auch ihm welche zum Kauf angeboten worden waren. Er hatte den Megamann. Wenn er Angst hatte oder sich bedrückt oder einsam fühlte, rief er den Megamann zu Hilfe, und der kam sofort.

Eigentlich brauchte er ihn nicht einmal zu rufen, denn er

und der Megamann waren ein und dieselbe Person. Der Megamann war lediglich in seinem Inneren verborgen. Er musste aufpassen, dass niemand dahinterkam, denn es war das allergrößte Geheimnis, das er besaß.

Johansson hörte, wie sein Nachbar Ekholm unruhig in seiner Zelle herumlief. Ekholm machte das schon viele Nächte lang, er lief und lief, und Johansson kam dann nicht zur Ruhe.

Manchmal redete Ekholm vor sich hin und schlief hinterher unruhig. Kein anderer hätte es gehört, aber Johanssons Ohren entging nicht einmal das Niederfallen einer Feder.

Manchmal machte ihm Ekholms Gerede ein wenig Angst, aber dann rief er den Megamann zu Hilfe und die Angst flüchtete sofort. Sie sprang erst auf die Bettkante und sauste dann durchs Fenster.

»Komm ja nicht wieder«, rief Johansson ihr hinterher.

Einmal hatte Ekholm in der Nacht mit den Fäusten an die Wand gehämmert und laut geflucht. Dann war der Wärter gekommen und hatte mit ihm geschimpft. Am Tag danach war Ekholm zum Arzt gegangen und hatte eine Pille bekommen.

In jener Nacht war Ekholm still gewesen, und am nächsten Morgen hatte er krank, aber trotzdem irgendwie munterer ausgesehen. Johansson hatte sich darüber gefreut, denn Ekholm war ein prima Kerl. Johansson war sich sicher, dass Ekholm zu ihm halten würde, wenn jemand versuchen würde, ihm etwas anzutun.

Johansson freute sich so sehr über diesen Gedanken, dass er beschloss, Ekholm zu besuchen. Er drückte auf den Knopf, der draußen die Signallampe über der Tür aufleuchten ließ. Es dauerte zehn Minuten, ehe der Wärter kam.

»Darf ich Ekholm etwas erzählen?«

Johansson prüfte die Miene des Mannes. Manchmal waren die Wärter gemein und böse, aber manchmal auch nett.

»Bist du sicher, dass Ekholm es hören will?«

»Bestimmt.«

Der Wärter zögerte noch.

»Er ist mein Freund.«

»Du kriegst fünf Minuten.«

Johansson nahm zwei Kekse und wickelte sie in ein Papierhandtuch. Er trat an die Tür der Nachbarzelle und klopfte leise.

»Darf ich reinkommen?«

Johansson spitzte die Ohren, denn Ekholm sprach sehr leise.

»Komm nur.«

Johansson trat vorsichtig ein. Er sah, dass Ekholm auf dem Bett lag und die Hände unter dem Kopf verschränkt hatte.

Johansson reichte Ekholm einen Keks.

»Wollen wir ein Feks…, äh, ein Keksfest feiern?«

Ekholm lächelte und Johansson wurde froh.

»Na gut.«

Ekholm erhob sich und nahm den Keks. Er biss ein Stück ab.

»Lecker. Danke.«

Johansson sah sich aufmerksam um, aber Ekholm hatte nichts Neues oder Interessantes in seiner Zelle.

»Du hast letzte Nacht gar nicht gesprochen.«

»Das ist gut so.«

»Hast du eine Pille genommen?«

»Kann sein.«

»Aber sonst hast du geredet, und einmal sogar geflucht.«

»Stimmt.«

»Hattest du dich verletzt, als du geflucht hast?«

»Nicht so schlimm.«

»Warst du wütend?«

»War ich wohl.«

»Ein kleines bisschen?«

»Ja, ein wenig.«

»Es ging dir schlecht?«

Ekholm nickte.

»Ich habe heute einen ganz neuen Mann gesehen.«

»Wo?«

»Hier.«

»In unserer Abteilung?«

»Nein, drüben. Er hat gesagt, dass er vielleicht hierher kommt.«

»Warum?«

»Er möchte mein Freund sein.«

»Hat er das so gesagt?«

»Ja. Er wusste auch meinen Namen.«

»Hat er deinen Namen genannt?«

»Er hat mich gefragt, ob ich Johansson bin.«

»Was hast du gesagt?«

»Dass ich es bin.«

Ekholm runzelte die Brauen.

»Wo genau hast du ihn getroffen?«

»Auf dem Flur, als ich meinen Kübel weggebracht habe.«

»Wo war der Schließer?«

»In der Nähe, im Waschraum.«

»Und du bist mit dem Mann allein geblieben?«

»Er hat nichts gemacht.«

»Hätte er aber können. Hast du vergessen, warum du hier bist? Weil man dir nämlich etwas antun will.«

»Ich mag nicht daran denken.«

»Wer mag das schon.«

»Er hatte so etwas in den Augen, sein Name war Funke.«

»Der Name von dem Mann?«

»Nein, von dem kleinen Feuer. Er hat sich den Namen ganz allein ausgedacht.«

»Hat der Mann das gesagt?«

»Ja.«

»Hat er seinen eigenen Namen genannt?«

»Ja, es war ein komischer Name.«

»In welcher Weise komisch?«

»Sein Name war Raid.«

»Hat er gesagt, dass er Raid heißt?«

»Ja, aber es ist nicht sein richtiger Name. Ein anderer hat sich den für ihn ausgedacht, und er hat ihn schon lange.«

Ekholm beugte sich ganz dicht zu Johansson und ergriff seine Hand.

»Wenn du den Mann noch einmal siehst, dann renn weg so schnell wie ein Elch und ruf nach dem Schließer. Was machst du, wenn du ihn siehst?«

Johansson überlegte, und seine Miene hellte sich auf.

»Ich renne wie ein Elch und rufe nach dem Schließer«, wiederholte er.

»Vergiss es nicht.«

»Aber er hat versprochen, dass er mein Freund ist.«

»Der Mann ist niemandes Freund.«

»Kennst du ihn?«

»Ich weiß über ihn Bescheid.«

»Er hatte einen Funken in den Augen.«

»Das war kein Funke.«

»Was war es dann?«

»Der Tod.«

## 4.

Am Morgen des zweiten Hafttages beschloss Raid, an die Arbeit zu gehen. Er hatte die Vorgehensweise schon geplant, ehe er ins Gefängnis kam. Das beschleunigte die Sache, denn ihm blieb nicht viel Zeit.

Der erste Schritt war, sich in die Sicherheitsabteilung verlegen zu lassen. Dazu brauchte er die Einwilligung des Direktors. Raid wusste, dass er mit seinem Ruf schwerlich jemanden davon würde überzeugen können, dass er Schutz brauchte. Er musste nachhelfen.

Der Laden auf dem Gang in der ersten Etage wurde um Punkt zwölf Uhr geöffnet und jeweils eine Abteilung zum Einkaufen vorgelassen.

Raid sah sich das Gedränge vor dem Laden an und beschloss, genau hier zu beginnen. Um zwei Minuten vor zwölf war die Schlange fünf Meter lang. Bereichsleiter Manner stand etwas abseits und beobachtete das Geschehen. Er zeigte für die Schlange nur so viel Interesse, wie es seine Aufgabe verlangte.

Um eine Minute vor zwölf erschien jener Mann, der sich am Vortag in der Schlange vorgedrängt hatte. Er trug den altmodischen durchfallbraunen Trainingsanzug der Haftanstalt.

Der Mann benahm sich auch diesmal nicht anders, er ging schnurstracks an der Schlange vorbei und stellte sich an die Spitze. Der erste Platz war für ihn eine Selbstverständlichkeit, und niemand protestierte gegen sein Benehmen.

Raid drängte sich vor ihn und sagte: »Könntest du etwas zurücktreten?«

Die Situation war neu und ungewöhnlich. Der Mann sah Raid verwundert an und packte ihn dann an der Schulter.

»Verschwinde, Mann!«

Raid drehte sich zu ihm um.

»Loslassen!«

Der Mann erschrak vor Raids lautem Befehl und löste instinktiv seine Hand. Dann bemerkte er, was er getan hatte, und er fasste mit der anderen Hand zu.

Raid schlug seine Hand weg und packte mit Zeige- und Mittelfinger seine Nase. Er zog, und der Mann sank immer weiter hinunter, bis er auf den Knien lag.

Die Schlange hinter ihnen wich zurück. Manner trat näher, machte aber keine Anstalten, einzugreifen.

Die Luke des Ladens öffnete sich und der Verkäufer spähte heraus.

»Ein Paket Nescafé, Schokokekse und Salmiak«, sagte Raid.

Er tätigte seine Einkäufe und hielt dabei mit der anderen Hand die Nase des Mannes fest. Der lag auf den Knien und keuchte mit rotem Gesicht.

Raid ließ ihn los und sammelte seine Einkäufe zusammen. Der Mann sprang auf und starrte ihn an wie ein wütender Stier.

»Kümmer dich um deine Nase, die ist ja ganz rot.«

Ein Häftling in der Schlange lachte und steckte ein paar andere mit an.

»Du hast gerade den Fehler deines Lebens gemacht, Mann.«

Raid drehte sich um.

»Was meinst du?«

»Du stirbst.«

»Tun wir das nicht alle?«

»Dein Licht wird ausgeblasen.«

»So ist nun mal das Dasein, erst lebt man und dann stirbt man.«

Manner mischte sich ein. Er schien das Geschehen genossen zu haben.

»Kauft, wenn ihr etwas kaufen wollt, dies ist keine Volksversammlung.«

Raid entfernte sich mit seinen Einkäufen. Ein alter Mann, der am Ende der Schlange gestanden hatte, folgte ihm etwa zwanzig Meter weit.

»Weißt du nicht, wer das war?«

»Sollte ich?«

»Happonen, er hat damals die Foltergang angeführt.«

»Dann war es richtig, dass ich ihn an der Nase gezogen habe.«

»Ich an deiner Stelle wäre vorsichtig.«

»Na meinetwegen.«

»Hast du wirklich keine Angst vor ihm?«

»Doch. Ich muss wohl etwas für meine Sicherheit tun.«

Direktor Yrjölä sah Raid misstrauisch durch den Zigarrenrauch an. Er hielt die Zigarre zwischen Zeige- und Mittelfinger der rechten Hand. Das war altmodisch und elegant, es passte zu seinem grauen Anzug. Raid vermutete, dass die Show nach zwei, drei kräftigen Zügen zu Ende sein und der Direktor die Kippe anschließend brutal im Aschenbecher zerdrücken würde, so als töte er ein sieches Insekt.

»Vor wem hast du Angst?«

»Schwer zu sagen.«

»Soll ich mich etwa auf deine Intuition verlassen?«

»Ich habe viele Feinde.«

»Daran zweifle ich nicht, aber ich brauche etwas Konkretes.«

»Happonen hat gedroht, mich zu töten.«

»Das habe ich gehört, aber warum?«
»Keine Ahnung.«
»Ich habe andere Informationen. Einem Typen wie Tapponen gefällt es bestimmt nicht, wenn er vor allen anderen an der Nase gezogen wird. Was willst du?«
»Friedliches Zusammenleben.«
»Danach sieht es nicht aus. Du hast ihn absichtlich provoziert.«
»Er hat sich in der Schlange am Laden vorgedrängelt. Ich wusste nicht, dass er so gefährlich ist. Ich muss zugeben, dass ich es jetzt bereue und Angst habe.«
»Quatsch mit Soße.«
»Außerdem habe ich dies heute Morgen bekommen.«
Raid reichte dem Direktor einen Zettel. Der las laut vor:
*Du lebst nicht mehr lange.*
»Den hat jemand in meine Hosentasche gesteckt, als ich in der Dusche war.«
»Ziemlich dürftig.«
Der Zettel und Happonen waren nur ein Vorgeplänkel. Raid beschloss, stärkere Geschütze aufzufahren.
»Ich sitze hier nur zwei Wochen für ein Bußgeld ab. Ist es nicht besser, wenn mir in dieser Zeit nichts zustößt? Sie wollen sich ja in Kürze pensionieren lassen … Lohnt es da, ein Risiko einzugehen? Es gäbe nur unangenehme Fragen und Untersuchungen.«
Yrjölä nahm den letzten Zug und zerdrückte dann den Stumpen im Aschenbecher, genau wie Raid vermutet hatte.
»Was meinst du?«
»Wenn mir etwas passieren würde.«
»Stimmt schon, nur glaube ich, dass du selbst das größte Risiko in diesem Haus darstellst.«
»Ich habe versprochen, mich anständig zu führen.«
»Bei dieser Arbeit habe ich gelernt, dass auf Versprechen nicht viel Verlass ist, auf sonst eigentlich auch nichts.«
»Wir haben es mit Handschlag bekräftigt.«
»Das wiegt nicht viel.«
»Für mich schon.«

Yrjölä wurde nachdenklich.

Raid nahm einen Stift und einen Zettel vom Tisch des Direktors und schrieb etwas darauf. Er reichte ihm den Zettel.

»Rufen Sie diesen Mann an und fragen Sie ihn.«

Der Direktor sah kurz hin.

»Was soll ich fragen?«

»Er kann bestätigen, dass ich hier in Gefahr bin.«

Der Direktor starrte auf den Zettel.

»Kommissar Jansson. Kennst du ihn?«

»Er kennt mich.«

»Wie könnte er so etwas bestätigen?«

»Er ist Polizist.«

»Die Befugnisse der Polizei enden an der Gefängnismauer. Hier entscheide ich. Ich bin der einzige Diktator in diesem Heidenland.«

»Rufen Sie ihn trotzdem an.«

Yrjölä betrachtete den Zettel und blies sinnend die Wangen auf.

»Ich werde darüber nachdenken.«

Am Nachmittag sah sich Raid das Gefängnis näher an. Zunächst machte er einen Spaziergang auf dem Innenhof. Auf dem Gewichthebeplatz waren ein paar Häftlinge dabei, ihre Kräfte zu erproben. Ein kleiner, stämmiger Mann ergriff die Stange, riss sie hoch und brüllte. Auf seinen ausgestreckten Armen schwebten weit über hundert Kilo in der Luft.

Anschließend saß Raid eine halbe Stunde in der Bibliothek und las Zeitungen. Als Bibliothekar fungierte jener Mann, dem Raid am Vortag Kaffee spendiert hatte. Der Mann nahm all seinen Mut zusammen, trat zu ihm und sprach ihn an.

»Wenn du ein bestimmtes Buch haben willst, kann ich es aus der Stadtbibliothek bestellen.«

»Danke.«

Raid las weiter, aber der Mann ging nicht weg.

»Erinnerst du dich nicht an mich? Wir haben in Schweden zusammen gesessen.«

»Keine Ahnung.«

»Sechsundachtzig, im selben Jahr, als Ministerpräsident Olof Palme ermordet wurde. Daher weiß ich es noch ...«

»Ich nicht.«

»Dann eben nicht.«

Der Mann ordnete eine Reihe Bücher im Regal und schielte zu Raid.

»Ich habe gehört, was du mit Happonen gemacht hast ..., er ist wirklich gefährlich ...«

»Danke für die Warnung.«

»Über dich wird eine Menge geredet ...«

Raid sah nicht von seiner Zeitung auf.

»Was wird geredet?«

»Alle wundern sich, warum du hier bist.«

»Ich sitze ein Bußgeld ab.«

»Aber warum bist du wirklich hier?«

»Ich sitze wirklich ein Bußgeld ab.«

»Das glaubt niemand.«

»Warum bin ich sonst hier?«

Der Mann zog sich ein wenig zurück.

»Willst du es wirklich hören? Sei aber nicht beleidigt ...«

»Bin ich nicht.«

»Sie glauben, dass du einen Tö... Auftrag auszuführen hast.«

»Einen Tö-Auftrag? Was bedeutet das?«

Der Mann wurde unsicher.

»Es geht mich nicht die Bohne an, warum du hier bist, ich hab das nur gesagt, damit du weißt, was geredet wird ..., sorry ...«

Er zog sich hinter seinen Arbeitstisch zurück.

Nach dem Mittagessen ging Raid für eine Stunde in seine Zelle, um sich auszuruhen. Gegen fünf Uhr kam ein Wärter und teilte ihm mit, dass er in die Sicherheitsabteilung verlegt würde.

Raid suchte seine wenigen Sachen zusammen und zog in die erste Etage.

»Warst du früher schon mal in der Iso?«, fragte ihn der Wärter.

»Ja.«

»Das dachte ich mir. Aber nicht hier?«

»Nicht hier.«

»Bei uns werden die Isolierzellen als Sicherheitsabteilung genutzt, weil es dafür keine eigenen Räume gibt. Nicht gerade angenehm dort. Hoffentlich dreht kein Häftling durch, denn solche Fälle werden auch dort untergebracht.«

»Man darf sich nicht beklagen.«

Die Isolierzellen lagen am westlichen Ende eines langen Flurs. Rechts vor der Zwischentür lag das Zimmer des Zahnarztes und links die Sauna. Raid nahm im Vorbeigehen den Medizingeruch wahr, der aus dem Zimmer des Zahnarztes drang.

»Aus der Sauna kannst du dir Kaffee- oder Teewasser holen, dort gibt es extra dafür einen Heißwasserboiler. Das Wasser wird kochend heiß, es eignet sich gut für den Zweck.«

Der Wärter öffnete die Zwischentür und ließ Raid eintreten.

Gleich rechts stand eine Reihe von Garderobenschränken.

»Du kannst deine Sachen im Schrank lassen.«

Der Kalfaktor kam mit einem Rollwagen aus Blech und brachte das Abendbrot und Tee.

In seiner Begleitung befand sich ein zweiter Wärter.

»Abendbrot.«

Der Wärter öffnete die Zellentüren.

»Abendbrot«, wiederholte er mit vernehmbarer Stimme.

Als Erster kam Suokas aus seiner Zelle. Er trug Zivilkleidung, ein T-Shirt und schwarze Jeans mit verziertem Gürtel. Er streifte Raid mit einem Blick, nahm sich Tee und belegte Brote.

»Ihr bekommt Zuwachs«, sagte Raids Begleiter.

»Scheiß drauf«, sagte Suokas und kehrte in seine Zelle zurück.

Als Nächster kam Grön heraus. Er blieb vor Raid stehen und musterte ihn eingehend.

»Kennen wir uns?«
»Glaub ich nicht.«
»Du kommst mir bekannt vor.«
»Das hat meine Mutter auch gesagt.«
»Warst du in Schweden aktiv?«
»Dort auch.«
»In Spielerkreisen?«
»Patience und Schwarzer Peter?«
»Glaubst du an Jesus Christus, Gottes eingeborenen Sohn?«
»Geht dich nichts an.«
Grön trat ganz dicht an Raid heran.
»So hab ich vor ein paar Jahren auch noch geredet. Ich war so verdammt eingebildet und hielt mich für wer weiß wie klug, ich brauchte nichts und niemanden, nur Geld. Jetzt weiß ich, dass sich jeder im Innersten nach Gott sehnt, sich aber selbst zu täuschen versucht bis zu dem Tag, da ihn die Wahrheit trifft wie ein Blitz ...«
»Übertreib mal nicht, Grön«, sagte der Wärter gemütlich. »Lass die Jungs in Ruhe ihr Abendbrot essen. Du hast noch genug Zeit, sie zu bekehren.«
Er klopfte bei Ekholm an den Türrahmen und spähte hinein.
»Keinen Appetit aufs Abendbrot?«
»Nein«, ertönte es von drinnen.
»Ihr habt Zuwachs bekommen.«
Ekholms Interesse war so weit geweckt, dass er zur Tür kam. Er sah Raid an und lachte freudlos.
»Ihr wisst nicht, was ihr tut.«
»Was heißt das?«, fragte der Beamte.
»Wie kommt der hierher?«
»Anordnung des Direktors, wieso?«
»Frag den Direktor, wer dieser Kerl ist.«
Raid sah Ekholm in die Augen.
»Sag du es.«
Ekholm kehrte in seine Zelle zurück, ohne sich zu essen mitzunehmen.
Der Wärter starrte Raid neugierig an.

»Was bedeutete das?«

»Schwer zu sagen.«

Grön hatte Ekholms Ausbruch interessiert verfolgt.

»Bist du der, von dem so viel geredet wird?«

»Schwer zu sagen.«

»Raid, oder?«

»Ja.«

»Du erinnerst dich vielleicht nicht, aber wir sind uns in Schweden begegnet, in meinem früheren Leben.«

»Sind wir das?«

»Es war in einem illegalen Spielklub in Stockholm. Über dich kursierten damals viele Gerüchte. Ich bin ein anderer geworden dank Gottes Gnade, und ich möchte, dass du dieselbe Gnade erfährst.«

»Alles hat seine Zeit.«

»Vielleicht ist jetzt deine Zeit, vielleicht sollte es so sein, dass wir uns hier begegnen.«

»Vielleicht.«

Als Letzter erschien Johansson. Er blieb zunächst in der Tür stehen und vergewisserte sich, dass alles in Ordnung war. Dann schlüpfte er hinter den breiten Rücken des Wärters und sah Raid von dort aus an.

»Du bist also gekommen.«

»Ich habe es ja versprochen.«

»Sind wir noch Freunde?«

»Natürlich.«

Der Wärter war überrascht.

»Kennst du unseren Johansson?«

»Wir sind uns gestern Abend auf dem Flur begegnet. Wir haben uns auf Anhieb verstanden.«

»Der Einschluss erfolgt gleich nach dem Abendbrot, und danach sind Kontakte nicht mehr erwünscht. Heißes Wasser kannst du dir in eine Thermoskanne füllen. Wenn du etwas möchtest, drückst du auf den Knopf in deiner Zelle, dann geht draußen über der Tür die Lampe an, und der Wärter weiß Bescheid. Es ist kein Knopf, mit dem man die Bedienung ruft, er wird also nicht wegen jeder Kleinigkeit betätigt. Wenn du ein offizielles Anliegen hast, füllst du einen Antrag aus, und der wird an den Direktor weitergeleitet. Die Antwort kommt im Allgemeinen noch am selben Tag, es sei denn, das Problem muss im Vorstand behandelt werden. Wenn du dich vernünftig verhältst, kommen wir miteinander aus.«

Johansson beobachtete Raid und knabberte dabei an seinem Käsebrot wie eine Maus.

»Sind wir ganz richtige Freunde?«

»Wenn du es möchtest.«

»Und du tust mir nichts?«

»Nein.«

Der Wärter legte seine Hand auf Johanssons Schulter.

»Kümmere dich nicht darum, der Johansson ist ganz harmlos.«

Grön war in seiner Zelle gewesen und kehrte jetzt mit einem Buch zurück.

»Die Heilige Schrift, ich möchte sie dir geben.«

Er drückte Raid die Bibel in die Hand.

»Lies das Evangelium des Lukas, Kapitel dreiundzwanzig, Vers vierzig. Das tröstet dich in der Bedrängnis.«

Der Kali sammelte das Abendbrotgeschirr ein und klapperte mit seinem Wagen davon.

»Jetzt ab in die Zellen, und allen eine gute Nacht.«

Der Wärter schloss hinter Raid die Tür.

Raid legte die Bettwäsche aufs Bett und sah sich um. Diese Zelle war noch kleiner als die vorige. Es gab keinen einzigen losen Einrichtungsgegenstand. Alles war in den Fußboden gegossen oder nicht demontierbar befestigt. Raid prüfte den Ausblick, er konnte eine Reihe erleuchteter Fenster des gegenüberliegenden Hauses erkennen.

Hinter einem der Fenster bewegte sich jemand. In einer anderen Wohnung hing ein festlicher Kristallkronleuchter von der Decke.

Raid setzte sich aufs Bett und sein Blick fiel auf die Bibel, die Grön ihm gegeben hatte. Er schlug sie an der genannten Stelle auf. Am unteren Rand der Seite stand mit Bleistift:

*Ich weiß, wer du bist und was du hier machst. Kehre um auf deinem Weg und tue Buße.*

»Das Licht geht aus!«, rief der Wärter.

Raid machte sein Bett im Dunkeln zurecht und legte sich hin.

»Gute Nacht, und Gott segne euch alle!«, rief Grön.

Nur Suokas antwortete, allerdings nicht im selben Geiste: »Leck mich am Arsch!«

## 5.

Wenn die Wege des Herrn unergründlich für Voitto Grön waren, so waren Gröns Wege unergründlich für alle anderen Menschen.

Er hatte schon zu den Spielkarten gegriffen, als er noch zur Volksschule ging. Die ersten Unterweisungen hatte er von seinem Vater bekommen, der der einzige Schlächter in der Gegend und ein passionierter Kartenspieler gewesen war. Der Vater hatte seinem Sohn die ewig gültige Regel eingebläut: Das As ist ein guter Junge.

Schon vor der Konfirmation spielte Voitto mit den Erwachsenen, noch dazu mit gutem Erfolg, so gutem, dass nicht alle begeistert waren. Manch ein Spieler, der sein Geld verloren hatte, hegte den Verdacht, dass Voittos Finger schneller waren als das Auge. Genauer gesagt sie vermuteten, dass Voitto auf die eine oder andere Weise betrog, nur auf welche, das wussten sie nicht.

»Und sie hatten nicht ganz Unrecht.«

Ein Zauberkünstler, der mit einem Wanderzirkus den Ort besucht hatte, hatte Voitto ein paar Taschenspielertricks beigebracht, und die Lehre war auf fruchtbaren Boden gefallen. Mithilfe dieser Tricks war er in der Lage, die Bewegungen der Karten zu verfolgen und zu erkennen, wo sich die Asse befanden, auch wenn der Spielpartner mischte oder abhob.

Voitto übte unermüdlich die Bewegungsabläufe und Griffe. Bevor er morgens zur Schule ging, machte er hundert

Volten und ebenso viele Kartenstraßen. Die Volte war ein Bewegungsablauf, der schneller als das Auge sein sollte und bei dem eine aus der Mitte des Haufens gezogene Karte ganz nach unten oder nach oben wanderte.

Für das erspielte Geld ließ er sich aus der Hauptstadt ein ausländisches Zauberbuch kommen, aus dem er weitere Tricks lernte. Er hatte die Spielkarten stets bei sich, und noch vor dem Einschlafen trainierte er seine Künste unter der Decke, heimlich und im Schein der Taschenlampe, damit der Vater nichts merkte.

Sein Vater wollte nicht, dass Voitto das Bilderbuch des Teufels, wie er den Stapel Spielkarten nannte, ganz auswendig lernte, auch wenn er selbst täglich darin las.

»Die Bremsversuche meines Vaters kamen zu spät.«

Voitto kannte den Stapel Spielkarten bald besser als die Bibel, das Gesangbuch und die Fibel zusammen. Er konnte den Packen mit einer Hand mischen, einen schönen Fächer machen, den Stapel mit einer Hand anheben, eine Karte in der Handfläche oder auf dem Handrücken verbergen und flott von unten verteilen.

Als der Zirkus im nächsten Herbst erneut in die Gegend kam, besuchte Voitto den Zauberkünstler und zeigte ihm sein Können. Der Mann gestand ein, dass er ein wirkliches Talent entdeckt hatte. Er prophezeite, dass Voitto ein Spitzenzauberer werden könnte, wenn er auf dem Gebiet weitermachte.

Er malte Voitto in verlockenden Bildern die große weite Welt aus.

»London, Paris, New York«, zählte er flüssig auf wie ein Reiseveranstalter.

Er selbst hatte keine einzige dieser Metropolen besucht. Später erkannte Voitto, dass auch die Fähigkeiten des Mannes nicht überragend waren, höchstens gutes Provinzniveau.

Voitto machte weiter, allerdings wollte er nicht Zauberer, sondern der beste Falschspieler der Welt werden.

Nach drei Jahren kannte er den Stapel so gut, dass er sich jede Karte geben konnte, die er haben wollte.

»Sogar fünf Asse, wenn nötig.«

Als er seiner Meinung nach genug trainiert hatte, kam die Praxis an die Reihe. Dafür brauchte er geeignete Gegner.

Von seinem Vater hatte er gehört, dass ausgebuffte Spieler mit der Bahn unterwegs und dass die Einsätze hoch waren. Er log seinem Vater vor, dass er übers Wochenende mit seinen Freunden zelten fahren wollte, und kaufte eine Rückfahrkarte Joensuu–Helsinki–Joensuu.

Mithilfe des Schaffners fand er die Spieler, die sich im Schlafwagen eingenistet hatten. Es war eine Gruppe von fünf Personen, darunter ein professioneller Zugspieler, ein Vertreter für Stoffe, der Besitzer eines Autohauses und ein Diplomingenieur. Die Männer nahmen Voitto amüsiert in ihre Runde auf, aber das letzte Lächeln in ihren Gesichtern erstarb schon vor Kouvola.

In Helsinki hatte er den Spielern ihr gesamtes Geld abgenommen, insgesamt etwa vierzigtausend damalige Mark. Für das Geld musste sein Vater mehrere Monate arbeiten. Voitto fürchtete, dass einer der geschröpften Spieler versuchen könnte, ihm das Geld zu entwenden, deshalb stieg er unterwegs kein einziges Mal aus. Er gab dem Schaffner ein paar Mark, und der holte ihm vom Bahnhofskiosk etwas zu essen.

Voitto erzählte keinem Menschen von seiner Tour. Das Geld versteckte er in einem Hohlraum unter dem Schuppen. Er ging täglich hin, um es zu befühlen, und kam sich dabei wie ein Millionär vor.

Nach zwei Monaten machte er erneut eine Reise. Diesmal lief es nicht so gut. Einer der Spieler, die er beim letzten Mal ausgetrickst hatte, erinnerte sich an ihn und nahm ihn beiseite. Ohne Vorwarnung schlug ihm der Mann mit der Faust in den Bauch. Voitto ging zu Boden und bekam noch ein halbes Dutzend derber Tritte in die Seite.

Er stieg in Lappeenranta aus und fuhr mit dem nächsten Zug wieder nach Hause. Er tröstete sich damit, dass man ihn im Wilden Westen geteert, gefedert und an einem Spieß durchs Dorf getragen hätte.

Diesmal stellte der Vater ihn jedoch zur Rede, und Voitto

musste alles gestehen. Er bezog fast nochmal so viel Dresche wie im Zug, obwohl er seinem Vater einen Teil des gewonnenen Geldes versprach.

»Solange ich dein Vater bin und du zu Hause wohnst, fasst du keine Karten mehr an!«

Voitto beschloss weiterzuspielen und verließ mit den Spielkarten in der Tasche sein Elternhaus.

Die Jahre vergingen und Voitto lebte, außer vom Spielen, von seiner Arbeit als Handelsvertreter: Er verkaufte den kleinen Läden in der Provinz Nähzubehör.

Das ständige Reisen erlaubte ihm, uneingeschränkt seinem Hobby zu frönen. In wenigen Jahren wurde er zu einem der besten Spieler des Landes. Wenn er einen Profi als Partner hatte, konnte er nicht tricksen, aber er merkte, dass er auch ohne Betrug Erfolg hatte. Er verließ sich nie auf sein Glück, sondern immer auf sein Können.

Er übertrumpfte nach und nach alle, die an den Spieltischen des Landes einen Namen hatten. Die in schmierigen Hotelzimmern oder in den Hinterzimmern von Gaststätten geführten Ermattungsgefechte dauerten manchmal von morgens bis abends und wieder bis zum nächsten Morgen. Aufrecht hielt sich nur, wer Willenskraft hatte oder eine gewaltige Menge Kaffee trank. Manchmal benutzte Grön Aufputschtabletten auf der Basis von Amphetamin.

»Damals bekam man so was noch in der Apotheke.«

Dann war es so weit. Nachdem er in einem kleinen Hotel in Südfinnland die ganze Nacht hindurch gespielt hatte, lockerte er seine Krawatte, stülpte sich den Filzhut auf und zog das grau gestreifte Jackett an.

Es war ein Frühlingsmorgen und die Sonne ging gerade auf. Im Park gegenüber wuchsen bereits die ersten Blumen. Grön setzte sich auf eine Parkbank – er war jetzt der Champion. Seine Brieftasche beulte sich von dem Geld, das er in der Nacht gewonnen hatte.

Voitto legte sein Geld an und erwarb Anteile einer Bingohalle in Helsinki. Zwar spielte er weiterhin, aber nebenbei machte er ständig kleine Geschäfte.

Anfang der Siebzigerjahre vermittelte er einen großen Posten Altgold nach Schweden. Die Polizei behauptete, dass das Gold gestohlen sei, und verhaftete Voitto. Das Gericht glaubte seinen Unschuldsbeteuerungen nicht: ein Jahr und sechs Monate Gefängnis.

»Dabei war ich unschuldig. Ich hatte keine Ahnung gehabt, dass das Gold gestohlen war.«

Im Gefängnis entwickelte er neue Geschäftsideen, und nach seiner Freilassung setzte er sie in die Tat um. Im Rausch des Geldmachens vergaß er solche Kleinigkeiten wie Buchführung und Steuerzahlung, die Folge: ein Jahr und zwei Monate Haft für schweren Steuerbetrug.

»Erfolg wird in diesem Land nicht akzeptiert.«

Als Voitto fünfzig war, hatte er bereits vier Strafen abgesessen, die letzte wegen Betrugs an einer westfinnischen Bank. Die Bank hatte Gröns glücklose Geschäfte mit mehr als zwanzig Millionen Mark finanziert. Das Geld verschwand und die Geschäfte verliefen im Sande.

Auch Voitto verschwand, und zwar ins spanische Marbella, mit ihm die Chefin der Bingohalle. Die beiden hatten ein gemeinsames vierjähriges Kind, eine Tochter namens Eeva.

Die Behörden vergaßen Voitto jedoch nicht und leisteten Wühlarbeit. Schließlich verhaftete ihn die spanische Polizei am Swimmingpool. Er bestach jedoch die örtlichen Polizisten und verschwand erneut.

Voitto Gröns nächster Schritt war so unglaublich, dass ihn tatsächlich niemand glaubte: Er wurde fromm und warf als Erstes die Spielkarten in den Müll, anschließend reiste er freiwillig nach Finnland, wo ihn eine Gefängnishaft wegen Betrugs erwartete.

»Unergründlich sind die Wege des Herrn!«

Grön blätterte in den Papieren und suchte nach einer Fortsetzung.

»So kann es doch nicht enden.«

»Ich wollte auch noch andere interviewen, zum Beispiel den Anstaltsleiter und den Pastor.«

Der Reporter des Kriminalblattes hatte seine besten Tage hinter sich. Seine Haut glänzte, er war nicht rasiert, seine Augen waren blutunterlaufen, und die Tränensäcke hatten die Größe und Farbe von Pflaumen.

Er hatte eine Alkoholfahne. Mit zitternder Hand schrieb er Gröns Bericht nieder. Er konnte sich jedoch nur schwer konzentrieren, sodass er sicherheitshalber auch noch einen Rekorder benutzte.

Das dunklebraune Wolljackett des Mannes war abgetragen und voller Flusen, sodass nicht mal ein patentierter Fusselroller dagegen ankäme. Seine weinrote Krawatte stellte einen lobenswerten Versuch dar, aber seine Schuhe sahen aus, als hätte er damit Feldsteine über die Dorfstraße und anschließend über einen lehmigen Acker gebolzt.

»Der Pastor ist ungeeignet, aus irgendeinem Grunde mag er mich nicht.«

Grön hatte Recht. Bei ihm kam sogar der Glaube von Gefängnispastor Sainio ins Wanken. Allerdings wusste der Pastor keinen Grund, warum Grön seine Frommheit hätte spielen sollen. Er hatte bereits sein Urteil empfangen und bekäme davon keinen einzigen Tag geschenkt. Er verheimlichte seine Wandlung auch nicht, sondern erzählte allen davon, ohne sich im Geringsten um die amüsierten Blicke der Mithäftlinge zu kümmern.

»Gott hat mich zu seinem Propheten erwählt. Er hat mich mit seiner Klarheit durchdrungen und gesagt: Voitto, ruf die Menschen zur Buße auf, immer und überall! Rüste dich, werde zum Streiter für den Herrn und sei eifrig, denn du hast viel zu büßen.«

Auch in das Interview mit dem Kriminalblatt hatte er nur unter der Bedingung eingewilligt, dass dort eine Predigt von ihm abgedruckt würde, die sich an alle finnischen Kriminellen richten sollte.

»Und dieser Artikel entspricht auch sonst nicht dem, was wir vereinbart haben«, sagte Grön.

»Es ist erst die Einführung. Ich möchte zunächst möglichst umfassend über dich berichten, auch aus der Sicht anderer Personen. Dadurch wird das Interesse des Lesers geweckt …, ich glaube nicht, dass der Pastor irgendwas gegen dich hat.«

Gefängnispastor Sainio fühlte sich in Gröns Gesellschaft befangen und unsicher. Grön wollte unbedingt bei den sonntäglichen Gottesdiensten helfen. Er schob die Bänke zurecht, sammelte die Bibeln und Gesangbücher ein und fegte den Fußboden der Kapelle. Er hätte auch gepredigt, wenn Sainio eingewilligt hätte.

Manchmal war sich Sainio fast sicher, dass sich Grön heimlich über ihn lustig machte, während er predigte. Er blickte immer wieder schnell auf, um Grön auf frischer Tat zu ertappen, aber dessen Gesicht zeigte stets denselben frommen Ausdruck.

Eines Tages war Grön in seinem Glaubenseifer so weit gegangen, dass er einen Kriminalkommissar, den er kannte, zu sich gerufen und ihm alle Verbrechen gestanden hatte, die er begangen hatte, für die er aber nicht verurteilt worden war. Der Kommissar hatte sie notiert und sich bedankt. Zwei Tage später hatte er angerufen und gesagt, dass die Verbrechen bereits verjährt waren. Grön hatte das als Wundertat Gottes gepriesen.

Grön war den lieben langen Tag im Gefängnis herumgelaufen, hatte jeden, den er traf, angehalten und ihn daran erinnert, dass das Ende schon wieder etwas näher sei als beim letzten Mal.

Schließlich hatte ein gewalttätiger Junkie versucht, Grön niederzustechen. Der war mit leichten Verletzungen davongekommen und hatte lautstark Gott für seine Rettung gedankt. Als Nächstes hatte ihm jemand in der Küche einen schweren Kochtopf über den Schädel geschlagen, das Ergebnis war eine leichte Gehirnerschütterung gewesen.

Nach der Kochtopfaktion hatte Direktor Yrjölä entschieden, dass es nun genug sei, und er hatte Grön in den Sicherheitsflügel verlegt. Grön war offensichtlich stark unfallgefährdet, und Yrjölä wollte kurz vor der Pensionierung keine Scherereien in seinem Haus haben.

»Ich fürchte nichts und niemanden, Gott ist meine Burg, mein Schwert und mein Schild.«

Yrjölä hatte nicht zugehört, sondern Grön in die Zelle neben Ekholms eingewiesen.

Grön hatte gedroht, sich über die Zwangsverlegung beim Justizbeauftragten des Reichstages zu beschweren, aber Yrjölä hatte sich ausgerechnet, dass er längst in Pension wäre, wenn der Fall geprüft würde, und er hatte Gröns Drohung ignoriert.

Der Journalist schaltete den Rekorder aus und steckte ihn in seine abgeschabte Kunstledertasche. Ganz beiläufig fragte er Grön: »Die Sparkasse von Kauniainen hat dir mehr als zwanzig Millionen geliehen. Sind die noch vorhanden?«

»Wenn ja, so werden sie nach Weisungen des Herrn verwendet.«

»Hat der Herr denn Weisungen gegeben?«

»Noch nicht, aber ich kann warten.«

»Könnten wir jetzt vielleicht über diese andere Sache reden ..., es stand immerhin in der Zeitung und der Chefredakteur möchte ...«

»Noch ist nicht die Zeit dafür.«

»Und die Polizei? Du hast dort ja von deinen alten ...«

»Wir haben ausgemacht, dass es hier nicht zur Sprache kommt ..., noch nicht.«

»Es würde den Bericht viel interessanter machen.«

»Ganz bestimmt.«

»Bist du einverstanden, wenn ich mich mit der Polizei unterhalte?«

»Nur zu!«

»Und mit deiner Lebensgefährtin?«

»Nein.«

»Warum ist sie nicht nach Finnland gekommen?«

»Warum hätte sie sollen? Sie hat nichts verbrochen ..., und Eeva ist dort gerade eingeschult worden.«

Bereichsleiter Manner klopfte an die offen stehende Tür und spähte herein.

»Für das Interview war genau eine Stunde vorgesehen, die Zeit ist um.«

»Könnte ich noch fünf Minuten bekommen?«

Manner musterte den schäbigen Journalisten und sah dessen zitternde Hände. Er bekam Mitleid.

»Genau fünf Minuten.«

»Danke.«

Manner zog sich zurück und setzte sich einige Meter entfernt auf einen Stuhl.

»Es heißt, dass du gegen die großen Bosse aussagen willst. Hast du keine Angst?«

»Auch Daniel fürchtete sich nicht in der Löwengrube und im glühenden Ofen.«

Der Journalist bekam plötzlich so starke Entzugserscheinungen, dass er seine Mimik nicht mehr beherrschen konnte. Ihm wurde die Kehle trocken, er schluckte und schnitt eine Grimasse. Grön erkannte die Symptome.

»Du brauchst das Wort Gottes anscheinend mehr als ich.«

»Ich brauche ein kaltes Bier.«

»Das hilft nur vorübergehend. Der Herr gibt den ewigen Frieden. Auch der schlechteste und erbärmlichste Mensch kommt in Einklang mit sich selbst.«

»Die Ewigkeit ist eine lange Zeit.«

»Ich möchte den endgültigen Text lesen, bevor er veröffentlicht wird.«

»Natürlich. Eine Sache noch ...«

»Ja?«

»Für den Artikel brauchen wir Bilder ..., der Chefredakteur stellt sich vor, dass du auf einem Foto am Kartentisch sitzt, mit den Spielkarten in der Hand, und auf dem anderen in der Kirche, mit der Bibel in der Hand ...«

Der Journalist sah sofort, dass Grön von der Idee nicht begeistert war.

»Sag nicht gleich Nein, sondern hör mir erst zu ...«

»Wo sollen wir im Gefängnis einen Kartentisch herkriegen?«

»Das kann man inszenieren ...«

»Außerdem will ich das Bilderbuch des Teufels nie mehr anrühren.«

»Denk darüber nach, es ist eine große Sache, und Fotos brauchen wir nun mal.«

Der Journalist erhob sich und packte zusammen. Manner führte Grön zurück.

»Der Bursche hat anscheinend ein Problem.«

»Ich bete, dass der Herr ihn leitet.«

Manner nahm die Schlüssel aus der Tasche, um die Zwischentür zu öffnen.

»Wie gefällt dir dein neuer Nachbar?«

»Er ist ein Mann der Gewalt, aber mich erschreckt er nicht.«

»Du kennst ihn, oder?«

Manner sah Grön forschend an, fand in dessen Gesicht aber keine Antwort.

»Ich habe ihn einmal gesehen, das war in Schweden, vor mehr als zehn Jahren. Ich habe ein gutes Gedächtnis für Gesichter.«

»Was hat er gemacht?«

»Einem jugoslawischen Berufsspieler ins Bein geschossen, der Mann war ein Betrüger.«

»Und du hast es gesehen?«

»Es war in einem Spielklub in Stockholm. Jemand, der sein Geld verloren hatte, hatte den Burschen engagiert. Ich hörte, dass er gefährlich ist und schon viele getötet hat, aber nie gefasst worden ist.«

»Und jetzt ist er hier.«

»Ja.«

»Kannst du dir vorstellen, warum?«

Die Tür zum Zahnarzt war nur angelehnt, und von drinnen war das unangenehme Surren des Bohrers zu hören.

»Ich habe meine Vermutungen.«

»Welche?«

»Warum ist er in die Sicherheitsabteilung gekommen?«

»Er hat selbst darum gebeten, und der Direktor war einverstanden.«

»Genauso gut könnte man einen Wolf in den Schafstall schicken.«

»Vielleicht hat er Buße getan, so wie du.«

»Hat er nicht.«

Manner blieb hinter der Zwischentür stehen.

»Wie lauten deine Vermutungen?«

»Was macht ein Wolf im Schafstall?«

»Er tötet Schafe.«

»Er tötet und zerfleischt sie. Aber die Schafe sind nicht allein, sie haben einen Hirten, der aufpasst, dass keines von ihnen umkommt.«

»Irgendein bestimmtes Schaf?«

»Ist das nicht klar?«

»Johansson?«

»Du sagst es.«

Manner fasste Grön bei der Schulter und drehte ihn zu sich herum.

»Wenn du etwas weißt, dann sag es, sonst bist du verantwortlich, falls Johansson etwas zustößt.«

»Der Hirte ist immer verantwortlich für seine Schafe.«

»Ob du ein Hirte bist oder nicht, du wirst jedenfalls nichts riskieren. Hier bin ich zuständig und die anderen Beamten. Wir sorgen dafür, dass niemandem etwas passiert.«

»Ich glaube nicht, dass ihr sie schützen könnt.«

»Wenn ich es nicht kann, wie willst du es dann können?«

»Der Herr ist mit mir.«

Manner schüttelte ihn heftig.

»Wenn du irgendein gefährliches Ding versuchst, lasse ich dich verlegen. Sag uns doch einfach nur Bescheid, warne uns, wenn du etwas hörst oder siehst.«

Manner ließ ihn los.

»Abgemacht?«

»Ich tue, was der Herr befiehlt.«

Manner seufzte.

»Hoffentlich stehen dein Herr und ich auf derselben Seite.«

## 6.

Huusko fuhr Jansson zur Klinik, kam aber selbst nicht mit hinein. Er bat Jansson lediglich, Tuomela von ihm zu grüßen. Er ertrage den Anblick verbundener und an Schläuche angeschlossener Menschen nicht, denn er sei im Grunde seines Herzens ein empfindsamer Mensch.

Auch Jansson konnte Krankenhausbesuchen nichts abgewinnen, aber Tuomela war die Anstrengung wert. Tuomela war fast während seiner ganzen Dienstzeit bei der Polizei sein Chef gewesen. Alle Mitarbeiter schätzten ihn. Er war ruhig, besonnen, fähig, geradlinig und absolut gerecht. Die jüngeren Kollegen fanden ihn väterlich im besten Sinne des Wortes.

Tuomela erweckte bei niemandem Neid oder Missgunst, denn seine Stellung als Leiter der Abteilung für Gewaltdelikte war in jedermanns Augen unbedingt verdient. Es war unvorstellbar, dass er sich daran beteiligen würde, jemanden auszubooten, oder dass er über andere hinter ihrem Rücken herzog. Er war wie eine lebende entmilitarisierte Zone. Wenn er einem Mitarbeiter etwas zu sagen hatte, rief er ihn in sein Zimmer, schloss die Tür und sagte, wie er über die Sache dachte. Niemand sonst erfuhr, was in dem Raum gesprochen worden war.

Jansson hatte zwei Anglerzeitschriften gekauft, denn Tuomela war ein leidenschaftlicher Fliegenfischer. Die Zeitschriften enthielten jede Menge Anweisungen, wie die Nymphe oder der Streamer zu befestigen war und aus welchem Material die Trockenfliege und die Nassfliege angefertigt werden konnten. Jansson war sicher, dass Tuomela sich über die Hefte freuen würde.

Jansson hatte Tuomela oft begleitet, obwohl er selbst eigentlich kein Angler war. Tuomela besaß eine Anglerhütte in Lappland und fuhr jedes Jahr im Frühling und im Herbst dorthin. Außerdem besaß er ein Boot, und er fischte bis weit in den Herbst hinein im Finnischen Meerbusen mit der Spinnangel, manchmal bis das Eis kam. Ein paarmal hatte er sich auf der Arbeit verspätet, weil ein Herbststurm ihn überrascht hatte und er auf einer der vorgelagerten Inseln hatte ausharren und auf besseres Wetter warten müssen.

Jansson kaufte in der Verkaufsstelle der Klinik noch zwei Schachteln von Tuomelas Lieblingspastillen. Er fragte an der Auskunft nach seinem Zimmer und fuhr in den siebten Stock hinauf.

Auf der Station sah es für Jansson so aus, als sei irgendwo eine starke Bombe explodiert und die Opfer würden jetzt in die Klinik gebracht. Krankenschwestern schoben chromglänzende Betten mit bleichen Patienten durch den Gang. Scheinbar wahllos standen Betten mit festgeschnallten und an den Tropf angeschlossenen Patienten herum.

Jansson spähte in ein Zimmer, in dem eine ältere Krankenschwester einem grauhaarigen Patienten Blut abnahm. Der Mann saß im Rollstuhl, er trug einen hellblauen Morgenmantel und Pantoffeln.

»Rechts am Ende des Ganges«, sagte der Mann.

»Wie bitte?«, fragte Jansson verwundert.

»Zimmer zwölf befindet sich rechts am Ende des Ganges.«

»Danke.«

Der alte Mann sah Jansson an.

»Aber er ist nicht in seinem Zimmer, er ist auf den Balkon gegangen.«

Jansson wollte schon gehen, drehte sich aber noch einmal um und fragte: »Woher wussten Sie es? Sieht man mir den Polizisten so sehr an?«

Die Krankenschwester zog die Nadel aus der Vene des Mannes. Ein Tropfen Blut fiel auf den grauen Linoleumfußboden. Die Schwester drückte ein Stückchen Verbandsmull auf die Einstichstelle und befestigte es mit einem Pflaster. Der Mann rollte seinen Ärmel hinunter und wandte sich dann Jansson zu.

»Es besteht kein Grund, sich zu schämen ..., wenn man wie ein Polizist aussieht.«

Tuomela stand am Balkongeländer und blickte auf das Hauptkontor von *Neste.*

Auch er trug einen hellblauen Bademantel, darunter eine blaue Baumwollhose. Seine Hände steckten in weißen Mullhandschuhen. An einem Handgelenk war die Nadel für den Tropf befestigt.

Draußen war es leicht nebelig, aber warm. Das Schilf am Ufer von Keilaniemi färbte sich bereits gelb, ebenso die Birken von Seurasaari und Kuusisaari.

»Viele Grüße von allen, besonders von Huusko, er wartet unten auf dem Parkplatz. Er hat gesagt, dass er zu sensibel ist, um ein Krankenhaus zu betreten.«

Tuomela lachte, wandte aber den Blick nicht vom Meer ab. Der Verkehr von der Paciuksenkatu war hier oben überraschend laut zu hören.

»Huusko ist wirklich sensibel, obwohl er versucht, es zu verbergen ... Er sollte begreifen, dass das auf Dauer anstrengender ist als die Wahrheit zu bekennen.«

»Wie geht es dir?«, fragte Jansson.

Er musterte Tuomela. Dessen Gesichtshaut wirkte bleich und schlaff, und die Augen waren seltsam gelblich getrübt. Normalerweise sah Tuomela stets tipptopp aus, aber jetzt hatte er Bartstoppeln im Gesicht.

»An deiner Stelle würde ich mich nicht beneiden.«

»Die Operation ist aber gut verlaufen?«

»In dem Sinne, dass ich überlebt habe.«

Obwohl Tuomelas Ton nicht zynisch war, wirkten seine Worte auf Jansson befremdend. Irgendwie passten sie nicht zu dem Mann, den er seit zwanzig Jahren kannte.

»So schlecht steht es?«

Tuomela lächelte flüchtig.

»Ich habe wohl ein bisschen übertrieben.«

Er richtete den Blick in die Ferne.

»Aus meinem Ausflug nach Lappland wird diesmal nichts,

aber ich war ja schon oft genug dort oben ..., und der Wasserstand ist angeblich sowieso auf Rekordtiefe, es hat zu wenig geregnet.«

»Im Frühjahr dann.«

»Wenn du mitkommst.«

»Mach ich vielleicht.«

»Erinnerst du dich an Jarmo Peltokangas?«

Jansson erinnerte sich gut an den Kollegen, hätte es aber lieber vermieden. Er sagte trotzdem: »Ja.«

»Er ist ungefähr aus dieser Höhe runtergesprungen, vielleicht war es sogar dieser Balkon. Hatte sich bei uns in Pasila hinter seinen Schreibtisch gesetzt, sich eine Papiertüte über den Kopf gestülpt, seine Dienstwaffe genommen und geschossen, war aber nicht tot ... Ich besuchte ihn hier ... Der Arzt sagte, dass er überlebt, aber ich wusste, dass es trotzdem nicht gut enden würde. Und so war es dann auch. Der zweite Versuch missglückte nicht. Hast du nicht damals die Untersuchungen ...«

»Ja.«

»Nun, dann weißt du ja Bescheid. Er hatte an dem Tag erfahren, dass er einen Tumor hatte, bösartig. Hoffnung machte man ihm nicht, aber die Schmerzen wollte man ihm auf jeden Fall ... Er traf seine eigene Entscheidung ..., die Papiertüte war dafür gedacht, dass nichts umherspritzte.«

»Wollen wir nicht reingehen? Ich lade dich zum Kaffee ein.«

Tuomela blickte zum Horizont und schwenkte seine behandschuhte Hand.

»Ich habe drüben am linken Rand begonnen, in Ruoholahti, bin in Gedanken von da nach rechts, nach Munkkiniemi gewandert und habe versucht, mich an alle die Fälle zu erinnern, die ich in diesem Gebiet bearbeitet habe. Es waren überraschend viele.«

»Das glaube ich gern.«

»Der erste Fall, den ich zu Zeiten der alten Mordkommission zu untersuchen hatte, hatte die Brücke von Ruoholahti zum Schauplatz. Zwei Penner wurden tot unter der Brücke gefunden. Sie lagen unter einer alten Ladefläche und allerlei Gerümpel versteckt. Ein Mann, der seinen Hund ausführte, fand die Leichen, wie so oft – die Polizei verdankt diesen Hundefreunden eigentlich eine ganze Menge. Beide Leichen hatten Verletzungen am Schädel und am Oberkörper. Der Arzt vermutete sofort, dass sie mit der Rückseite einer Axt getötet worden waren. Die Wunden waren rechteckig und von der entsprechenden Größe ...«

Tuomela bekam einen Hustenanfall. Sein Husten wirkte qualvoll. Er kämpfte eine Weile und konnte dann wieder gleichmäßig atmen.

»Ich arbeitete den ganzen Sommer an dem Fall, und erst im Herbst fand ich die Lösung. Die Männer hatten sich mit einem Lastwagenfahrer angelegt, der beim Lkw-Verleih KTK arbeitete. Die Firma befand sich in jenem flachen Gebäude, in dem jetzt die Strandgaststätte ist. Der Mann besaß ein Boot, das im Becken von Hietalahti, gegenüber dem Restaurant *Salve* lag, und diese beiden Unglücklichen waren dort eingebrochen, hatten gepinkelt und auch einiges geklaut. Der Mann entdeckte die Täter unter der Brücke, sie hatten auch die Sachen bei sich, die aus dem Boot entwendet worden waren. Beide waren sternhagelvoll und kaum ansprechbar. Der Fahrer holte eine Axt aus seinem Lkw, schlug ihnen den Schädel ein und arbeitete anschließend ganz normal weiter. Ich habe mich oft gefragt, was er wohl gedacht hat, wenn er mehrmals täglich an der Brücke vorbeifuhr in dem Wissen, dass unter dem Gerümpel die Leichen lagen.«

Tuomela seufzte.

»Na gut, das sind olle Kamellen ..., Kaffee und Kuchen, ja?«

Die beiden machten einen Abstecher in Tuomelas Zimmer, um die Zeitschriften und die anderen Mitbringsel dort abzulegen. Auf Tuomelas Tisch lagen bereits einige Bücher und ein Stapel Zeitungen. Im Zimmer standen zwei Betten.

»Der Fensterplatz ist in den frühen Morgenstunden frei geworden. Ich wurde wach, als das EKG-Gerät des Nachbarpatienten piepte, die Nachtschwester und der Dienst habende Arzt kamen sofort angestürzt ... Exitus, die Wiederbelebungsversuche halfen nicht mehr ...«

Tuomela ging langsam, und Jansson musste kürzere Schritte machen. Tuomela bemerkte es.

»Ich muss aufpassen, weil die Wunde so verdammt empfindlich ist, sie haben mir den ganzen Brustkorb aufgemacht. Da habe ich jetzt mehr Nähte als am Konfirmationsanzug.«

Er setzte sich auf einen Fensterplatz und Jansson holte den Kaffee.

»Vier Stücke Zucker!«

»Ich weiß.«

»Wie läuft es in der Abteilung?«, fragte Tuomela, als sie den Kaffee tranken.

»Jokela ist ein guter Mann«, sagte Jansson.

»Und bei dir?«

»Ich bin wahrscheinlich kein so guter Mann.«

»Sag das nicht.«

»Ich eigne mich wohl mehr für die Praxis.«

»So dachte ich auch, als ich anfing ... In gewisser Weise hatte ich Recht, wie du vielleicht auch, aber allmählich begriff ich, dass irgendjemand diese Dinge machen und die Verantwortung übernehmen muss. Ich war ursprünglich gar nicht so scharf auf den Posten des Oberkommissars gewesen, obwohl es wahrscheinlich unnötig ist, zu sehr den Bescheidenen zu mimen. Man freut sich ja doch über jede Anerkennung, auch wenn man es nicht zeigt.«

»Das stimmt wohl.«

»Ich habe dich ausgewählt, weil du der beste Mann für den Posten bist, du bist in der Lage, für dich und deine Männer einzustehen.«

»Meinst du?«

»Ja.«

»Ich glaube, es ist trotzdem besser für alle, wenn du schnell gesund wirst und deine Arbeit wieder aufnimmst. Alle warten auf dich ...«

Tuomela schwieg eine Weile.

»Bei diesen Geschichten sollte man sich nicht vorher festlegen, man weiß nie, ob man wiederkommt oder auf der Strecke bleibt.«

»Du kommst wieder.«

»Es ist ja nicht so, dass ich mir das nicht selbst ebenfalls wünschen würde, aber wenn man fast ganz aufgeschnitten und ein so sensibles Organ wie das Herz angetastet wird, ist es das Beste, sich auf alle Alternativen einzustellen. Dasselbe rate ich dir auch.«

»Was haben die Ärzte gesagt?«

»Sie haben versprochen, dass ich binnen einer Woche nach Hause komme, falls es keine Komplikationen gibt. Dann einige Monate Schmerzmittel und ein ruhiges Leben, und anschließend wird man sehen, in welche Richtung sich alles neigt.«

»Ich bin sicher, dass du …«

»Lass gut sein. Jetzt erzählst du, was im Haus passiert ist, den Klatsch und die besten Fälle … Wie steht es mit Huusko und Susisaari?«

»Wie immer.«

»Na so was. Schade, Susisaari ist eine attraktive Frau. Gibt es interessante Fälle?«

Jansson überlegte kurz.

»Raid ist wieder in Finnland.«

»Dann ist wahrscheinlich etwas im Gange, oder?«

»Das versuche ich herauszufinden. Er ist vor ein paar Tagen gekommen, hat sich bei uns in Pasila gemeldet und ist dann ins Gefängnis von Katajanokka gegangen, um ein uraltes Bußgeld als Haftstrafe abzusitzen.«

»Wahrscheinlich aber nicht aus Geldnot oder Schuldbewusstsein?«

»Wahrscheinlich nicht.«

»Was vermutest du?«

»Dort sitzen in der Sicherheitsabteilung zwei passende Objekte.«

»Und er will einem von beiden zu endgültiger Sicherheit verhelfen?«

»Das ist möglich.«

»Kennen wir die Typen?«

»Der eine ist ein Informant der Drogenfahndung, der andere ist Luotolas Handlanger, Johansson.«

»Ach, der Span?«

»Eben der.«

»Wovor hat der denn Angst, außer vor dem Leben im Allgemeinen?«

»Vor Luotola. Er behauptet, das Finanzamt von Karjaa auf Luotolas Befehl angezündet zu haben, und nun fürchtet er, dass Luotola ihn töten will. Er wusste sich nicht anders zu helfen, als die Tat zu gestehen, damit er ins Gefängnis kam. Er hat ja bereits früher gesessen, und wie es scheint, betrachtet er das Gefängnis als eine Art sicheren Hafen.«

»Falls der Span tatsächlich etwas weiß, wäre es durchaus denkbar, dass Luotola ihn beseitigen will. Jemand wie Johansson ist für ihn gerade so wertvoll und nützlich wie ein Span im Hintern, falls das Wortspiel erlaubt ist.«

»Ausnahmsweise.«

»Zumindest stimmt es, dass Johansson zwanzig Jahre lang für Luotola verschiedene Jobs gemacht hat, er war Hausmeister in seinem Landhaus, Laufbursche und Nachtwächter. In dieser Zeit hat er wahrscheinlich allerlei Interessantes gesehen und gehört. Ich kann mir allerdings nicht vorstellen, dass Luotola ihm etwas anvertraut hätte, was für ihn selbst gefährlich wäre.«

»Nach unseren Informationen hat er versucht, Johansson unmittelbar nach der Brandlegung in dem Finanzamt umzubringen.«

»Dann ist anscheinend doch etwas dran. Sorgt dafür, dass dem Span nichts zustößt.«

»Wir versuchen es, aber du weißt ja, wie Yrjölä ist. Er hält das Gefängnis für einen Zwergenstaat, in dem es nur einen einzigen Diktator gibt – ihn selbst. Wir müssen behutsam vorgehen, damit er nicht das Gefühl hat, dass wir ihm auf seine empfindlichen Zehen treten.«

»Hast du Raid schon befragt?«

»Ich fahre heute oder morgen hin.«

»Wenn ich es richtig verstanden habe, besteht zwischen euch eine Art freundschaftlicher Kontakt.«

»Das dachte ich auch, aber ich bin mir nicht mehr so sicher.«

»Bei Männern seines Schlages weiß man nie. Er kann auf unserer Seite sein, ebenso gut aber auch gegen uns arbeiten.«

Jansson blieb eine halbe Stunde bei Tuomela. Dann bekam er Mitleid mit Huusko und brach auf. Als er Tuomela die Hand gab, fragte er sich unwillkürlich, ob er ihn zum letzten Mal sah. Vielleicht bewegte Tuomela derselbe Gedanke.

Er wirkte wehmütig, fast gerührt, als er sagte: »Grüß alle ..., besonders Huusko.«

Im Auto lief das Radio, Huusko war hinter dem Steuer eingenickt. Er schlug die Augen erst auf, als Jansson die Tür öffnete.

»Hab letzte Nacht zu wenig Schlaf gekriegt. Was macht Tuomela?«

Jansson berichtete kurz von seinem Befinden und bestellte die Grüße.

»Glaubst du wirklich, dass er wiederkommt?«

»Ja.«

»Du willst es glauben, aber bist du wirklich überzeugt?«

»Ja, wie oft soll ich es noch sagen«, erwiderte Jansson gereizt.

»Okay, dann glaube ich auch daran.«

## 7.

Als Raid von Bereichsleiter Manner hörte, dass im Besucherraum eine Frau auf ihn wartete, wollte er das Treffen zunächst verweigern. Er ahnte, wer die Besucherin war. Manner sah ihn abwartend an.

»Ich an deiner Stelle würde hingehen.«

»Warum?«

»Liebe ist eine schöne Sache.«

Nichts deutete darauf hin, dass Manner es nicht ernst meinte.

»Ich komme gleich.«

Manner zog sich feinfühlig auf den Flur zurück.

Raid kämmte sich und prüfte das Ergebnis in dem zerkratzten Spiegel. Seine ziemlich langen Haare waren immer noch wild zerzaust, und sein Kinn zierten mehrere Tage alte Bartstoppeln.

»Interessiert dich gar nicht, wer es ist?«, rief Manner.

»Ich weiß es schon.«

»Gibt es so wenig Alternativen?«

»Ganz genau.«

Als Raid aus der Zelle kam, war Johansson gerade unterwegs, um sich Kaffeewasser zu holen.

Er hatte Manners Worte gehört, trat zu Raid und flüsterte: »Hast du Besuch?«

Raid flüsterte zurück: »Ja.«

»Wer ist es?«

»Sei nicht so neugierig.«

»Bringst du mir hinterher Patience bei?«

»Vielleicht ..., wenn es der Schließer erlaubt.«

»Ich hab die Thermoskanne vergessen.«

Johansson glitt so geschmeidig in seine Zelle zurück wie die Schlange eines Schlangenbeschwörers in ihren Weidenkorb.

Manner ging an Raids linker Seite und beschleunigte vor jeder Zwischentür den Schritt, um aufzuschließen. Er führte Raid in den Westflügel zur Kapelle.

Ein älterer Häftling, der den Flur sauber machte, blickte auf und lehnte sich an den Besen.

»Tach auch«, sagte der Häftling.

»Tachchen«, erwiderte Manner.

In der Nähe des Wirtschaftsbüros trafen sie Direktor Yrjölä.

»Wo geht's denn hin?«, fragte er.

»Besuch«, sagte Manner.

Yrjölä steckte die Hände in die Hosentaschen, musterte beide Männer und wandte sich dann an Manner.

»Brauchst du Hilfe?«

»Nein. Es ist eine Frau.«

»Die Freundin?«

Raid antwortete nicht, Manner ebenfalls nicht.

»Pass auf, dass sie Abstand und ihre Hände im Zaum halten«, sagte Yrjölä und ging weiter, die Hände immer noch in den Hosentaschen.

Merja stand am Fenster der Kapelle und blickte in den Hof. Sie hörte Raid kommen, rührte sich aber nicht.

Manner hüstelte, und da drehte sie sich um.

»Ist es euch recht, wenn ihr zunächst hier sitzt?«, fragte Manner und klopfte auf den langen Tisch. In seiner Mitte befand sich eine etwa einen halben Meter hohe Plexiglasscheibe. Raid trat an die zur Tür gelegene Seite, setzte sich aber nicht. Merja stellte sich auf die andere Seite, und sie sahen einander an.

»Woher hast du erfahren, dass ich hier bin? Hat Uki es dir erzählt?«, fragte Raid.

»Spielt das eine Rolle?«

»Eigentlich nicht«, gab Raid zu.

»So setzt euch doch, das ist bequemer«, sagte Manner. Er selbst nahm in ein paar Metern Entfernung Platz und blätterte in einer Bibel, die er von einer Bank aufgenommen hatte.

Merja setzte sich, Raid ebenfalls.

»Warst du in Schweden?«, fragte Merja schließlich.

»Spielt das vielleicht eine Rolle?«

»Ja, sogar eine große.«

»Warum?«

»Ich möchte wissen, ob du mir ausgewichen bist oder wirklich außer Landes warst ... oder beides.«

Raid mied ihren Blick, denn er wusste die Antwort selbst nicht. Instinktiv wusste er nur, dass er nicht der richtige Mann für sie war. Ausweichen war leichter als die Sache beim Namen zu nennen.

»Schwer zu sagen.«

»Du hast mich jedenfalls nicht mit Reden erobert.«

»Genau.«

»Womit dann?«

»Mit meiner heiteren Lebenseinstellung.«

Merja musste lachen. Das wühlte ihre Gefühle auf, und sie brach gleich darauf in Tränen aus. Raid streichelte über die Glasscheibe hinweg ihr Haar. Manner blickte weg.

»Du weißt, wie viel Sehnsucht ich hatte«, stammelte Merja.

»Ich auch.«

»Warum also, warum?«

Sie blickte auf und lächelte, obwohl in ihren Augen Tränen standen. »Und sag nicht wieder, schwer zu sagen.«

»Tue ich nicht.«

»Warum bist du gegangen? Du weißt nicht, was du mir damit angetan hast. Das erste Jahr war wie der Tod ..., ich begreife immer noch nicht, wie ich es ausgehalten habe.«

»Für mich war es auch nicht leicht. Vielleicht hatte ich gedacht, dass meine Welt nie die deine sein kann.«

»Kann sie doch.«

»Du weißt, wie ich lebe und womit ich meinen Lebensunterhalt verdiene. Es ist nichts Schönes. Das Leben hält für dich etwas Besseres bereit.«

»Man kann sich immer ändern.«

»Wer?«

»Wir beide. Ich komme dir entgegen, und du mir.«

»Das funktioniert nicht. Vielleicht für einige Zeit, aber dann gibt einer von uns beiden auf, und es kommt zu Vorwürfen und Streit.«

»Es funktioniert, wenn wir beide es wollen.«

»Wenn.«

Merja stand auf, und Raid ebenfalls. Manner hörte die Stühle schurren, aber die Bibel interessierte ihn mehr als das, was zwischen Raid und Merja geschah.

Merjas Gesicht war ganz nah an Raids. Ihre Haare kitzelten seine Wange.

»Willst du es nicht?«

Raid wich mindestens drei Zentimeter zurück.

»Ich habe gehört, dass du mit deinem Studium fertig bist, du hast einen guten Arbeitsplatz in einer großen Firma. Stell dir uns beide zusammen vor, ein Stromer und Knacki wie ich und eine feine und studierte Dame wie du. Du würdest mich nicht einmal deinen Arbeitskollegen vorstellen mögen. Was würdest du ihnen sagen, womit ich mein Geld verdiene ...«

»So was gibt es auch in meiner eigenen Familie ...«

»Du hast dich davon gelöst.«

»Das kannst du ebenfalls tun. Menschen haben die Möglichkeit, sich zu ändern.«

»Wie geht es Uki?«

»Gut. Er lässt fragen, ob du Hilfe brauchst ...«

»Brauch ich nicht. Ist das Boot schon in Ordnung?«

»Nein, aber sprechen wir jetzt nicht von meinem Vater, sondern von uns.«

»Ja, gut.«

Manner stand auf und schob seinen Stuhl ans Fenster, dann setzte er sich mit dem Gesicht zum Hof.

Merja drückte ihre Lippen auf Raids Mund. Er spürte den Geschmack ihres Lippenstifts.

»Wenn du nicht weggelaufen wärest, könnten wir Mann und Frau sein, und wir könnten zusammen Kinder haben.«

»Und wir würden Familie spielen?«

»Kein Spiel, sondern richtiges Leben.«

»Was ist das?«

»Leben mit all seinen Freuden und Leiden, wie bei anderen Menschen auch. Glaubst du nicht, dass es auch so geht, ohne Waffen, Verbrechen und Gewalt?«

»Du hättest zu viel erwartet und wärest enttäuscht worden.«

»Ich habe mir nicht vorgestellt, in ein Märchenschloss zu kommen, mir hätte ein ganz normales Leben mit dir genügt. Ich habe mir immer gewünscht, mit dir alt zu werden ...«

Merjas Blick wurde träumerisch.

»Ich habe mir vorgestellt, wie das wäre ...«

Sie berührte sein Haar.

»... zu sehen, wie die Kinder von zu Hause weggehen, wie

dein Haar grau wird ... wie die ersten Falten auf den Wangen und in den Augenwinkeln entstehen, denn deine Augen verändern sich nicht, da bin ich mir sicher ... Und eines Tages wird dann einer von uns beiden ...«

»Was das Schloss angeht, so bin ich immerhin hinter Schloss und Riegel.«

»Mach dich nicht lustig ..., klingt das alles so lächerlich?«

Raid wandte sich ab.

»Nein. Es klingt schön. Ungefähr so, wie wenn man Hand in Hand dem Sonnenuntergang entgegengeht. Die Wirklichkeit ist aber im Allgemeinen nicht so schön.«

»Die Menschen machen die Wirklichkeit. Wir hätten sie schön machen können.«

»Oder die Wirklichkeit macht die Menschen.«

»Sie wäre besser gewesen als das Leben, das du jetzt führst.«

»Wahrscheinlich.«

»Wenn du ehrlich zu dir selbst bist, gibst du zu, dass an deiner jetzigen Art zu leben nichts ist, was gut oder bewahrenswert wäre.«

»Es ist die einzige Art, zu der ich fähig bin.«

»Das bildest du dir nur ein.«

»Ich halte es nirgendwo mehr lange aus, bin einen Tag hier, den anderen dort. Ich bin eine unruhige Seele, zu unruhig für ein Familienleben ...«

»Quatsch. Der Grund liegt in dem, was du machst. Dein Gewissen lässt dir keine Ruhe, deshalb fliehst du vor allem Schönen wie Glaube, Hoffnung und Liebe. Von alledem ist die Liebe das Größte, aber das Wort ist dir völlig fremd, du wagst es nicht mal auszusprechen.«

»Nein?«

»Dann sag es.«

»Der Hahn kräht nicht auf Befehl.«

»Liebe, lieben, ich liebe dich. Ist es zu schwer?«

Raid schwieg eine Weile, ehe er zugab: »Ja.«

»Ich hatte Recht.«

Merja sah unerträglich schön aus. Raid hatte das Gefühl,

als würden seine Lippen austrocknen. Er konnte kaum mehr sprechen.

»Dies ist nicht der richtige Ort für solche Worte.«

»Es ist genau der richtige Ort. Wenn du sie hier nicht zu sagen wagst, sagst du sie nicht mal im Rosengarten.«

»Uki hat mir nach Schweden geschrieben ..., er macht sich Sorgen, weil du keine feste Beziehung hast. Er möchte gern Enkelkinder.«

»Schweif nicht ab.«

»Was soll ich denn sagen?«

»Möchtest du, dass wir weitermachen?«

»Ja ..., aber es funktioniert nicht.«

»Was hindert dich daran, es zu versuchen?«

»Das, was ich bin. Der Mann, den ich im Spiegel sehe, ist nicht für dich gemacht, selbst wenn er es noch so gern wollte.«

Merja sah ihn scharf an.

»Hast du eine andere?«

»Nein.«

»Ganz bestimmt nicht?«

»Hast du Angst, dass du Schlange stehen musst?«

Merja lächelte lieblich.

»Vielleicht.«

Raid sah auf die Uhr.

»Du hast nur noch eine Minute Zeit.«

Merjas Blick schärfte sich, und alle Weichheit fiel von ihr ab.

»Wie lange bist du hier?«

»Nicht lange.«

»Und danach? Gehst du dann wieder nach Schweden?«

»Vielleicht mache ich Urlaub.«

»Warum hast du dich ins Gefängnis einweisen lassen?«

»Ich sitze ein Bußgeld ab.«

»Warum bezahlst du es nicht? Ich dachte immer, du verdienst gut.«

»Ich bin zu geizig.«

»Hast du einen Auftrag?«

»Gewissermaßen.«

»Welcher bedauernswerte Kerl ist die Zielscheibe?«

»Keiner.«

»Lüg nicht.«

»Nein.«

»Warum bist du dann hier, was ist der wirkliche Grund?«

Manner erhob sich geräuschvoll und drehte sich betont langsam um.

»Ich glaube, die Zeit ist um.«

»Einen Augenblick noch.«

Merja schlang die Arme um Raid und küsste ihn heftig. Dann löste sie sich von ihm und sah ihm in die Augen. Ihre Hand bewegte sich so schnell, dass er nicht ausweichen konnte, oder vielleicht wollte er es nicht. Ihre Hand klatschte auf seine linke Wange.

»Glaub nicht, dass ich nicht wiederkomme.«

Manner und Raid legten fast den ganzen Weg unter völligem Schweigen zurück. Dann sagte Raid: »Danke.«

»Keine Ursache ..., eine heißblütige Frau.«

»Stimmt.«

»An deiner Stelle würde ich sie festhalten.«

Raid antwortete nicht.

»So weit kommt einem nur selten eine entgegen, denn dazu gehört sehr viel, besonders wenn sie ein stolzer und starker Charakter ist, so wie diese Frau.«

Manner musterte Raids finsteres Gesicht und öffnete die Zwischentür.

»Ich habe nicht die Absicht, mich in deine Angelegenheiten zu mischen, ich wollte nur sagen, wie es auf einen Außenstehenden wirkte. Wir Menschen, die Männer wie auch die Frauen, haben die komische Angewohnheit, erst dann klug zu werden, wenn es zu spät ist. Wir hören nicht auf die Stimme des Herzens, wenn ich es mal so ausdrücken darf ...«

»Du hast zu viel *Das Beste* gelesen.«

»Kann sein, und wahrscheinlich rede ich zu viel.«

»Das auch.«

## 8.

In dieser Nacht wollte Reino Ekholm sterben.

Er wollte einen raschen Tod und nahm zunächst drei Diapam. Er hatte sich die Beruhigungspillen einzeln besorgt, eine mithilfe des Kalfaktors, eine war im Umkleideraum der Sauna für ihn versteckt worden, und eine hatte er vom Gefängnisarzt bekommen.

Er hatte sie drei Wochen in einem Versteck in seiner Zelle aufbewahrt.

Als er die Tabletten eingenommen hatte, legte er sich aufs Bett, die Hände über der Brust gefaltet, und wartete auf die Wirkung.

Ekholm hatte, wie er fand, einen Punkt erreicht, an dem es leichter war zu sterben als zu leben.

Außerdem war das Leben lang, es dauerte Jahre und nochmals Jahre, zwischendurch machte es Anstalten, sich zu verabschieden, kam aber wieder zurück, der Besuch des Todes hingegen war kurz und endgültig. Der Tod war wie ein treuer und sanfter Hund, der sofort kam, wenn der Mensch ihn rief.

Er setzte sich zu ihm, sah ihn mitfühlend und verständnisvoll an und begann sofort, die Alternativen abzuwägen: »Wenn du mehr Diapam hättest, würde ich dir dazu raten, aber in dieser Situation sind gute Methoden rar. Deshalb schlage ich vor, dass du die Schnürsenkel deiner Turnschuhe zusammenbindest. Sie sind gut und stark, fast neu. Befestige das eine Ende irgendwo, und ab geht's. Du brauchst keine Angst zu haben, ich erwarte dich und fange dich mit starken Armen auf.«

Die Diapam begannen zu wirken, und es schien Ekholm, als hätte jemand den Weltenlauf leiser gedreht. Ruhe und Stille rauschten förmlich in seinen Ohren.

»Dreiundvierzig Jahre. Eigentlich ist das ziemlich viel, fast alle meine Freunde sind schon lange tot.«

»Das ist völlig ausreichend für einen Mann«, versicherte der Tod. »Besser wird es jetzt nicht mehr, im Gegenteil, viel schlechter.«

Der Tod von Ekholms Jugendfreund Huuli lag schon mehr als zehn Jahre zurück. Huuli war sein direkter Nachbar gewesen, und Ekholm hatte ihn so gut gekannt wie keinen anderen, sogar jeden Familienstreit hatte er durch die Wand mitgehört.

Huuli war seiner eigenen Kaltschnäuzigkeit und den Drogen zum Opfer gefallen, seine Leiche war nie gefunden worden.

Repe wiederum war bei einem von Ekholm eingefädelten Kurierjob in Russland ums Leben gekommen. Auch Kim hatten die Russen getötet, aber der hatte das verdient.

Dreiundvierzig Jahre, eine Exfrau und eine Tochter, Pilvi. Das Mädchen war beinah zwanzig und machte eine Ausbildung zur Krankenschwester. Ekholm hatte sie seit über einem halben Jahr nicht mehr gesehen, und auch das letzte Treffen war nicht angenehm gewesen.

»Pilvi war …«

»Denk nicht an Vergangenes, ich biete dir völliges Vergessen, ich lösche jede bittere oder traurige Erinnerung aus.«

»Woher weiß ich, dass du nicht lügst?«

»Du hast mein Wort. Keinen Kummer mehr, auch keine Krankheiten oder Altersbeschwerden. In zehn Jahren hast du Abnutzungserscheinungen in den Knien und in der Hüfte und kannst dich kaum noch bewegen, dann greift das Rheuma nach deinen Händen, der grüne Star nimmt dir das Augenlicht, und zum Schluss schlägt der Lungenkrebs zu, sodass du vor Schmerzen nicht mehr schlafen kannst. Das ist nun mal die Wirkung des Kettenrauchens. Willst du etwa auf all das warten?«

Der Tod war jetzt wie ein Händler, der eine Patentarznei feilbot, die bei jedem Problem wirkte. Das ärgerte Ekholm.

»Du überschreitest deine Kompetenzen. Du darfst nicht werben, nicht locken und nicht einschüchtern. Du musst bei den Fakten bleiben.«

»Ich nenne bloße Fakten. Fünfzehn Jahre Spitzeltätigkeit. Es ist ein Wunder, dass du noch lebst.«

Der Tod hatte Recht. Ekholm hielt das Ergebnis selbst für ziemlich bemerkenswert, in fünfzehn Jahren verpfeift man eine beträchtliche Anzahl von Freunden. Die Zunft der Spitzel war im Allgemeinen nicht langlebig.

Bei Eigentumsdelikten als Informant zu arbeiten war noch ziemlich ungefährlich gewesen, aber als er angefangen hatte, Drogendealer zu bespitzeln, war das Risiko um ein Vielfaches gestiegen. In den letzten Jahren waren noch die finsteren russischen Gangster dazugekommen. Gerade Letztere verfügten über ein unerschöpfliches Potenzial an Männern, deren Aufgabe es war, Leute ins Jenseits zu befördern.

Ekholm kämpfte sich hoch und sah sich um. Dann verließ er das Bett und ging mit unsicheren und schlurfenden Schritten in der Zelle herum.

»Du hast doch ein Messer, oder? Ein länglicher Schnitt in beide Handgelenke, und in einer halben Stunde bist du bei mir«, flüsterte der Tod ihm ins Ohr.

Das Messer war eigentlich nur ein Stückchen von der Schneide einer Metallsäge. Die Spitze war scharf geschliffen, und um die andere Seite, die als Griff diente, waren mehrere Schichten Klebeband gewickelt. Ekholm hatte das Versteck des Messers mehrfach gewechselt, und so war es nicht entdeckt worden, obwohl die Zelle zweimal durchsucht worden war. In der Sicherheitsabteilung wurde dabei nicht mit der gleichen Sorgfalt verfahren wie in den anderen Abteilungen.

»Unbedingt ein Längsschnitt, denn mit einem Querschnitt erheischt man nur Mitleid. Das ist etwas für Amateure.«

Aber Ekholm verabscheute es, sich Schnitte zuzufügen, und so konnte er dem Gedanken nichts abgewinnen. In der Zelle war es kühl, und seine blank liegenden Nerven reagierten trotz der Diapam schon beim bloßen Gedanken an den Schmerz sensibel.

»Du meinst es anscheinend nicht ernst. Wenn ein Mensch wirklich sterben will, ist er nicht wählerisch bei der Todesart, sondern er tut es einfach.«

»Ich darf die Art und Weise wohl noch selbst bestimmen. Ich gedenke nur einmal zu sterben, und es ist immerhin die letzte Entscheidung, die ich treffe.«

»Werd nicht gleich böse. Aber ich finde, du machst leere Versprechungen. Falls es dich interessiert: Der vorige Bewohner dieser Zelle meinte es ernst. Er schmuggelte aus der Werkstatt Terpentin herein und begoss damit seine Matratze und sich selbst. Ich möchte das zwar nicht jedem empfehlen, aber es hat auf jeden Fall funktioniert.«

»Für mich nicht geeignet.«

»Ein anderer baute sich aus einem Stück Rohr und Streichholzköpfen einen Stutzen und schoss sich einen angespitzten Bolzen ins Ohr. Das zeugt von ehrlichem Bestreben und Sinn für die Tat, anders als bei gewissen Leuten.«

»Ich habe die ganze Nacht Zeit«, sagte Ekholm.

»Ich nicht«, sagte der Tod. »Ich werde an vielen anderen Orten erwartet. Millionen Menschen sehnen sich nach mir.«

»Keiner zwingt dich, zu bleiben.«

»Doch, so sind nun mal die Regeln.«

»Dann denk dir irgendwas anderes aus.«

»Ein Stromschlag, zweihundertzwanzig Volt. Eine Hand an den Heizkörper und mit der anderen einen Metallstift in die geöffnete Steckdose. Es ist den Versuch wert.«

Ekholm hörte nicht mehr zu, sondern zog die Schnürsenkel aus seinen Turnschuhen und knotete sie zusammen.

Er knüpfte an einem Ende eine Art Schlinge und legte sie um seinen Hals. Das andere Ende nahm er in die Hand und suchte nach einer geeigneten Stelle, an der er es befestigen konnte.

»Das Fensterkreuz«, riet ihm der Tod. Seine Stimme klang ein wenig ungeduldig.

Draußen klappte die Zwischentür. Der Ankömmling klimperte mit den Schlüsseln und schloss die Tür hinter sich. Die Sicherheitsabteilung war eigentlich keine richtige Abteilung, sondern bestand aus fünf Zellen, die durch eine Zwischentür vom übrigen Gefängnis abgetrennt waren. Außer den Häftlingen, die besonderen Schutz brauchten, wurden hier auch die untergebracht, die ausrasteten. Momentan saßen hier nur schutzbedürftige Häftlinge.

Ekholms unmittelbarer Nachbar war ein Hundertkilomann, ein Bodybuilder, der mit einem Kilo Amphetamin geschnappt worden war und sich anscheinend verquatscht hatte. Warum saß er sonst in der Sicherheitsabteilung? Muskeln waren nicht immer ein ausreichender Garant für Sicherheit. Der Mann gehörte einer Helsinkier Motorradgang an, und am ersten Verhandlungstag war das ganze Gerichtsgebäude von Polizei umstellt gewesen.

Auf der anderen Seite hauste ein Pyromane namens Johansson. Ekholm fand, dass der Mann eher in eine psychiatrische Klinik als in ein Gefängnis gehörte. Er stand intellektuell ungefähr auf dem Niveau eines Sechsjährigen. Bei der Untersuchung auf Zurechnungsfähigkeit war er jedoch nur als Quartalsirrer eingestuft worden.

Ekholm wusste, dass Johansson verdächtigt wurde, das Finanzamt einer Gemeinde angesteckt zu haben. Johansson hatte der Polizei erzählt, dass es sich um eine Auftragsarbeit gehandelt habe: Das Amt habe niederbrennen sollen, damit Papiere, die für eine bestimmte Person gefährlich waren, vernichtet würden.

Johansson riss sich stets darum, mit Ekholm zusammen den Hofgang zu machen, und jedes Mal erzählte er von seinem Brandstifterhobby.

Aus seinen Reden zu schließen, handelte es sich um mehr als ein Hobby, fast um einen Beruf. Er hatte gegen Bezahlung zwei von Schulden geplagte, aber voll versicherte Kleinwerften abgefackelt, außerdem eine Metallwerkstatt, eine Autowerkstatt und eine Holz verarbeitende Fabrik. Er war geschnappt worden, als er im Hinterzimmer einer hölzernen Tanzbühne eine Selbstzündungsvorrichtung installierte.

»Der Polizist, der mich verhört hat, war richtig nett, er hat mir immer Kaffee und Kuchen angeboten, und da hab ich mir gedacht, ich erzähle ihm auch gleich von all den anderen Sachen. Außerdem waren manche schon verjährt.

Absitzen muss ich bloß noch diese letzte, und vielleicht das Finanzamt.«

Johansson war in die Sicherheitsabteilung gekommen, nachdem in der Gefängniswerkstatt ein Anschlag auf ihn verübt worden war. Jemand hatte ihm dreimal mit dem Hammer auf den Hinterkopf geschlagen.

»Die haben Angst, dass ich die Sache mit dem Finanzamt so erzähle, wie sie wirklich war.«

»Wie war sie denn wirklich?«, hatte Ekholm gefragt.

»Ich weiß, wer die Sache bestellt hat und warum.«

Johansson hatte enttäuscht ausgesehen, als Ekholm nicht näher nachgefragt hatte.

»Das war nämlich nicht bloß Kleinkram, da ging es ums große Geld, Millionen von Mark. Sie wollten mich bei der Gelegenheit loswerden und schlossen mich in dem Haus ein, aber ich konnte durch die Dachluke rausklettern. Darum haben sie Angst.«

Ekholm blieb für gewöhnlich die ganze Stunde draußen, wozu er allerdings nicht verpflichtet war. Er legte keinen Wert auf die Gesellschaft seiner Mithäftlinge, wich ihnen aber auch nicht aus, obwohl Johansson im Allgemeinen ziemlich anstrengend war.

Johansson hatte in seiner Zelle ein großes »Bauprojekt« laufen, wie er es selbst nannte. Er klebte abgebrannte Streichhölzer zusammen und baute daraus ein Modell des Doms von Porvoo. Das Gebilde war fast einen halben Meter hoch.

Johansson klagte, dass er nicht selbst das Bauholz herstellen durfte, sondern sich mit den Streichhölzern begnügen musste, die die Bediensteten und anderen Häftlinge benutzt hatten.

»Manche Hölzer sind zu weit abgebrannt und manche zu wenig. Aber bei einem richtigen Haus sind auch nicht alle Balken gleich lang.«

Außer mit den Geschichten von seinen Brandstiftungen nervte er Ekholm damit, dass er detailliert vom Fortschreiten des Bauprojektes erzählte.

Neben Johansson gab es in der Sicherheitsabteilung noch einen zweiten besonderen Fall, einen fromm gewordenen Betrüger namens Voitto Grön. Dieser war aufdringlich wie eine Schmeißfliege und stürzte sich auf Ekholm, sowie sich Gelegenheit dazu bot. Seine Ganovenlaufbahn hatte ihn so dickfellig gemacht, dass die üblichen Rückzugsversuche bei ihm nicht wirkten.

Anfangs hatte Ekholm die Echtheit seines Glauben bezweifelt, doch dann hatte er gehört, wie Grön in den stillen nächtlichen Stunden in seiner Zelle betete …

Ekholm hörte, wie die Schritte des Beamten vor seiner Zelle Halt machten. Er sah es hinter dem Spion blinken. Dann wurde die Klappe geschlossen und der Beamte ging weiter.

Ekholm stellte sich aufs Kopfende seines Bettes und sah aus dem Fenster. Es befand sich einen halben Meter über ihm, aber er konnte ein erleuchtetes Fenster in der obersten Etage des gegenüberliegenden Wohnhauses und einen Streifen nachtschwarzen Himmel erkennen. Er malte sich aus, wie die Familie, die hinter dem Fenster wohnte, Vater, Mutter und zwei Kinder, sich zum Schlafengehen fertig machte, ohne eine Spur von Sorgen und ohne zu ahnen, dass ganz in der Nähe der Tod anklopfte.

»Ihre Zeit kommt auch noch«, bemerkte der Tod.

Die drei Diapam machten Ekholms Beine schlaff, beinah wäre er vom Bett gefallen.

»Was hält dich noch am Leben?«, fragte der Tod mit trauriger Stimme. »Fast alle deine Freunde sind tot und deine Feinde leben. Außerdem ist deine einzige Tochter den Drogen verfallen und will dich nicht sehen, und deine Frau hat wieder geheiratet. Du hast nichts zu verlieren, aber umso mehr zu gewinnen.«

»Was denn?«, fragte Ekholm.

»Ewige Ruhe. Nie wieder Qualen, Leiden, Trauer und Sehnsucht, kein Schuldbewusstsein, keine beklemmenden Erinnerungen und keine Hoffnungen, sondern Vergessen und friedlichen Schlaf, aus dem du nie aufwachst.«

Der Beamte hatte seine Runde beendet und schloss die Tür hinter sich.

»Jetzt! Und zögere nicht länger, befestige das andere Ende irgendwo.«

Ekholm blickte nach oben. Dort befanden sich zunächst ein dickes Metallnetz, und erst dahinter, in zwei Metern Abstand, das Gitter und das Fenster.

Ekholm stieg aufs Bett und reckte sich hoch. Er kam gerade so weit, dass er das Ende des Schnürsenkels an dem Metallnetz befestigen konnte.

»Es ist schon spät«, sagte der Tod.

Ekholm bückte sich, bis sich die Schnur um seinen Hals straffte. Es war ein scheußliches Gefühl. Ihm entrang sich ein lautes Röcheln. Er bückte sich tiefer und sein Atem setzte aus. Er hatte dasselbe Gefühl wie als Kind beim Baden. Wenn das Wasser kalt war, hatte er stets erst die Füße und dann allmählich den ganzen Körper benetzt, obwohl ihm der Vater geraten hatte, schnell hineinzulaufen.

»Es kribbelt nur ganz am Anfang«, hatte der Vater gesagt.

Ekholm nahm all seinen Mut zusammen und ließ seinen Körper vom Bett gleiten. Der Schnürsenkel stoppte die Fallbewegung, aber dann löste sich der geknüpfte Knoten und die Enden rissen auseinander. Ekholm stieß sich schmerzhaft das Knie an der Zellenwand und spürte dann den kalten Fußboden unter seinen Füßen. Er stand da mit dem zerrissenen Band um den Hals.

»Jetzt kriegt das Ganze groteske Züge«, sagte der Tod.

»Soll es doch.«

Ekholm nahm das Band ab und ordnete sein Bettzeug. Er legte sich nieder, drehte sich zur Wand um und zog sich die Decke über den Kopf.

Ekholm beschloss, ein andermal zu sterben.

## 9.

»Da ist Besuch für dich, Johansson«, rief Manner.

Zuvor hatte Manner eine Weile an Johanssons Tür geklopft. Der klebte gerade am Giebeldreieck der Domkirche zwei Streichhölzer über Kreuz. Das Eintreten des Wärters störte ganz offensichtlich seine Konzentration. Manner betrachtete neugierig Johanssons Werk.

»Wie hält das alles zusammen?«

»Es hat einen Stützrahmen.«

»Dachte ich mir schon ... Die Domkirche von Porvoo ist aber aus Stein.«

»Ich streiche das Modell zum Schluss an.«

»Aha, es wird bestimmt ganz prima.«

Johansson nickte selbstzufrieden. Manner war seiner Meinung nach ein wirklich netter Mann, und dass er die Kirche lobte, machte ihn noch netter.

Manner war um die fünfzig, kräftig gebaut und breitschultrig. Er strahlte väterliche Ruhe aus. An seiner Seite hatte Johansson keine Angst auf den Gängen des Gefängnisses. Wenn ihnen ein bedrohlich aussehender Häftling entgegenkam, legte Manner beschützend die Hand auf seine Schulter und er fühlte sich sicher.

Manner war vermutlich der beliebteste Wärter der Anstalt. Er behandelte die Häftlinge wie andere Menschen auch. Er brachte es fertig, in ganz natürlichem Ton zu einem Häftling, der seine Familie umgebracht hatte, zu sagen: »Wie konntest du nur so etwas Schlimmes tun?«

Die Frage verurteilte nicht, sie beinhaltete keine Verachtung und keinen Abscheu, sondern eher Neugier. Die Taten der Menschen und ihre Motive interessierten ihn ehrlich, obwohl das schwer zu glauben war, denn sein Gesicht blieb stets völlig ausdruckslos.

Die Häftlinge gaben ihm dann auch den Namen Pokerface. Als ihm das zu Ohren gekommen war, hatte er sich in der Toilette eingeschlossen und sich im Spiegel betrachtet. Er hatte versucht zu lächeln und dann wütend auszusehen, aber jedes Mal hatte die Miene gekünstelt gewirkt.

Danach hatte er seine Fotos vorgeholt. Niedergeschlagen hatte er festgestellt, dass er immer dieselbe ernste Miene zeigte. Sogar auf dem Foto, das beim Sportfest des Gefängnisses gemacht worden war, als er die Wettkämpfe im Kugelstoßen und im Speerwurf gewonnen hatte. Nach seiner eigenen Erinnerung hatte er breit gelächelt, als der Abteilungsleiter ihn fotografiert hatte.

Hinter Manners Ausgeglichenheit steckten jedoch eine gehörige Portion Kraft und Vertrauen in die eigenen bewährten Fähigkeiten. Er hatte es nicht nötig, etwas zu demonstrieren. Kollegen, die ihrer selbst unsicher waren, versteckten oft ihre Angst hinter hartgesottenem Auftreten. Manner hatte festgestellt, dass, je unsicherer ein Wärter war, desto gröber die Sprache war, die er benutzte. Die Häftlinge wurden Ratten oder Luschen genannt. Manner hielt das für unpassend und sagte es auch.

»Die Ratte ist ein Nagetier und Luschen gibt es nicht. Der Strafgefangene ist ein Mensch wie andere auch.«

Seine Worte waren den Häftlingen zu Ohren gekommen und hatten ihre Achtung vor ihm noch erhöht.

Legendär war sein Eingreifen bei einem Zwischenfall mit einem tobenden Häftling. Der Mann hatte seinen vollen Scheißkübel nach dem Wärter geworfen und sich anschließend in seiner Zelle verschanzt, wobei er das Tischbein als Waffe benutzte. Die Wände der Zelle waren mit Fäkalien beschmiert gewesen. Dann war Manner erschienen. Er hatte eine Rolle Toilettenpapier geholt, war in die Zelle marschiert und hatte dem verwunderten Häftling die Rolle hingehalten.

»Nimm lieber die«, hatte er gesagt. Der Häftling hatte die Rolle genommen und angefangen zu weinen.

Manner hatte ihm geholfen, die Zelle zu säubern.

»Wer ist der Besucher?«, fragte Johansson.

»Ein Polizist.«

»Wer?«

»Kommissar Jansson von der Kriminalpolizei, und er hat eine hübsche Wachtmeisterin bei sich.«

Johansson stand auf und bewegte sich unruhig.

»Muss ich mit denen reden?«

»Ich glaub schon.«

»Was wollen sie von mir?«

»Es ist am besten, du fragst sie selbst. Sie sind im Besucherraum.«

Johansson zögerte immer noch.

»Nun geh wenigstens mir zuliebe hin und guck dir an, wie hübsch die Polizistin ist.«

»So wie die Frauen bei der Misswahl?«

»Nicht ganz, aber fast ...«

»Na gut.«

Manner führte ihn zum Besucherraum. Er merkte, dass Johansson sich geradezu an ihn drückte und seine Schritte den seinen anzupassen versuchte. Es störte ihn nicht.

Manner blieb vor der Tür stehen und wartete darauf, dass Johansson eintrat. Der war unschlüssig.

»Wartest du da auf mich?«

»Natürlich.«

»Und bringst mich wieder in meine Zelle?«

»Dazu bin ich ja da, geh schon.«

Johansson lugte in den Raum und drehte sich noch einmal zu Manner um.

»Wie eine Miss«, flüsterte er.

»Sag ich doch.«

Johansson blieb mitten im Raum stehen. Jansson zeigte auf den Stuhl gegenüber.

»Setz dich.«

»Muss ich das?«

»Nein, du musst nicht.«

Jansson war Span-Johansson schon früher begegnet. Zuletzt bei seinen Ermittlungen in den Morden an Luotolas Anwalt und Buchhalter.

»Erinnerst du dich an mich?«

Johansson schielte ihn an.
»Ja. Du hast immer Zitrone gegessen.«
»Ich war damals auf Diät.«
»Zitrone kann man nicht essen. Die ist zu sauer.«
»Es war eine besondere Zitrone.«
»Sie sah ganz gewöhnlich aus.«
»Meine Begleiterin ist die Oberwachtmeisterin Susisaari. Sie ist meine Mitarbeiterin.«
»Ja ..., eine Frau ..., eine Polizistin ...«
»Hast du noch nie eine Polizistin getroffen?«, fragte Sanna Susisaari.
»Ich glaub nicht ...«
»Stört es dich?«
»Nein ..., glaub nicht ...«
»Ahnst du, warum wir hier sind?«
»Nein ..., oder vielleicht doch ...«
»Wir sind hier, damit dir niemand etwas tun kann, zum Beispiel dein Arbeitgeber ...«
»Welcher Arbeitgeber? Ich hab keinen.«
»Arbeitest du nicht für Luotola?«
»Ja, aber er ist kein Arbeitgeber.«
»Dann benutzen wir eben nur seinen Namen. Wir haben uns gedacht, dass wir zusammenarbeiten könnten. Du erzählst uns alles, was du über Luotolas Tätigkeit weißt, und wir schützen dich und helfen dir auch sonst. Wie hört sich das für dich an?«
Johansson antwortete nicht. Sanna Susisaari versuchte es ihrerseits.
»Du hast selbst erzählt, dass du befürchtest, Luotola will dich töten, weil du auf seinen Befehl das Finanzamt angezündet hast. Vielleicht glauben nicht alle, dass du die Wahrheit gesagt hast, aber ich jedenfalls glaube dir.«
»Es stimmt wirklich. Er wollte, dass ich da drinnen in dem Haus verbrenne, aber ich bin durch die Dachluke rausgeklettert.«
»Und die Papiere?«, fragte Jansson.
»Welche Papiere?«

»Die Unterlagen, die du aus dem Amt mitgenommen hast. Wo sind sie?«

Über Johanssons Gesicht huschte ein listiges Lächeln. Es dauerte nur einen flüchtigen Moment, dann kehrte die frühere dümmliche Miene zurück.

»Wer hat gesagt, dass ich welche mitgenommen habe?«

»Du hast es jemandem erzählt. Derjenige dachte, du lügst, aber ich sagte zu ihm, Johansson ist ein ehrlicher Mann.«

Jansson spürte, wie falsch seine Worte klangen. Sanna Susisaari bemerkte es ebenfalls und kam ihm zu Hilfe.

»Wenn wir die Papiere bekommen, brauchst du dich vor nichts mehr zu fürchten.«

Johansson ließ seine Finger über den Tisch wandern. Die Finger waren unnatürlich dünn, wie die eines kleinen Jungen.

»Vielleicht sind sie versteckt.«

»Wir möchten sie gern sehen.«

»Sie sind nicht hier ..., sie sind ...«

Johansson sah seinen Fingern zu, die lustige Tricks machten. Er musste beinah lachen.

Susisaari beugte sich über den Tisch und sah ihn scharf an.

»Wo sind sie?«

»Irgendwo versteckt ..., ich weiß es nicht mehr ..., muss erst nachdenken ...«

»Weißt du es wirklich nicht mehr oder willst du es nicht erzählen?«

»Vielleicht weiß ich es nicht mehr.«

»Du bist in ernster Gefahr, solange du die Papiere hast. Deshalb wäre es klug, wenn du sie uns gibst, verstehst du?«

»Verstehe.«

»Ist dir schon eingefallen, wo sie sind?«

Johansson dachte so angestrengt nach, dass auf seiner Stirn eine Querfalte entstand.

»Erst habe ich sie mit nach Hause genommen, aber dann wieder weggebracht, weil ich mir gedacht habe, dass man bei mir danach suchen wird. Ich habe sie in den Rucksack gesteckt, und den hab ich ...«

Jansson und Susisaari sahen ihn ermunternd an.

Johanssons Stirn glättete sich.

»Und den Rucksack hab ich versteckt ..., irgendwo.«

Sanna Susisaari seufzte enttäuscht.

»Versuch, dich zu erinnern, es ist wichtig.«

»Ich hab ganz viele Verstecke, genauso viele wie ein Eichhörnchen. Das Eichhörnchen erinnert sich auch nicht immer an jedes Versteck.«

»Ich bin ganz sicher, dass du ein besseres Gedächtnis hast als ein Eichhörnchen«, sagte Jansson.

»Hier bin ich in Sicherheit, auch wenn ich mich nicht erinnere«, bemerkte Johansson fast fröhlich.

»Ich wäre da nicht so überzeugt.«

»Ekholm ist mein bester Freund hier. Er beschützt mich, und außerdem hab ich noch einen anderen Freund, auch wenn Ekholm mich gewarnt hat ...«

»Das Gefängnis ist kein sicherer Ort. Man hat dich in der Werkstatt mit dem Hammer geschlagen. Wir glauben, dass hier jemand ist, der den Auftrag hat, dir etwas anzutun.«

»Wer?«

»Das wissen wir noch nicht, aber wir versuchen, es herauszufinden. Gestern ist ein neuer Mann zu euch gekommen, ist er nett?«

»Ja, aber ein ganz kleines bisschen unheimlich.«

»Wieso?«

»Seine Augen sind irgendwie ...«

»Wie denn?«

»Darin wohnt jemand ...«

»Hast du mit dem Mann gesprochen?«

»Ja, aber ... Ekholm sagt, ich soll nicht mit ihm reden. Er sagt, der neue Mann ist böse, aber ich glaube ihm nicht richtig. Der Mann hat einen Funken im Auge und er sieht sympathisch aus ...«

»Und die beiden anderen Männer, Suokas und Grön, hast du vor ihnen Angst?«

»Suokas ist gemein und dauernd wütend, aber Grön ist bloß komisch. Er hat mir ein schönes Buch gegeben.«

»Die Bibel?«

»Ja, die.«

»Es ist am besten, du meidest sie alle. Triff dich mit niemandem, wenn kein Beamter dabei ist.«

»Nein … Was geschieht mit Luotola, wenn mir einfällt, wo die Papiere sind?«

»Das hängt davon ab, was drinsteht. Hast du sie gelesen?«

»Nein …, doch, aber es waren lauter schwere Sachen.«

»Standen dort Zahlen?«, fragte Sanna Susisaari.

»Ja, massenweise. Zahlen sind echt schwer und machen einen ganz wirr, besonders wenn es so viele sind.«

»Aber wir können herausfinden, was sie bedeuten.«

»Ich bin jetzt müde.«

»Reden wir noch einen Augenblick über die Papiere, das hältst du bestimmt noch aus«, redete ihm Sanna Susisaari zu.

»Nein«, sagte Johansson.

Manner brachte ihn weg. Jansson wirkte enttäuscht.

»Er weiß es, will uns aber nichts sagen.«

»Wir müssen sein Vertrauen gewinnen.«

»Dazu ist keine Zeit.«

Nach ein paar Minuten kehrte Manner mit Raid zurück. Jansson stand auf und reichte ihm die Hand.

»Hattest du mit uns gerechnet?«, fragte Jansson.

»Ich denke schon.«

Jansson setzte sich. Er beschloss, gleich zur Sache zu kommen.

»Direktor Yrjölä vermutet, dass du hier bist, um einen Insassen der Sicherheitsabteilung zu töten. Stimmt das?«

»Stimmt nicht.«

»Würdest du es mir sagen, wenn es stimmen würde?«

»Nein.«

»Yrjölä hat mich angerufen und gesagt, dass du in die Sicherheitsabteilung wolltest. Dafür gab es wahrscheinlich einen guten Grund, und ich habe deine Bitte befürwortet. Hoffentlich habe ich keinen schlimmen Fehler gemacht.«

»Hast du nicht.«

»Erzähl mir, worum es geht.«

»Jetzt ist noch nicht der rechte Zeitpunkt dafür.«

Jansson seufzte und wechselte einen Blick mit Sanna Susisaari.

»Was sollen wir mit dir machen?«

»Lasst die Dinge einfach laufen.«

»Wir möchten, dass Johansson am Leben bleibt.«

»Ich auch.«

»Hat dich jemand engagiert, Johansson zu beschützen?«

»Nein.«

»Etwas anderes?«

»Nein.«

»Welche anderen Alternativen gibt es?«

»Denk zum Zeitvertreib darüber nach.«

»Ich dachte, wir hätten in dieser Sache gleiche Interessen.«

»Haben wir vielleicht auch. Wenn ihr wollt, dass Johansson am Leben bleibt, muss ich mich bewegen können.«

»Du bist im Gefängnis, und noch dazu in der Sicherheitsabteilung. Das grenzt die Bewegungsmöglichkeiten ein.«

»Sprich mit Yrjölä.«

»Er nimmt keine Ratschläge von der Polizei an.«

»Was für ein Mann ist Suokas?«, fragte Raid.

Jansson erzählte es ihm.

»Hast du ihn in Verdacht?«

»Zu offensichtlich.«

»Du auch, zumindest nach Meinung der anderen.«

Sanna Susisaari wirkte ungeduldig.

»Wir brauchen die Unterlagen, die Johansson hat. Er hält sie wahrscheinlich irgendwo versteckt. Könntest du versuchen, das Versteck herauszukriegen?«

»Gehört nicht zu meinen Aufgaben.«

»Dir ist sicher klar, dass es dir an den Kragen geht, falls du Johansson oder jemand anderem, zum Beispiel Ekholm, etwas antust. Der Fall würde bei mir landen, und ich würde ihn unnachgiebig verfolgen.«

Raid antwortete nicht.

»Geh, und mach keine schlimmen Sachen.«

Raid verließ den Raum, und auf dem Flur nahm Manner ihn in Empfang.

# 10.

Suokas' wenigen persönliche Dinge waren mustergültig geordnet. Im Regal lagen ein Stapel mit Zeitschriften über Motorräder und amerikanische Wagen sowie ein Dutzend der üblichen Männerjournale.

Das Doppelposter aus einem dieser Hefte hing an der Wand neben Suokas' Bett. Das Mädchen auf dem Foto lag auf einem Sofa, ihr nackter Körper war mit einem Pelz bedeckt. Da sie sich in horizontaler Lage befand, sah es aus, als läge sie in Suokas' Arm.

Ordnung zu halten hatte Suokas im Klub gelernt. Als blutiger Anfänger war er dort seinerzeit für die Sauberkeit verantwortlich gewesen. Er hatte dafür gesorgt, dass die Tagesdecken gerade lagen und die Messingbeschläge und -hähne, die Gläser und Flaschen in der Bar glänzten.

Manchmal war ihn das hart angekommen, dennoch war es ihm in Fleisch und Blut übergegangen. Es gab ihm auch ein Gefühl der Sicherheit und Nützlichkeit.

Suokas hatte erkannt, dass jedes Ding seinen Platz und seine Bestimmung hatte, so wie auch jeder Mensch. Was keine Bestimmung oder keinen Platz hatte, hatte auch kein Recht zu existieren. Suokas hielt es für selbstverständlich, dass alles Überflüssige vernichtet werden musste, ob es sich nun um einen Gegenstand oder einen Menschen handelte.

Ein Schrumpfhirn wie Span-Johansson eignete sich seiner Meinung nach am besten als Gartendünger oder Hundenahrung. In seinem geordneten und gut geölten Weltbild waren Menschen wie Johansson ungefähr so nützlich wie Sand in der Kette einer Harley Davidson.

Suokas schwang sich aus seinem Bett und machte auf dem Fußboden zwanzig Liegestütze. Es folgte Schattenboxen, bis er leicht schwitzte, und dann trainierte er einen hohen Karatetritt, indem er gegen die Wand der Zelle sprang. Er machte jeweils einen Strich mit dem Bleistift, wenn er höher als beim vorigen Mal aufgetroffen war. Zwei Meter waren bisher sein bestes Ergebnis.

Suokas war in tadelloser körperlicher Verfassung. Er hob täglich mindestens eine halbe Stunde lang Gewichte. Außerdem lief er zehn Runden um den Gefängnishof. In seiner Zelle machte er neben den Liegestützen und Karatetritten noch Übungen für die Bauch- und Rückenmuskulatur.

Die Gewöhnung an die Isolierzelle fiel ihm schwerer, als er gedacht hatte. Auf der anderen Seite hatte er sich immerhin fast frei bewegen können, und er hatte Freunde gehabt, zwei Männer aus demselben Klub waren dort. Suokas hatte das Gefühl, dass er auf so engem Raum nicht seine ganze Energie loswerden konnte.

Am schlimmsten war jedoch die Tatsache, dass man ihn für ängstlich hielt. Das ging ihm gegen die Ehre. Er war nur deshalb in der Sicherheitsabteilung, weil er sonst seine Aufgabe nicht erledigen konnte.

Er hatte einen Befehl von oben erhalten und er musste gehorchen. Ein Soldat muss gehorchen, auch wenn ihm die Aufgabe unangenehm ist.

Sowie die Sache vorbei wäre, würde er sich in größere Räume verlegen lassen und sich die Achtung der anderen Häftlinge zurückerobern.

Er hörte, wie die Zwischentür zur Abteilung geöffnet wurde.

Zwölf Minuten, dachte Suokas. Er hatte den Knopf vor zwölf Minuten gedrückt und der Schließer kam erst jetzt.

Es war Bereichsleiter Manner. Er schloss auf und stellte sich mit ausdrucksloser Miene in die Tür.

»Ich habe den Knopf vor zwölf Minuten gedrückt. Der Service in diesem Hotel ist miserabel. Dafür gibt es kein Trinkgeld.«

»Ich erwarte auch keins.«

Suokas versuchte an Manners Miene abzulesen, ob er es ernst meinte. Es war nicht festzustellen.

»Johansson hat genauso das Recht zu saunieren wie du«, sagte Manner.

»Ach, der Span war also in der Sauna. Hast du gesehen, ob er Eier hat?«

»Größere als du.«

Suokas nahm Seife und Shampoo aus dem Blechschrank im Flur.

Als Manner die Zwischentür öffnete, wurde gerade ein Häftling zum Zahnarzt gebracht. Der Mann blieb stehen, sah Suokas an und zeigte den Mittelfinger.

»He, Angsthase, ist es schön warm im Nest?«

Suokas wurde rot und ging auf den anderen zu, aber Manner stoppte ihn.

»Lass gut sein.«

»Bleib du nur in deinem Nest«, sagte der Häftling.

Suokas stürzte auf ihn zu, aber der andere konnte rechtzeitig die Tür hinter sich zuschlagen. Manner packte Suokas am Arm.

»Es reicht.«

Der andere Häftling hatte offenbar noch nicht genug, er öffnete noch einmal die Tür und grinste breit. Es bestand kein Zweifel, dass er die Zahnarztbehandlung nötig hatte.

Suokas' Stirnadern pochten.

Die Sauna des Gefängnisses war groß und trist, erfüllte aber ihren Zweck. Suokas zog sich aus und warf, immer noch wütend, seine Sachen auf die Bank des Umkleideraums. Seinen Oberkörper zierten mehrere große Tätowierungen, um den Bizeps schlängelte sich eine Schlange, auf dem Rücken fletschte ein Wolf seine Zähne und auf der Brust prangte ein springender Panther.

Hinter dem Umkleideraum befand sich eine Wäschekammer, in der die Häftlinge an den Saunatagen saubere Sachen und ein Handtuch bekamen. Suokas nahm seinen Stapel und legte ihn auf die Bank.

»Dann ab in die Sauna, damit die anderen auch noch drankommen«, sagte Manner.

Suokas füllte eine Waschschüssel mit Wasser und ging in den Schwitzraum. Manner blieb im Umkleideraum sitzen.

Der Saunaraum war dunkel und es dauerte eine Weile, ehe Suokas merkte, dass in der dunkelsten Ecke jemand saß.

»Was soll der Scheiß! Darf man nicht mal in Ruhe saunieren?«

Der Mann in der Ecke antwortete nicht, sondern goß Wasser auf die Steine. Eine glühend heiße Welle überflutete Suokas und er setzte sich auf die Bank. Bald gewöhnten sich seine Augen an die Dunkelheit und er erkannte den anderen. Es war der Häftling, der am vergangenen Tag neu in die Sicherheitsabteilung gekommen war.

Er machte einen weiteren Aufguss. Suokas hatte das Gefühl, als würde seine Haut kochen.

»Übertreib's nicht, verdammt!«

Der Mann blieb stumm, er zog die Beine an und lehnte sich an die Wand.

»Hier darf auch geredet werden.«

»Gibt es denn einen Grund?«, fragte der Mann.

»Warum nicht? Wir sind immerhin fast Nachbarn.«

Der Mann schöpfte Wasser in die hohle Hand und wischte sich das Gesicht ab. Suokas sah die weißen Zähne blitzen wie bei einem Wolf. Er begann sich unwohl zu fühlen und wollte seinen schweigsamen Mitsaunierer herausfordern.

»Wovor hast du Angst?«, versuchte er in möglichst provokantem Ton zu fragen.

»Vor nichts.«

»Nein? Warum bist du dann in der Sicherheitsabteilung?«

»Das erspart einem die Gesellschaft der schlimmsten Arschlöcher.«

»Willst du behaupten, dass du vor keinem der anderen Angst hast?«

»Du etwa?«

»Nein, verdammt nochmal!«

Sofort bereute Suokas seine unbedachte Äußerung.

»Warum bist du dann hier?«, fragte der andere.

»Willst du mich bespitzeln?«

»Und melden, dass du keine Angst hast? Nein.«

Suokas wog die Situation ab.

»Ich habe hier einen Job zu machen.«

»Welchen?«

»Du fragst zu viel.«

»Hat der Job einen Namen? Zum Beispiel Johansson oder Ekholm?«

»Geht dich nichts an.«

»Leider doch.«

Der andere erhob sich von seiner Schwitzbank und kam nach unten. Er war etwa so groß wie Suokas, aber schlanker. Suokas wunderte sich, dass der Mann nicht tätowiert war, obwohl er eindeutig schon früher im Gefängnis gesessen hatte. Am Oberarm hatte er eine lange Narbe, die von einem Messerstich stammte, und an der Hüfte eine zweite, die wie ein Einschussloch aussah.

»Ich werde nicht weitersagen, dass du keine Angst hast …, und außerdem glaube ich nicht einmal, dass es stimmt.«

Suokas ließ die Worte auf sich wirken, dann stand er ebenfalls auf.

»Willst du behaupten, dass ich Angst habe?«

»Das tue ich.«

»Harte Worte. Ist der, der sie sagt, ebenso hart?«

»Probier's.«

Suokas spürte, wie in ihm Wut und Vorsicht miteinander kämpften. Die Wut siegte.

Er schlug mit der Rechten zu, so kräftig er konnte. Der Schlag ging daneben, denn der Mann, der die Zielscheibe gewesen war, wich behände zur Seite aus. Gleichzeitig packte er Suokas' ausgestreckten Arm und drehte ihn auf den Rücken. Suokas versuchte, seinem Gegner mit dem rechten Fuß zwischen die Beine zu treten, aber sein Fuß traf ins Leere.

Die Wand der Zelle zu treffen war viel leichter.

Für einen weiteren Versuch blieb ihm keine Zeit, denn der Mann drehte ihm den Arm jetzt so weit herum, dass er vor dem Saunaofen in die Knie gehen musste.

Der Mann packte fester zu, und Suokas' Gesicht näherte sich dem Ofen. Er spürte die Hitze, die von den Steinen ausstrahlte. Der andere hielt inne, als Suokas' Gesicht nur noch wenige Zentimeter von den Steinen entfernt war. Suokas wurde von Todesangst gepackt, die alle Hemmungen wegspülte.

»Hilfe!«

Er merkte, dass er aus Leibeskräften schrie.

Aus dem Umkleideraum ertönte Manners ruhige Stimme.

»Ist dort irgendwas los?«

Der andere drückte ihn weiter nach unten, sodass seine schweißnasse Nasenspitze an einen heißen Stein stieß und einen zischenden Laut verursachte. Dann lockerte der Mann seinen Giff, er riss Suokas hoch und hob die Hand. Suokas duckte sich vor Angst.

»Nicht schlagen ...«

Manner spähte herein.

»Wird hier Hilfe gebraucht?«

»Nein.«

Manner musterte die beiden.

»Wirklich nicht?«

»Er ist bloß auf dem glatten Boden ausgerutscht.«

Manner sah Suokas an, der wie betäubt wirkte.

»Stimmt das?«

Suokas setzte sich auf die unterste Bank und ließ den Kopf hängen.

»Ja.«

Der andere ging in den Umkleideraum.

»Hast du dich verletzt?«, fragte Manner.

Suokas antwortete nicht.

Manner reichte ihm das Handtuch.

»Am besten, du kühlst dich zwischendurch ab.«

Suokas wartete, bis er wieder gleichmäßig atmen konnte.

»Wer ist der Kerl?«

»Dein neuer Nachbar.«

»Sein Name, wie heißt er?«

»Wie er heißt?«

Manner beobachtete aufmerksam Suokas' Miene.

»Ich hörte, dass er Raid genannt wird.«

# 11.

An einer Wand in Tuomelas Büro hingen aufgereiht die Fotos seiner Vorgänger. Wenn Tuomela in Pension ginge, käme sein Porträt hinzu. Eine Ehrung für lange Dienstjahre.

Das Zimmer lag im Südflügel des Polizeigebäudes, die Fenster gingen nach Westen. Der Raum war klein und dunkel, und der einzige Vorteil der Lage bestand darin, dass er im Sommer nicht ganz so heiß und stickig war wie die meisten anderen.

Der Ausblick war nicht gerade erhebend. Unmittelbar unter dem Fenster begann die Einfahrt in das unterirdische Parkhaus. Auf der anderen Straßenseite stand eine triste Häuserreihe. Wenn man die Nase ans Fenster drückte und nach links schielte, konnte man eine Ecke des letzten Holzhauses dieses Viertels erkennen, in dem sich heute ein Kindergarten befand, wie Jansson sich erinnerte.

Jansson betrachtete die Porträts der früheren Abteilungschefs. Wenn er nicht gewusst hätte, wen die Fotos darstellten, hätte er mindestens drei Männer der Gegenseite zugeordnet. Einer der bereits im Jenseits weilenden Polizeibeamten sah wie ein Heiratsschwindler aus, ein zweiter wie ein Gewaltverbrecher und ein dritter, der mit einem breitkrempigen Borsalino posierte, wie ein Schnapsschmuggler aus den Zeiten der Prohibition.

Janssons erste Aufgabe nach seinem morgendlichen Dienstantritt bestand stets darin, die Berichte über die Todesfälle der letzten Nacht zu studieren und zu entscheiden, wo eine ärztliche Untersuchung ausreichte und wo die Leiche in die Gerichtsmedizin geschickt werden musste. Dieser banale alltägliche Vorgang wurde Körperverkauf genannt. Helsinki war eine große Stadt und jede Nacht gab es durchschnittlich fünf Todesfälle.

Da zur Abteilung auch das Raubdezernat und das Branddezernat gehörten, bekam Jansson auch die Informationen über nächtliche Raubüberfälle, Vergewaltigungen und Brandstiftungen auf den Tisch.

Bei außergewöhnlichen Fällen hielt er Rücksprache mit dem jeweiligen Ermittler, da er wusste, dass es Anfragen von der Presse geben würde. Bei Bedarf rief er die Leiter der Dezernate zur Beratung in den Raum hinter der Falttür, der Offiziersmesse genannt wurde.

Jansson hatte während seiner ganzen Dienstzeit ein kühles und distanziertes Verhältnis zu den Medien gewahrt. Der sympathische Tuomela hingegen war auch bei den Journalisten beliebt. Jansson war oft dabei gewesen, wenn Tuomela Fragen beantwortet hatte. Er war geduldig und scheute sich nicht, einer endlosen Zahl von Reportern immer wieder dasselbe zu erzählen. Am beeindruckendsten war jedoch, dass er, obwohl er den Presseleuten manchmal eigentlich gar nichts erzählte, dennoch den Eindruck zu vermitteln vermochte, dass er etwas Wichtiges gesagt hatte.

Als Tuomelas Vertreter hatte Jansson seine Praxis der Berichterstattung nicht geändert, er überließ es weiterhin den verantwortlichen Ermittlungsleitern, zu erzählen, was sie für richtig hielten. Wenn die Journalisten das Gefühl hatten, dass sie von ihnen nicht genug über den Fall erfahren hatten, versuchten sie manchmal, Jansson zusätzliche Informationen zu entlocken. Die erfahrensten von ihnen wussten jedoch, wie verschlossen er war, und ließen ihn in Ruhe.

Trotzdem musste Jansson an normalen Arbeitstagen zumindest ein paar Anrufe von Journalisten entgegennehmen. Die Redakteure der Abendzeitungen, die morgens zeitig ihre Arbeit aufnahmen, hatten schon vor seinem Dienstantritt den Dienst habenden Kriminalkommissar angerufen und sich nach nächtlichen Vorkommnissen erkundigt.

Gegen neuen Uhr rief die Nachrichtenagentur *STT* bei Jansson an, und am Nachmittag nochmals *STT* und die größte Tageszeitung, *Helsingin Sanomat.* Die anderen Medien meldeten sich erst, wenn etwas Besonderes passiert war. Dann klingelte sowohl bei Jansson als auch bei den Ermittlungsleitern pausenlos das Telefon.

Die Aufstellung und Analyse der Kriminalstatistik des ersten Halbjahres waren für Tuomela eine leichte Übung, reine Routine gewesen. Jansson hingegen machten sie mehr zu schaffen als ein brutales Gewaltverbrechen.

Ebenso belastete ihn das neue, in der Erprobung befindliche Prämiensystem, bei dem die Arbeitsleistung eines jeden Mitarbeiters nach Punkten bewertet werden musste. Auf der Grundlage dieser Punkte gab es dann innerhalb der vom Innenministerium festgelegten Richtlinien Gehaltszulagen, und zwar bis zu einem oder zwei Tausendern. Jansson entschied sich für die Praxis, die auch Tuomela bevorzugt hatte und nach der jeder Kommissar dieselbe Gesamtpunktzahl erhielt.

Die Punkte ergaben sich aus vier verschiedenen Kriterien. Das Gesamtergebnis für alle zusammen betrug neun Punkte, es war ein Mittelwert, den das Ministerium errechnet hatte. Das bedeutete jeweils neun Prozent mehr Gehalt.

In seiner Funktion als Abteilungsleiter brauchte Jansson nur die Punkte der leitenden Mitarbeiter, also der Kommissare, zu errechnen. Diese wiederum bewerteten ihre eigenen Mitarbeiter etwa auf die gleiche Weise.

Nach Janssons Meinung hatte sich ein streitsüchtiger Mensch das System ausgedacht, denn es war dazu angetan, Unfrieden zu stiften. Wenn man einem Mitarbeiter die Maximalpunktzahl gab und einem anderen viel weniger, und Letzterer erfuhr davon, waren Zerwürfnisse vorprogrammiert. Außerdem waren kriminalpolizeiliche Ermittlungen im Allgemeinen Teamarbeit, wie sollte man da den Wert der individuellen Leistungen einschätzen. Manch einer konnte vielleicht gut mit Menschen umgehen und Verhöre führen, ein anderer war der bessere Ermittler, und ein dritter war ein As am Computer.

Im Rahmen der geänderten Haushaltsplanung bekam die Abteilung ihre finanziellen Mittel entsprechend der Anzahl der in der Statistik aufgeführten Verbrechen. Über das Geld konnte frei verfügt werden, die Verantwortung trug die Leitung der Abteilung. War man zu Beginn des Jahres verschwenderisch, musste man im zweiten Halbjahr den Gürtel enger schnallen. Schon zwei aufeinander folgende große und aufwändige Fälle verschlangen einen beträchtlichen Teil der Mittel.

Die erste Jahreshälfte war zum Glück ruhig gewesen und so war noch reichlich Geld vorhanden. Jansson wusste, dass er sich, wenn die Anzahl der Leichen nicht stieg, eine glaubhafte Verwendung für das Geld würde ausdenken müssen, damit das Budget im nächsten Jahr nicht gekürzt würde.

In der Abteilung gab es vier freie Ermittlerstellen. Jansson hatte verlangt, dass sie besetzt würden, aber die Polizeidirektorin Hakala hatte nicht eingewilligt. Sie war der Meinung, dass das Personal nicht mehr aufgestockt werden durfte. Sie wolle Finnland nicht zu einem Polizeistaat machen, sagte sie.

Jansson war ein Mann der Praxis und hatte kein Verständnis für solche politischen Spielchen. Er ging davon aus, dass es so viele Ermittler geben musste, wie es die Situation jeweils verlangte, und begriff nicht, warum ihre Anzahl künstlich niedrig gehalten werden sollte.

Während Jansson an der Statistik arbeitete, stellte er fest, dass der Arbeitsumfang des Branddezernats im abgelaufenen Halbjahr beträchtlich zugenommen hatte, ebenso der der Sitte. Der Sommer war schön gewesen, und das machte sich sofort in der Vergewaltigungsstatistik bemerkbar. Das Dezernat hatte in einer schwierigen Vergewaltigungsserie ermitteln müssen, und Sanna Susisaari hatte fast sechs Wochen lang dort ausgeholfen. Schließlich war der Vergewaltiger gefasst worden.

Jansson legte ungeduldig die Papiere aus der Hand. Er hatte das Gefühl, nur Selbstverständlichkeiten zu Stande gebracht zu haben.

Er war auch sonst unzufrieden mit sich. Wie seine Frau gesagt hatte, hatte er jetzt die Gelegenheit, Neuerungen in der Abteilung durchzusetzen. Ihm war jedoch nichts Eigenständiges eingefallen. Das bedrückte und peinigte ihn. Er hatte das Gefühl, ein jämmerlicher Abteilungsleiter zu sein, und beruhigte sich erst ein wenig, als er nacheinander mit allen ihm unterstellten Kommissaren gesprochen und sich ihre Sorgen angehört hatte. Er versprach, ihre Vorschläge bei der Hakala vorzubringen.

Zu Janssons Wohlbefinden trug auch nicht gerade bei, dass er seit seinem Amtsantritt als Abteilungsleiter nahezu täglich Sodbrennen hatte. Ein bitteres Brennen stieg aus dem Bauch in die Gegend zwischen Brust und Hals auf. Er nahm eine Tablette aus der Schreibtischschublade und spülte sie mit Mineralwasser hinunter.

Jansson hatte der Hakala zugesagt, ihr die Statistik am Vormittag vorzustellen. Er wusste, dass sie von ihm auch Ideen für die weitere Gestaltung der Arbeit erwartete.

»Wir machen eine Riesenfete und versaufen das Geld«, hatte Huusko vorgeschlagen. Sanna Susisaari war sachlicher gewesen und hatte angeregt, ein paar ungeklärte schwere Gewaltverbrechen aus der Mottenkiste zu holen und neu aufzurollen.

Das Treffen der Abteilungsleiter begann um elf Uhr. Jeder Teilnehmer trug die Fälle vor, die seine Abteilung im ersten Halbjahr bearbeitet hatte. Die Hakala hörte zu und machte sich Notizen. Ein paarmal hakte sie nach und stellte eine Frage.

Jansson kam als Vorletzter an die Reihe. Die Statistik bereitete ihm keine Schwierigkeiten, aber mit den Plänen zur Entwicklung der Arbeit haperte es.

»Das Budget wird kleiner, gemessen an der Anzahl der Mitarbeiter. Es ist wichtig, dass das wenige Geld richtig eingesetzt wird«, sagte die Hakala.

»Aus wessen Sicht richtig?«

»Des Bürgers, des Steuerzahlers, eines jeden von uns.«

»Wenn hinten von der Hose ein Stück weggeschnitten wird, friert der Arsch, beschneidet man vorn das Hemd, frieren die edelsten Teile. Wenn dem Steuerzahler das Auto geklaut wird, will er, dass wir den Diebstahl aufklären, ohne Geld und Mühen zu scheuen. Es ist zwecklos, ihm zu sagen, dass es nicht geht, weil das Geld in die Untersuchung der Wirtschaftskriminalität oder die Aufklärung von Gewaltverbrechen gesteckt worden ist. Irgendeiner findet immer, dass wir am falschen Ort sind.«

»Ich verstehe nicht ganz, was du sagen willst.«

»Ich meine, dass es sinnlos ist, sich mit irgendwelchen modischen Neuerungen bei den Leuten beliebt machen zu wollen. Viel klüger wäre es, das zu tun, wozu wir fähig sind.«

»Ich glaube, dass wir zu sehr viel mehr fähig sind, als wir gegenwärtig leisten, und ich weiß, dass man im Ministerium genauso denkt.«

»Das finde ich nicht.«

»Du findest nicht, dass man die Sache besser machen kann?«

»Doch, aber irgendwelchen Modegeschichten hinterherzuhecheln lohnt nicht.«

»Was meinst du mit Modegeschichten?«

»Wir sollten uns nicht so sehr nach der Öffentlichkeit richten, sondern nach dem, was wirklich erforderlich ist. Diese Arbeit muss mit dem Verstand gemacht werden, nicht mit dem Gefühl.«

»Das hört sich ziemlich kaltschnäuzig an. Man kann den Menschen nicht verbieten zu fühlen.«

»Ich versuche nur zu sagen, dass der Polizist, und ganz besonders der Mann der Praxis, seine Arbeit am besten kennt. Die Schneider oder die Automechaniker haben kein Ministerium, das ihnen Ratschläge erteilt, wie sie arbeiten sollen. Wir aber haben eins. Wir müssen uns Vorschriften von Leuten machen lassen, die keine einzige Stunde ehrliche Polizeiarbeit geleistet haben.«

Nach Ende der Veranstaltung klopften ein paar Kollegen Jansson anerkennend auf die Schulter.

»Du hast ihr genau das gesagt, was wir alle denken.«

»Was habe ich denn gesagt?«

Die Männer lachten und klopften ihm erneut auf die Schulter.

Huusko kam ihm auf dem Flur entgegen.

»Da bist du ja endlich. Ich hatte einen Anruf von der Versicherungsgesellschaft. Sie hätten jetzt eine freie Bude für mich.«

»Prima«, sagte Jansson. Er war mit den Gedanken noch bei der Versammlung und konnte nicht recht an Huuskos Glück teilhaben.

Huusko trat unruhig von einem Bein aufs andere.

»Komm mit.«

Jansson zeigte auf seine Papiere.

»Ich müsste nochmal die Halbjahresstatistik durchgehen. Die Hakala konnte sich nicht recht für meine Visionen erwärmen.«

»Was ist wichtiger, die Statistiken oder mein neues Zuhause?«

Das Wort Zuhause klang ein wenig fremd aus seinem Mund.

»Diese Statistiken …«

»Statistiken kommen, Statistiken gehen«, sagte Huusko geringschätzig.

Jansson sah auf seine Papiere und kam sich wie der schlimmste Bürokrat vor. Um seine Selbstachtung wiederzugewinnen, beschloss er, gegenzusteuern.

»Hol das Auto.«

Huusko eilte hocherfreut zum Lift. Bevor sich die Tür schloss, hörte Jansson ihn laut sagen: »Himmel Arsch, ein eigenes Zuhause.«

Huuskos neues Heim befand sich in Vallila, an der Ecke Hämeentie und Sturenkatu, eine der verkehrsreichsten Gegenden von Helsinki. Die Wohnung lag im ersten Stock, unten vor dem Haus ratterten die Wagen von zwei Straßenbahnlinien vorbei. Gegenüber gab es einen kleinen Park, in dem das Denkmal von Gunnar Bärlund, dem besten finnischen Boxer aller Zeiten, stand. Hinter den Bäumen konnte man die Paulskirche mit ihren roten Ziegeln erkennen.

Jansson und Huusko holten beim Hausmeister im Erdgeschoss die Schlüssel.

Die kleine Zweizimmerwohnung war nach dem Auszug des Vormieters nicht renoviert worden. Dort, wo Bilder gehangen hatten, waren helle Stellen an den Wänden, die Küche starrte vor Schmutz. Der vorige Mieter war Versicherungsdetektiv gewesen, ein ehemaliger Polizist und Junggeselle. Das erklärte den Zustand der Wohnung.

Als Huusko den Unterschrank in der Küche öffnete, fielen ihm lauter leere Flaschen entgegen.

»Ein Mann vom Fach.«

Jansson trat ans Fenster und sah hinaus. Die Bremsen der vorbeifahrenden Straßenbahn quietschten. Das Leitungsgestell auf dem Dach verursachte einen Funkenflug an der Fahrleitung. Im Park gegenüber saßen verlotterte Gestalten mit Flaschen.

»Ein idealer Beobachtungsposten.«

Auch Huusko kam ans Fenster.

»Parkblick.«

Er öffnete das Fenster. Der Verkehrslärm dröhnte wie ein aus dem Takt gekommenes Orchester.

»Man gewöhnt sich an alles.«

Huusko schloss das Fenster.

»Und die Miete?«, fragte Jansson.

»Zwei acht.«

»Nicht schlimm, oder? Ich bin nicht mehr auf dem Laufenden.«

»Nach Abzug der Miete und der Raten für den Autokredit bleiben dreieinhalbtausend vom Gehalt übrig. Damit kommt man aus, wenn man sparsam lebt.«

»Du hast ja gar kein Auto.«

»Nein, aber einen Kredit.«

»Du musst erst lernen, sparsam zu leben.«

»Das hab ich auch vor. Als Erstes verringere ich meinen Konsum an harten Getränken und bringe mir mein Essen zur Arbeit mit.«

»Kann ich mir nicht vorstellen.«

»Ich nehme einen zweiten Job an.«

»Kaum.«

»Ich verkaufe mein Fahrrad und gehe zu Fuß zur Arbeit.«

Zu den Trinkern drüben im Park gesellte sich ein junger Mann, zwischen ihm und der Stammtruppe gab es offenbar eine Auseinandersetzung. Einer der Männer versuchte den Burschen mit seiner Krücke zu schlagen. Der Bursche wich aus und trat ein paar Meter zurück. Der ältere Mann drohte ihm mit der Krücke und rief etwas.

Huusko beobachtete das Geschehen mit professionellem Blick.

»Geschichten aus dem wahren Leben direkt vor dem Fenster. Da braucht man gar keinen Fernseher.«

»Hier in der Gegend ist einiges los.«

»Also was sagst du?«, fragte Huusko.

»An der Wohnung gibt es nichts auszusetzen und auch nicht an der Lage. Wenn ich du wäre, würde ich sie nehmen. Besser als Tuomelas Boot ist sie allemal, zumindest im Winter.«

Huusko nickte eifrig.

»Sie passt zu mir wie die Faust aufs Auge des besten Freundes …«

Er durchmaß das Zimmer mit langen Schritten.

»Ich kaufe mir auf dem Flohmarkt ein Sofa und ein paar Stühle, mein Fernseher und die Stereoanlage stehen bei einem Bekannten auf dem Dachboden. Von einem Kumpel kann ich ein Bett und einen Küchentisch umsonst kriegen. Ein Junggeselle kommt mit wenig aus.«

Jansson fand, dass Huuskos Eifer ein wenig gekünstelt klang.

»Was ist los?«

»Wieso?«

»Denkst du, ein Mann vom Rang eines Kommissars merkt so was nicht?«

Huusko bückte sich, um den Besenschrank zu untersuchen.

»Ich müsste drei Monatsmieten im Voraus zahlen.«

»Und die hast du nicht?«

»Nein. Ich hatte nicht erwartet, dass ich so schnell eine Wohnung finde.«

»Ich kann dir Geld borgen. Dafür sind Vorgesetzte schließlich da.«

»Das kann ich nicht annehmen.«

»Genier dich nicht.«

»Du hast doch selbst Ausgaben.«

»Die Kinder sind erwachsen, meine Frau hat einen guten Arbeitsplatz, die Wohnung ist abbezahlt, und Geld fließt jeden Monat aufs Konto, auch wenn ich das alte noch gar nicht ausgegeben habe.«

»Na gut, ehe ich mich schlagen lasse.«

»Wir können gleich beim Bankautomaten vorbeifahren«, sagte Jansson.

## 12.

»Raid? Was soll das, Raid ist ein Insektengift, damit werden Fliegen und andere Viecher getötet.«

»Man nennt ihn jedenfalls so.«

»Warum?«

»Ich weiß es nicht, vielleicht ist er giftig.«

Direktor Yrjölä musterte die Männer um sich herum. Vier trugen Wärteruniformen, einer war in Zivil, obwohl auch er Wärter war. Er war gerade zur Nachtschicht eingetroffen.

Jeder der Männer hatte kurz geschorenes Haar und Bizepse, so dick wie ein Lastwagenreifen. Der Direktor interessierte sich nicht dafür, mit welchen Methoden die Muskeln entwickelt worden waren, Hauptsache, die Kraft war echt und zog seinen Schlitten.

»Wenn er giftig ist, dann haben wir das Gegengift.«

Innerhalb des Hauses wurden diese Vertrauensmänner des Direktors Blitzkommando oder Schlitzkommando genannt, je nachdem, wer von ihnen sprach.

Nicht alle hegten Sympathie für die Gruppe, obwohl sie eine Spezialausbildung der Abteilung Strafvollzug des Justizministeriums erhalten hatte. Man hatte ihnen beigebracht, wie eine Häftlingsrevolte oder eine Geiselnahme beendet werden und wie man in den Zellen nach versteckten Drogen oder unerlaubten Gegenständen suchen musste.

Yrjölä verstand die Mitarbeiter nicht, die gegen die Gruppe Vorbehalte hegten, und hielt sie für scheinhumane Schlappschwänze.

»Obwohl ich ein sozialer und in jeder Hinsicht friedfertiger Mann bin, greife ich im Bedarfsfall durchaus hart durch.«

Yrjölä sah nicht aus wie ein Mann, der hart durchgriff. Er wirkte eher weich. Seine Körperformen waren weich, ebenso sein Blick und sein Händedruck. Das Aussehen täuschte jedoch. Yrjölä konnte drauflosdreschen wie ein Berserker. Seine Mitarbeiter wussten, dass er auch unbarmherzig und nachtragend sein konnte.

Yrjölä hatte die Männer selbst ausgewählt. Er hatte nur solche genommen, die er als zuverlässig kannte und die ihm treu ergeben waren. Er war so stolz auf sein Spezialkommando, dass er für die Männer die gleichen Overalls und Schirmmützen bestellt hatte, wie sie die Spezialeinheiten der Polizei verwendeten. Anstelle eines Sturmgewehrs trug jeder der Männer einen Schlagstock und einen Tränengassprüher.

Ein Überraschungsangriff dieser Gruppe in der Zelle eines unglücklichen Häftlings war ein eindrucksvolles Spektakel inklusive der ganzen dazugehörigen Geräuschkulisse. Da bebte der Fußboden, der Putz rieselte, und der arme Häftling machte sich in die Hose.

Rein zufällig betrieb jeder der auserwählten Männer eine Sportart, die die Schlag- und Stoßkraft entwickelte. Zwei von ihnen hatten an den Landesmeisterschaften im Gewichtheben teilgenommen, und die anderen vertraten gutes Provinzniveau.

»Ich habe bald fünfunddreißig Jahre hier abgerissen, das ist zweimal lebenslänglich. Bisher hat niemand etwas an meiner Arbeit auszusetzen gehabt, und so soll es auch bleiben.«

Die Männer des Blitzkommandos sahen sich an. Sie hatten Yrjöläs Einleitung schon oft gehört, und immer hatte sie Sondereinsätze zur Folge gehabt. Niemand von ihnen erhob Einwände, denn die letzte Aktion war schon mehrere Monate her, und einen ausgewachsenen Mann verlangt es nach tatkräftigem Handeln.

Yrjölä hatte die inoffizielle Zusammenkunft mit ein paar Stunden Vorwarnzeit einberufen. Thema des Treffens war der Neuankömmling, der den Gefängnisfrieden bedrohte und der den Namen eines Giftes trug.

»Der Mann hat versprochen, sich anständig zu führen, aber ich spüre, dass er uns Scherereien machen wird. Er hat einen Zwischenfall vor dem Laden provoziert, und ich bin sicher, dass es nicht dabei bleibt.«

»Ich habe gehört, dass er Happonen in die Schranken verwiesen hat«, sagte der Wärter in Zivil. »Ich kann nicht behaupten, dass ich ihm das übel nehme. Der Frosch hat sich gebläht und gebläht, bis er geplatzt ist.«

»Happonen ist gedemütigt worden, und er muss mit gleicher Münze zurückzahlen, wenn er sein Gesicht wahren will«, sagte ein anderer.

Yrjölä hörte nicht zu. Schon der bloße Gedanke an Scherereien brachte seinen empfindlichen Magen durcheinander und er spürte ein unangenehmes Brennen darin. Er holte die Tabletten gegen Sodbrennen aus der Schreibtischschublade. Außerdem bedeutete anständige Führung für Männer wie Raid wahrscheinlich etwas anderes als zum Beispiel für ihn.

»Happonen hat sich mit Suokas zusammengetan, wie man hört. Da zieht ein Unwetter auf an der Rachefront«, sagte der Mann in Zivil.

Yrjölä schluckte seine Tablette, obwohl er wusste, dass sie nur vorübergehend half. Seine Frau pflegte zu sagen, dass die Beschwerden erst dann endgültig verschwinden würden, wenn die psychischen Probleme, die dahinter steckten, beseitigt wären. Diese bestanden in einer falschen Einstellung zum Leben und zur Arbeit, sagte sie.

»Ich überlasse euch den werten Herrn. Ihr könnt selbst die Spielregeln bestimmen und euch die Schichten einteilen, wie ihr wollt, Hauptsache, der Job wird gemacht. Ich gebe dem Vollzugsleiter Order, euch in Ruhe zu lassen. Falls es Probleme gibt, nehmt ihr zuallererst mit mir Kontakt auf.«

»Und die Überstunden?«, fragte einer der Männer.

»Ihr könnt so viele machen, wie es die Situation erfordert. Jede Überstunde wird entsprechend vergütet.«

»Auch diese hier?«, fragte der Mann in Zivil.

»Jede.«

»Meine Überstundenzahl ist bereits voll.«

»Spielt keine Rolle.«

Der Landesmeister im Gewichtheben rührte sich und der altmodische Holzstuhl unter ihm knarrte und stöhnte.

»Ich habe einen Bekannten bei der Kripo, den habe ich nach dem Mann gefragt. Er hat mir erzählt, dass der Typ bei großen Sachen mitgemischt hat, bei Banküberfällen und Morden, dass man ihn aber nie überführt hat. Zuletzt hat er in Schweden eingesessen, auch da nur wegen einer Lappalie.«

»Woher wussten sie, dass er hier bei uns ist?«, fragte Yrjölä.

»Die Soko hat ihn von der Grenze an verfolgt.«

»Warum?«

»Weil er ein schwerer Junge ist. Sowie er einreist, schrillen die Alarmglocken, und in Pasila geht die rote Warnlampe an. Bei meinem Bekannten in der Abteilung haben sie extra eine Dringlichkeitssitzung abgehalten und erörtert, was der Kerl hier vorhaben könnte.«

»Zu welchem Schluss sind sie gekommen?«

»Dass er entweder hinter Ekholm oder hinter Johansson her ist.«

»Span-Johansson?«

»Ja.«

»Der ist doch ganz harmlos. Wenn er Glück hat, wird ihm Unzurechnungsfähigkeit bescheinigt.«

»Die Polizei versucht ihn zur Aussage gegen Luotola zu bewegen. Und Ekholms Spitzeldienste haben Lankinens Truppe fünf Millionen gekostet, außerdem sind zehn von seinen Leuten eingefahren. Dieser Giftmann ist ein Torpedo von der Größenordnung, dass der Auftraggeber viel Geld haben muss, wirklich viel.«

»Und Grön und Suokas?«

Der Mann schüttelte den Kopf.

»Sie glauben an Johansson oder Ekholm.«

»Dieser Raid glaubt doch wohl nicht, dass er bei uns in aller Ruhe zu Werke gehen kann?«

»Warum sollte er sonst freiwillig zwei Wochen für ein Bußgeld absitzen? Und dafür extra aus Schweden herkommen.«

»Stimmt«, gab Yrjölä zu.

Der Jüngste in der Gruppe, ein Wärter mit rundem Gesicht, war anderer Meinung.

»Er könnte auch in eigener Sache unterwegs sein. Vielleicht will er einen früheren Komplizen treffen ..., oder vielleicht hat ihn einer, der hier einsitzt, gelinkt, und er will sich rächen oder einfach nur seinen Anteil zurückholen. Erklärungen gäbe es viele.«

»Nicht schlecht überlegt«, sagte Yrjölä.

Sein Lob beflügelte den jungen Wärter.

»Er ist kein Schwachkopf, der zehn Stäbe Dynamit an seinem Gürtel befestigt, seine Zielperson in die Luft jagt und sich selbst gleich mit. Er ist ein Profi, und als Profi weiß er, was er machen kann und was nicht. Nur für Geld setzt er nicht sein eigenes Leben aufs Spiel.«

»Stimmt ebenfalls«, bestätigte Yrjölä. »Hier würde er sofort gefasst werden, so giftig er auch sein mag.«

»Vielleicht baut er darauf, die Zielperson durch Einschüchterung zum Schweigen zu bringen.«

Yrjölä wäre am liebsten nach Hause gegangen und hätte die Sauna geheizt. Zuerst einen Gin Tonic, nachher eine Wurst auf die Steine und kaltes Bier ... Aber er war ein gewissenhafter Mann, der seine Aufgabe bis zum Schluss durchführte.

»Wer könnte dieser Komplize sein?«

»Lindholm hat viele Jahre in Schweden agiert und dort auch eingesessen ..., er weiß vielleicht etwas.«

»Hat nicht auch Manner lange in Schweden als Wärter gearbeitet?«

»Die Hälfte der Wärter war irgendwann dort, auch der Pastor.«

»Befragt ihn ebenfalls, fragt jeden, der redet, und auch die,

die nicht reden. Wenn dieser Raid eine so große Nummer ist, wie behauptet wird, muss ihn irgendjemand kennen.«

»Dürfen wir auch einen Deal machen?«, fragte der junge Mann mit dem runden Gesicht.

»Ihr könnt kleine Extras versprechen, intime Treffen, begleiteten Freigang und solche Sachen. Wir brauchen das Motiv, danach klärt sich auch alles andere.«

»Und wenn der Mann Schwierigkeiten macht und wir ein bisschen Gewalt anwenden müssen?«

Es war der Aufseher in Zivil, der diese Frage stellte.

»Wenn es einen Grund dafür gibt, dann tut ihr es. Bloße Floskeln und guter Wille reichen nicht immer.«

»Und die Zusammenarbeit mit der Polizei?«

Der Direktor knöpfte sein Jackett zu. Er ärgerte sich, als er merkte, dass es über dem Bauch etwas spannte, obwohl er bereits seit zwei Wochen eine besondere Diät befolgte. Fisch und Huhn, kein Brot und keine schweren Fette, viel Gemüse und Obst, Weißwein, aber kein Bier. An das Bierverbot hielt er sich nicht. Ein Saunabesuch ohne Bier war das Saunieren nicht wert. Yrjölä wunderte sich, warum die Intensivdiät noch nicht wirkte.

»Ich hungere schon seit zwei Wochen, und trotzdem spannen die Knöpfe an der Jacke wie der Reißverschluss an der Hose eines *Praline*-Lesers. Woran liegt's?«

»Energie entsteht nicht von allein und verschwindet auch nicht von allein«, sagte der Aufseher mit dem runden Gesicht und büßte sofort Yrjöläs Wohlwollen ein.

»Auch die Tangoprinzessin hat mit dieser Diät siebzehn Kilo abgenommen. Warum, zum Teufel, wirkt sie nicht bei mir?«

»Du bist nicht die Tangoprinzessin«, sagte einer der Gewichtheber.

Zwei Männer wagten zu lachen.

»Die Gesundheit des Menschen ist eine ernste Sache und kein Anlass zum Witzereißen.«

»Bist du sicher, dass du die Anweisungen befolgt hast?«

»Natürlich bin ich das! Ein paar kleine Abweichungen habe ich mir vielleicht erlaubt, aber im Prinzip habe ich mich strikt ...«

»Welche Abweichungen?«

»Die Sauna macht ohne Bier keinen Spaß. Ein Finne kann so was nicht akzeptieren ..., die Schönheitsköniginnen sollen meinetwegen Weißwein schlürfen, aber ich ...«

»Bier ist das Schlimmste, was ...«

Yrjölä warf dem Mann, der ihn unterbrochen hatte, einen wütenden Blick zu.

»Reden wir später darüber. Du hast nach der Zusammenarbeit mit der Polizei gefragt. In angemessenem Rahmen. Die Polizei untersucht oder vielmehr versucht, wir heilen.«

Einige der Männer lachten wieder, aber Yrjölä brachte sie mit einem Blick zum Schweigen.

Nach mehr als dreißigjähriger Amtszeit glaubte er immer noch an die Erziehungsaufgabe der Haftanstalt und an humanen Strafvollzug, obwohl sich die Reihen der Gesinnungsgenossen ziemlich gelichtet hatten. Das Problem war, dass seine Untergebenen nicht glauben wollten, dass er daran glaubte. Yrjöläs eigenes Verhalten stützte nicht immer die Ideen, die er vertrat.

»Ihr könnt eure Arbeitsschichten nach Bedarf regeln. Das Wichtigste ist, dass es nicht zu unangenehmen Zwischenfällen kommt.«

Yrjölä war überempfindlich gegen Zwischenfälle, denn sie erregten immer peinliches Aufsehen. Ein einziger kleiner Ausbruch, und schon behaupteten die Abendzeitungen, dass die Gefängnisse durchlässig wie Siebe seien.

Im vergangenen Jahr hatten die Zeitungen das Problem der Drogen in den Gefängnissen aufgegriffen und ihre Leser glauben gemacht, dort gebe es ständige Drogenorgien.

Wenn man den Häftlingen Unternehmungen ermöglichte, wie zum Beispiel einen bewachten Theaterbesuch oder einen Ausflug zum Slalomfahren, gab es ebenfalls sofort Geschrei. Die Zeitungen witterten überall Zwischenfälle.

»Ihr wisst, wie die Abendzeitungen übertreiben. Sie brauchen nur einen kleinen Zipfel von einer Geschichte zu erfassen, den Rest erfinden sie selbst. Fakten und Fiktion vermischen sich.«

Yrjölä war zuletzt vor drei Monaten auf den Titelseiten gewesen, als man einen Häftling versehentlich zwei Wochen zu lange im Gefängnis behalten hatte. Der Irrtum war zum Glück auf das Konto seines Stellvertreters gegangen, Yrjölä selbst hatte zu dem Zeitpunkt Urlaub gehabt.

»Ein paar zusätzliche Tage Vollpension auf Kosten des Staates, ist das eine so große Nachricht, dass darüber gleich in Riesenlettern berichtet werden muss?«

Die Wärter warfen sich amüsierte Blicke zu, hüteten sich diesmal aber, zu lachen. Yrjölä führte einen privaten Krieg gegen die Abendzeitungen und Kriminalblätter. Für ihn repräsentierten sie böswilligen und lügenhaften Schmutzjournalismus. Der Reporter einer solchen Zeitung stand in seinen Augen noch unter einem Scheißkübelentleerer und war viel nutzloser.

»Wenn mal ein Häftling Durchfall bekommt, wird daraus gleich eine Story gezimmert, dass in den Gefängnissen das Essen schlecht ist. Wenn das stimmt, warum funktioniert dann bei mir, der ich genau dasselbe esse, der Magen ausgezeichnet?«

Yrjölä hatte noch einen neueren Grund zur Sorge. In der vergangenen Woche war in seiner Anstalt die übliche Blitzinspektion in den Zellen durchgeführt worden. Dabei waren zwei selbstgebaute Gewehre, eine Jatimatic-Maschinenpistole und sechs Handys gefunden worden.

Yrjölä fürchtete, dass die Zeitungen davon Wind bekommen könnten. Er kannte ihre Vorgehensweise so gut, dass er sich schon die Überschriften ausmalen konnte: *Gefängnis von Katajanokka durchlässig wie ein Sieb: Häftlinge verfügen über Waffen, Drogen und Handys.*

Als Nächstes würden Vermutungen darüber angestellt, ob jemand vom Gefängnispersonal geholfen hatte, die Waffen hereinzuschmuggeln. Das wäre Wasser auf die Mühlen irgendwelcher dreister Karikaturisten und Kolumnisten, und das ganze Gefängnis, der Direktor eingeschlossen, würde lächerlich gemacht. Yrjölä konnte sich kein schlimmeres Schicksal vorstellen. Und danach käme ein unerfreulicher Anruf vom Generaldirektor des Strafvollzugs …

Wenn er wüsste, wer von seinen Mitarbeitern den Schmierfinken bei der Presse Informationen zuspielte, würde er demjenigen eine solche Abreibung verpassen, dass …

Sein Telefon klingelte. Er zögerte eine Weile, dann nahm er ab.

»Yrjölä.«

»Hier Kommissar Jansson von der Kripo, grüß dich.«

»Hallo«, sagte Yrjölä matt.

»Ist es dir recht, wenn ich nochmal vorbeikomme?«

»Es ist mir immer recht, aber warum?«

»Die Untersuchung geht weiter, und die Dinge entwickeln sich. Ich möchte ein, zwei Leute befragen.«

»In welchem Zusammenhang?«

»Im Zusammenhang mit einem Verbrechen.«

»Darf ich fragen, mit welchem Verbrechen?«

»Mit einem Mord.«

»Und um welchen unserer Kunden handelt es sich diesmal?«

»Du hast bestimmt schon deine Vermutungen.«

»In diesem Job nützen einem keine Vermutungen, man braucht Fakten.«

Jansson nannte den Namen.

»Ich informiere den Vollzugsleiter. Wann kommst du?«

»Ginge es heute?«

»Ist es so eilig?«

»Also morgen, gleich in der Früh.«

»Gut, abgemacht.«

»Tschüss.«

»Tschüss.«

Yrjölä sah seine Mitarbeiter an.

»Das war Kommissar Jansson von der Kriminalpolizei. Er möchte Raid nochmal sprechen.«

»Warum?«

»Er sagt, es hat mit irgendeinem Mord zu tun.«

Dem Mann in Zivil fiel etwas ein.

»Mein Bekannter bei der Polizei hat gesagt, dass Jansson der verantwortliche Ermittlungsleiter in den Fällen gewesen ist, in die Raid verwickelt war. Außerdem sollen sich die beiden gut kennen, sogar fast Freunde sein.«

Yrjölä dachte über die Worte des Wärters nach.

»Das hätte ich nicht von Jansson gedacht. Er hat ziemlich seltsame Freunde.«

## 13.

Auf Johanssons Stirn erschien eine steile Falte, während er sich auf die Details am Dach der Kirche konzentrierte. Das Modell stand im Werkraum auf einem Tisch am Fenster.

Außer Raid und Johansson war nur noch ein dritter Häftling, Astala, anwesend, als Aufseher war Manner dabei.

Manner saß auf der Hobelbank und trat mit der Fußspitze gegen die losen Hobelspäne, die auf dem Boden lagen.

Astala malte an einer Auftragsarbeit. Das Bild stellte eine nackte Frau dar, es handelte sich um die Ehefrau eines Häftlings. Ein Foto von ihr, das Astala als Modell diente, war mit Klebstreifen an einer Ecke der Leinwand befestigt. Auf dem Foto war die Frau allerdings bekleidet. Der Auftraggeber, der sehnsüchtig an seine Angetraute dachte, wollte sich das fertige Bild in seiner Zelle an die Wand hängen.

Manner rutschte von der Hobelbank und trat zu Astala.

»Ist das wirklich Riikonens Frau?«

»Ja.«

Astala konzentrierte sich darauf, den Bogen ihrer Hüfte zu schattieren. Die Frau stand mit dem Rücken zum Betrachter am Fenster, eine Hand auf der Hüfte. Hinter dem Fenster lag eine südländische Dorflandschaft mit weiß gekalkten Häusern und grünen Zypressen.

»Woher weißt du, was für eine Figur sie hat?«

»Ich weiß es gar nicht. Ich habe Riikonen gefragt, wie er sie haben will, und so mache ich sie. Der Wunsch des Auftraggebers ist mir Befehl.«

»Und die Landschaft, die man durchs Fenster sieht? Das ist bestimmt nicht Finnland, oder?«, fragte Manner.

»Es ist Andalusien, seine Frau mag das Land, und der Wunsch des Auftraggebers ist mir Befehl. Als Hintergrund male ich zur Not sogar einen Schrottplatz.«

»Bist du mal in Andalusien gewesen?«

»Ich habe in einem Reiseführer nachgesehen.«

Astala hatte im Malen nicht nur ein Hobby, sondern auch eine gute Erwerbsquelle gefunden. Auf ihn wartete ein halbes Dutzend Aufträge. Der neueste und wertvollste war das offizielle Gemälde zu Direktor Yrjöläs Verabschiedung. Die Mitarbeiter hatten es ohne sein Wissen bestellt. Astala hatte bereits mit der Arbeit begonnen, aber Manner hatte noch nichts davon gesehen. Unter den Mitarbeitern wurden Prognosen darüber angestellt, ob Yrjölä das Bild als Geschenk oder als Beleidigung betrachten würde.

Im zivilen Leben war Astala technischer Zeichner. Er wartete im Gefängnis auf seine Verurteilung wegen eines Drogendeliktes.

Raid hobelte an einem Kiefernbrett von einem halben Meter Länge, das in der Bank festgeschraubt war. Der Hobel glitt in langsamen Zügen hin und her und produzierte papierdünne Spangirlanden.

Raid genoss den Duft frischen Holzes. Er erinnerte ihn an den Holzschuppen seines Elternhauses, an astreiche Birke, glattfaserige Kiefer und warmrote Erle. Der Vater hatte gesägt und Raid gehackt. Stapelweise Brennholz, alles aus dem eigenen Wald.

Bis zum Frühsommer waren die Scheite verbraucht gewesen, beim Heizen der Stube und des Saunaofens, und es mussten neue Vorräte für den nächsten Winter angelegt werden. Die Arbeit im Holz war nie abgerissen.

Die Tür ging auf, und Suokas und Happonen kamen herein, begleitet von einem mageren, langhaarigen jungen Burschen namens Lehto. Er büßte eine Haftstrafe wegen Körperverletzung und Erpressung ab.

»Was liegt an?«, fragte Manner.

»Wir wollen basteln«, sagte Happonen.

Suokas beugte sich über Johanssons Kirche. Johansson erstarrte.

»Wenn ich's nicht sehen würde, würd ich's nicht glauben. Der Span inmitten von Spänen.«

»Habt ihr euch vom Wärter die Erlaubnis geholt, herzukommen?«, fragte Manner.

»Natürlich.«

»Ausgerechnet hierher, und nicht woandershin?«

»Nein, hierher.«

»Von welchem Wärter?«, wollte Manner wissen.

Happonen kratzte sich am Kopf.

»Von dem großen mit dem kahl rasierten Schädel.«

Die Beschreibung traf auf mindestens zehn Wärter zu.

Manner war erfahren in seinem Beruf und spürte die Gefahr. Happonen, Suokas und Lehto waren eine gefährliche Kombination. Suokas besaß Kraft, Happonen Verschlagenheit, und Lehto tat, was man ihm befahl. Er gehörte zu denen, die mit ein paar Diapam oder einer Ration Drogen für jede schmutzige Arbeit zu gewinnen waren.

Suokas stieß gegen Johanssons Kirche und sie fiel herunter. Sie war jedoch stabil gebaut und brach nicht auseinander.

»Sorry, Span.«

Johansson untersuchte besorgt sein Modell.

»Ist es kaputt?«, fragte Suokas.

»Nein ..., ist es nicht.«

Suokas versuchte in gespielter Ungeschicklichkeit erneut dagegen zu stoßen, aber Johasson hielt seine Kirche fest, und Suokas hatte Pech.

»Pass auf, wohin du trittst«, belehrte Manner ihn.

Suokas stellte sich neben Raid und sah ihm beim Arbeiten zu.

Manner stand auf und brachte sich mit leicht gegrätschten Beinen in eine stabile Position.

»Wenn ihr basteln wollt, dann bastelt. Los, an die Arbeit!«

Suokas wurde allmählich wütend.

»Arbeit, Arbeit, das Wort hab ich schon mal gehört ...,

aber dieser Mist hier ist keine Arbeit, sondern bloß Armschwingen und ein bisschen Herumgefummel.«

»Besser, die Arme zu schwingen und herumzufummeln, als gar nichts zu tun, der Meinung bin ich jedenfalls.«

»Reicht es nicht, dass ich mein Urteil absitze, muss ich mir da auch noch die Meinung eines Schließers anhören?«

»Nein, musst du nicht, ich habe es nur gesagt, und wenn ihr nichts zu tun habt, könnt ihr ebenso gut wieder gehen.«

Suokas blieb stehen, hielt die Hände in den Taschen und sah Raid weiter zu. Er trug enge Jeans mit einem silbern verzierten schwarzen Gürtel, ein schwarzes Kapuzenshirt und ein verkehrt herum aufgesetztes Baseballkäppi mit dem Emblem eines Eishockeyklubs. Um den Hals trug er eine Kette mit einem silbernen Totenschädel und einer kleinen silbernen Wikingeraxt. Seine langen Haare waren mit einem Gummiband zu einem Pferdeschwanz gebunden. Es war unvorstellbar, dass es in seinem Kopf auch nur einen einzigen vernünftigen Gedanken gab.

»Du gehst ran wie ein Profi. Wahrscheinlich bist du im zivilen Leben Tischler.«

»Nicht direkt.«

»Zimmermann mit drei Fingern, oder waren es drei Handgriffe?«

Raid zeigte seine Hände. Alle Finger waren vorhanden.

»Was ist mit deiner Nase passiert?«, fragte Raid seinerseits.

Suokas' Nase zierte eine rote, verbrannte Stelle von dem Saunabesuch. Er erstarrte, beherrschte sich aber.

»Eine Hand und *Black & Decker.* Was soll das werden?«

»Eine grusinische Wanzenklatsche.«

Astala, der ein paar Meter entfernt stand, lachte. Suokas' Gesicht verfinsterte sich.

Manner blickte wachsam.

»Willst du mich verarschen?«

»Was glaubst du?«

Suokas nahm die Hände aus den Taschen und kreuzte die Arme über der Brust.

»An deiner Stelle würde ich es bleiben lassen.«

»Ach ja?«

»Ja. Wir sind diesmal zu dritt. Happonen und ich haben dir einiges zurückzuzahlen, mit Zinsen.«

Er sah seine Freunde an, und sie stellten sich hinter ihn. Happonen hielt ein Kantholz in der Hand. Auch Lehto sah sich nach einer entsprechenden Waffe um und griff sich ein gehobeltes Brett.

»Nur zu dritt«, sagte Raid.

»Welcher Wärter hat euch geschickt?«, fragte Manner.

»Wollt ihr wissen, was man mit einer grusinischen Wanzenklatsche macht?«, fragte Raid.

»Was denn?«, fragte Lehto.

»Man tötet Wanzen.«

»Hier sind keine.«

Raid legte den Hobel aus der Hand und richtete sich auf.

»Doch, drei große.«

Er zeigte in die Höhe von Suokas' Scheitel.

»So große.«

Manner kam näher.

»Ihr bleibt jetzt schön ruhig.«

»Möchtest du wissen, wie eine grusinische Wanzenklatsche funktioniert?«, fragte Raid.

Suokas hatte das Gefühl, dass er in eine Falle geriet, aber es gab kein Zurück. Er rief sich in Erinnerung, dass sie drei gegen einen waren, und gewann einen Teil seines Mutes zurück.

»Zeig's mir.«

»Nein!«, sagte Manner streng.

Raid nahm das Brett und schlug es Suokas mitten auf den Schädel. Suokas' Knie wankten. Happonen versuchte, Suokas zu Hilfe zu kommen, aber Raid schlug ihm mit der Kante des Brettes seitlich an den Hals. Das Kantholz fiel zu Boden und Happonen griff sich röchelnd an die getroffene Stelle. Er drehte eine eigentümliche Pirouette und sank auf die Knie.

Lehto fuhr einmal mit seinem Brett durch die Luft, traf

aber nicht. Raid hingegen traf. Das Brett sauste auf Lehtos Nase nieder, sofort spritzte Blut heraus. Lehto ließ sein Brett fallen und wich ein paar Schritte zurück. Er befühlte seine Nase und betrachtete seine blutige Hand. Er wusste, wann es Zeit war, aufzuhören.

»Blut! Meine Nase blutet, verdammt nochmal ...«

Raid packte Suokas am Gürtel und riss ihn zum Sägetisch. Mit der rechten Hand drückte er sein Gesicht nach unten und mit der linken betätigte er den Einschaltknopf. Das heulende Blatt rotierte nur wenige Zentimeter vor Suokas' Kopf.

Manner kam näher.

»Halt!«

»Nur eine kleine Scheibe«, sagte Raid.

»Auf keinen Fall.«

»Gnade«, keuchte Suokas.

Raid hielt sein Gesicht noch einen Augenblick vor dem Sägeblatt fest. Suokas verdrehte vor Angst die Augen und wagte nicht sich zu bewegen, um nicht in die Säge zu geraten.

Manner drückte den roten Ausschaltknopf, das Jaulen der Säge verstummte.

»Jetzt ist der Spaß vorbei.«

Raid riss Suokas hoch und stützte ihn unter den Achseln. Er zog ihn ganz dicht zu sich heran und flüsterte: »Lass Johansson in Ruhe, sonst säge ich dir nächstes Mal die Ohren ab und nagle sie dir an den Arsch.«

»Jungs, Jungs, das war harter Tobak«, sagte Manner.

Raid stieß Suokas von sich. Der wankte rückwärts, bis er am Arbeitstisch Halt fand.

Manner begutachtete flüchtig Lehtos Nase und fand keine ernsthaften Verletzungen.

»Holzköpfe sollten nicht in die Holzwerkstatt kommen«, sagte Raid. »Sonst könnte versehentlich der Kopf in die Maschine geraten.«

»Es ist besser, du gehst jetzt«, sagte Manner zu Suokas. »Und ihr auch!«

Suokas und seine Freunde waren derselben Meinung.

Happonen bekam wieder Luft und konnte aufstehen, hielt sich aber mit schmerzhafter Grimasse den Hals. Lehto wischte sich das Gesicht mit Putzwolle ab, sie wurde blutig.

»Meine Nase ist total zermatscht.«

»Du musst sie nicht überall hineinstecken«, riet Manner ihm. Es sah fast so aus, als ob er lächelte.

»Ich muss bestimmt ins Krankenhaus, und wer bezahlt?«, murmelte Lehto im Gehen.

Johansson hatte sich bei Beginn der Auseinandersetzung hinter der Hobelbank versteckt. Er kam heraus, wimmerte und drückte seine Kirche an sich.

»Du brauchst keine Angst mehr zu haben«, beruhigte Manner ihn.

Johansson sah Raid bewundernd an.

»Du hast sie alle besiegt, und ganz allein, fast wie Spiderman …«

»Es waren nur drei.«

Johansson besann sich auf seine Kirche und machte sich daran, sie auf Schäden zu untersuchen.

»Nur drei«, sagte Astala ehrfürchtig.

Er legte den Pinsel aus der Hand und kam zu Raid.

»Jetzt ist es wohl mit Suokas' Großkotzigkeit endgültig vorbei, und mit Happonens auch. Dabei wollten die beiden die härtesten Kerle im Haus sein.«

Er machte die Tür auf und sah den dreien nach.

»Die Jungs sehen richtig kläglich aus«, sagte er lachend.

Auf Manner schien das Geschehen keinen Eindruck gemacht zu haben. Er blickte so ausdruckslos wie immer.

»Das Basteln dürfte für heute beendet sein. Niemand hat sich verletzt, und auch sonst ist nichts Weltbewegendes passiert, also können wir uns wohl darauf einigen, dass wir kein Aufhebens von der Sache machen.«

»Mir ist's recht«, sagte Astala.

»Mir auch«, sagte Raid.

»Gut, dann ist jetzt wohl Essenszeit.«

# 14.

Die Ermittler von der Abteilung für Gewaltdelikte und die von der Wirtschaftskriminalität jagten selten im selben Revier, geschweige denn dass sie ihre Kräfte vereint hätten. Unter normalen Umständen waren sie so weit voneinander entfernt wie ein Kulturredakteur vom Sportredakteur oder Kaivopuisto von Kontula.

Rainer Luotola war ein Ausnahmefall, der die Grenzen der einzelnen Ressorts aufhob.

An der Gesprächsrunde nahmen außer Jansson, Susisaari und Huusko auch Janssons Stellvertreter Jokela sowie Kommissar Kempas und Wachtmeister Lunden von der Soko Wirtschaftskriminalität teil.

Alle hatten auf die eine oder andere Weise mit Luotolas Delikten zu tun gehabt.

Auf Kempas' Fahndungsliste stand Luotola ganz oben. Auf dieser Liste zu stehen bedeutete nichts Gutes, denn Kempas war ein gnadenloser Jäger.

»Wir haben jetzt außer Johansson noch einen zweiten Mitwisser, und zwar einen viel besseren.«

Kempas ließ die Worte wie beiläufig fallen. Er spürte seit vielen Jahren nicht mehr das Bedürfnis, eine große Nummer aus seinem Wissen zu machen. Informationen kamen und gingen. Für Kempas war Wissen Macht, und er behielt es am liebsten für sich. Er trennte sich erst davon, wenn es unbedingt notwendig war.

»Wer?«, fragte Jansson.

»Wie geht es Tuomela im Krankenhaus?«

»Gut, er ist bis Ende März krankgeschrieben.«

Kempas betrachtete Jansson abschätzend, wobei er ein Auge zusammenkniff. Er hatte graue Augen, eine Indianernase und eine fliehende Stirn, slawisch anmutende buschige Brauen, eine schlechte Haut und noch schlechtere Zähne. In Kempas' Heimatgegend war es üblich gewesen, den Kindern zur Konfirmation ein Gebiss zu schenken. Kempas hatte lieber eine Armbanduhr genommen.

»Und du leitest die ganze Abteilung bis dahin?«

»Ich versuche es zumindest.«

»Und du vertrittst Jansson?«

»Ich versuche es zumindest«, Jokela lachte.

»Wer ist der Mitwisser?« Huusko wiederholte die Frage. Kempas' Ablenkungsmanöver ärgerte ihn. Für ihn war Kempas ohnehin einer der unausstehlichsten Menschen, die er kannte. Kempas besaß einen ähnlich festen Glauben an die Berechtigung seines Tuns wie ein dämlicher Yankee, der es für selbstverständlich hielt, dass die Vereinigten Staaten von Amerika in allem die Besten, Größten und Schönsten waren und dass sie außerdem auch am besten rochen.

Huusko war besessen von dem Wunsch, Kempas' Glauben zu erschüttern. Damit hatte er jedoch noch nie Erfolg gehabt, und so ging es vermutlich auch allen anderen Menschen. Kempas' Frau hatte es ebenfalls aufgegeben und war mit einem anderen Mann fortgegangen. Huusko bestritt allerdings nicht Kempas' Verdienste als Polizist.

»Der Mann sitzt ebenfalls im Gefängnis, noch dazu in demselben wie Johansson, und, o Wunder, auch in der Sicherheitsabteilung.«

»Nämlich?«, fragte Jansson.

»Grön.«

»Voitto Grön?«

»Ja. Er hat seinerzeit mit Luotola gemeinsam Geschäfte gemacht, hauptsächlich Immobilienhandel und Anlagefirmen. Normalerweise war Luotola nur der Geldgeber und Grön hat die praktischen Dinge erledigt, aber in einer der Firmen war Luotola auch mit im Vorstand. Die Firmen sind später Pleite gegangen, und die Schulden bezahlen du, ich und er.«

»Ich auch?«, fragte Huusko mit runden Augen.

Kempas ließ sich durch Huuskos Zwischenbemerkung nicht stören.

»Auch bei dem Kreditschwindel mit der Sparkasse von

Karjaa hatte Luotola sämtliche Finger im Spiel, und Grön hat ihm anscheinend Geld auf Konten in Spanien und in den USA überwiesen. Ich bin sicher, dass Grön auch über Luotolas andere Geldschiebereien ins Ausland Bescheid weiß, wie überhaupt über fast alle anderen kriminellen Aktivitäten des Mannes. Grön ist einer von der Sorte, der sich absichert und über seine Partner Informationen einholt, ehe er irgendwo einsteigt.«

»Warum sollte Grön dann reden?«, fragte Jansson.

»Weil er fromm geworden ist«, sagte Lunden.

Kempas war sichtlich ungehalten darüber, dass Lunden Informationen preisgab, bevor er das selbst tat.

»Das stimmt. Grön ist gläubig geworden und möchte nicht nur Gott, sondern auch der Staatsgewalt, nämlich mir, seine Sünden bekennen, und das passt mir natürlich ausgezeichnet.«

»Ist Grön wirklich fromm geworden?«, fragte Jansson verwundert.

Grön war einer der Letzten, wenn nicht sogar der Allerletzte, von dem er das erwartet hätte.

»Aber, wie es so schön in der Bibel heißt, die Ersten werden die Letzten sein und umgekehrt«, murmelte er.

»Das ist gar nicht überraschend. Wenn einer lange genug im Morast wühlt, kommen ihm zwangsläufig irgendwann die Glaubensfragen in den Sinn. Denkt nur mal an Nygren, er war einer der größten Haie in diesem Land, aber vor seinem Tod fing auch er an, von religiösen Dingen zu reden. Jetzt ist Grön an der Reihe, und ich gedenke das voll auszunutzen, was in meinen Augen nichts Schlechtes ist.«

»Wie willst du es machen?«, fragte Jansson.

»Ich kenne ihn seit zwanzig Jahren. Falsch, falscher, Grön, aber wir sind trotzdem gut miteinander ausgekommen. Er hat mich aufgesucht, bevor er ins Gefängnis ging ...«

Kempas sah aus, als wollte er seine Bemerkung, dass er Grön vor dessen Inhaftierung gesprochen hatte, zurückziehen. Huusko bemerkte es und nutzte die Gelegenheit, Kempas zu ärgern.

»Erzähl mehr von deinem Treffen mit Grön.«

»Da gab es nichts Besonderes, er wollte nur, dass jemand erfährt, warum er so und nicht anders gehandelt hat.«

»Hast du keine Angst, dass er lügt?«

Kempas wirkte fast beleidigt.

»Er hat sich sechs Jahre in Spanien versteckt gehalten, und er hätte auch noch länger bleiben können, aber er ist nach Finnland gekommen, obwohl er wusste, was ihn hier erwartete.«

»Was erwartete ihn denn?«

»Eine Anklage wegen schweren Betrugs und wegen Abgabe einer falschen eidesstattlichen Versicherung.«

»Außerdem hat er seine Lebensgefährtin und seine minderjährige Tochter in Marbella zurückgelassen«, erzählte Lunden. »Und ein schickes Haus am Meer mit Swimmingpool und allen Schikanen. Einer unserer Leute ist in seinem Urlaub mal dort gewesen und hat es sich aus reiner Neugier angesehen.«

»Trotzdem weiß er vermutlich nichts über die näheren Umstände des Todes von Luotolas Anwalt und Buchhalter«, sagte Jansson.

Kempas nickte.

»Er versucht, Johansson sein Wissen zu entlocken. Wenn das alles gebündelt wird, fährt Luotola ein, dass es nur so kracht.«

Huusko seufzte.

»Wir haben jetzt drei Mann an Span-Johansson dran, die ihn alle abwechselnd nach demselben fragen. Der Mann kriegt bald einen Panikanfall.«

»Wer ist der dritte?«, fragte Kempas.

»Raid.«

»Ihn würde ich an deiner Stelle nicht mit einkalkulieren«, sagte Jansson.

»Macht Grön tatsächlich mit uns gemeinsame Sache?«, fragte Sanna Susisaari erstaunt.

»Sagen wir mal, wir haben übereinstimmende Interessen«, erklärte Kempas mit selbstzufriedener Miene.

Er erinnerte Huusko an einen unsympathischen Landpolizisten, mit dem er auf der Polizeischule gewesen war und der ihn im Tischtennis besiegt hatte, obwohl er ihm zwanzig Punkte Vorsprung gegeben hatte.

»Welche sind das?«, fragte Susisaari.

»Himmlische und irdische.«

»Wurde Grön extra in die Sicherheitsabteilung verlegt, damit er Johansson ausfragen kann?«, fragte Huusko seinerseits.

»Wir sind doch keine Götter, die die Schicksale der Menschen lenken.«

»Es wäre nicht sehr schwer gewesen.«

»Trotzdem. Grön war zuerst da und Johansson kam später. Manchmal klappt es eben. Johansson hat selbst um die Verlegung gebeten, nachdem er in der anderen Abteilung angegriffen worden war. Wir schlagen aus dem glücklichen Zufall heraus, was irgend geht.«

Huusko blickte zweifelnd.

»Man versteht irgendwie, dass Grön von seinen eigenen Missetaten erzählt, aber er glaubt ja wohl kaum, dass er gottgefällig handelt, wenn er seine ehemaligen Komplizen verrät.«

»Wie ich sagte, stimmen die himmlischen und irdischen Interessen überein. Damit meine ich, dass Grön ernsthaft glaubt, Luotola einen Dienst zu erweisen. Er ist beseelt von dem Wunsch, den Mann aus dem Sündenpfuhl zu retten. Er denkt, dass Luotola am empfänglichsten ist, wenn er im Gefängnis sitzt und ihm ausgeliefert ist.«

»Wie hat sich die intime Beziehung zwischen Grön und Johansson entwickelt?«, fragte Jansson.

»Gut, Grön hat seine Überredungskünste trotz seines Glaubens nicht eingebüßt, im Gegenteil. Er redet mit Teufels- wie mit Engelszungen gleichermaßen gut. Wenn jemand Johansson überredet, dann ist er es«, sagte Kempas felsenfest überzeugt.

»Auch Johansson muss nicht unbedingt etwas von den Morden wissen«, bemerkte Jansson.

»Luotola hat Johansson immer für so bekloppt gehalten, dass er keine Befürchtungen hegte, und Recht hatte er. Aber in einigen Dingen hat Johansson ein phänomenales Gedächtnis, wie es bei zurückgebliebenen Menschen manchmal der Fall ist. Ich denke, dass er irgendwas gesehen hat, möglicherweise hat er auch mitgemacht, vielleicht ohne zu begreifen, worum es ging. Er hat immerhin fast zwanzig Jahre für Luotola gearbeitet.«

»Wie hat Luotola ihn eigentlich gefunden?«, fragte Sanna Susisaari.

»Pekka kennt Johansson am besten«, sagte Kempas.

Jokela überlegte kurz.

»Ich habe die Information, dass Luotola Johanssons Mutter irgendwie gekannt hat, vielleicht sind sie sogar entfernte Verwandte, ich weiß es nicht. Johansson ist für Luotola mehr ein Sklave denn ein Angestellter gewesen.«

»Ist nach den Papieren gesucht wurden, die sich in Johanssons Besitz befinden sollen?«, fragte Sanna Susisaari.

»Geradezu mit der Lupe! Johansson hat ja keine anderen Wohnungen gehabt als die, die Luotola ihm besorgt hat. Erst hat er auf Luotolas Werft in einem Kabuff hinter dem Umkleideraum gehaust, und die letzten Jahre dann in der Hausmeisterwohnung hinter Luotolas Villa.«

»Armer Hansel«, sagte Huusko. In seiner Stimme lag so viel Mitleid, dass Sanna Susisaari sich zu ihm umdrehte.

»Ein bemitleidenswerter Fall, in vieler Hinsicht«, bestätigte Kempas. »Aber wir versuchen immerhin, sein Leben zu schützen.«

»Nach den Papieren ist auch draußen auf Luotolas Grundstück gesucht worden, ebenfalls ohne Ergebnis«, berichtete Lunden. »Unsere Leute waren mit einem Hund und einem Metalldetektor auf dem Gelände unterwegs. Ich kann mir vorstellen, dass jemand wie Johansson die Papiere im erstbesten Winkel versteckt hat, vielleicht in einem Baumloch, wie ein Eichhörnchen. Wir brauchen wenigstens einen kleinen Hinweis, damit wir nicht die ganze Provinz Uusimaa umgraben müssen.«

Kempas nahm eine Schachtel aus der Jackentasche und steckte sich eine Pastille in den Mund.

»Ist Johansson nicht Waise?«

Jokela nickte.

»Hat sein Elternhaus abgefackelt, und seine Mutter gleich mit.«

»Waise von eigener Hand«, warf Huusko hin.

Lunden fing an zu lachen, auch Jokela stimmte ein.

»Do-it-yourself-Waise«, legte Huusko nach.

Kempas fand Huuskos Bemerkungen nicht amüsant.

»Und der Vater?«

»Verließ die Familie, als Johansson sieben war. Sofern er der richtige Vater war, die Mutter nahm es nämlich nicht so genau, milde ausgedrückt. Er ging nach Schweden und starb dort Anfang der Achtzigerjahre. Geschwister gibt es nicht. Als wir Johanssons Anteil an dem Werftbrand untersuchten, haben wir seinen familiären Hintergrund gecheckt, konnten aber keine nahen Angehörigen finden. Einen Onkel mütterlicher- oder väterlicherseits gab es wohl, aber der lebte in Schweden, und wir konnten ihn nicht ermitteln, haben es allerdings auch nicht bis zur letzten Konsequenz versucht.«

»Und Freunde?«, fragte Kempas.

»Nachdem sein Elternhaus abgebrannt war, war er zunächst im Heim, aber dort hatte er nach unseren Informationen keine Freunde, jedenfalls keine guten. Im Gegenteil, solche Typen wie Johansson werden dort gehänselt. Anschließend war er einige Zeit in einer Pflegefamilie, aber die wollte ihn wieder loswerden, sodass auch dort keine Freundschaften entstanden sind. Die restliche Zeit bis zu seiner Volljährigkeit war er in der Notaufnahme.«

Jokela blätterte zur Unterstützung seines Gedächtnisses in Johanssons Akte.

»Danach lebte er ein paar Monate in einem Wohnheim und machte Hilfsarbeiten auf dem Bau. Und dann dauerte es auch nicht mehr lange, bis er in Luotolas Dienste trat.«

»Vielleicht wäre es gut, seinen Hintergrund erneut zu checken«, schlug Sanna Susisaari vor.

Kempas schüttelte den Kopf.

»Leute wie Johansson haben keinen Hintergrund. Er ist wie der erwachsene Sohn einer ältlichen Witwe, der die meiste Zeit seines Lebens auf der Couch im Hinterzimmer gelegen und zwischen den Zehen gepult hat. Bei Johansson kann man das Zehenpulen durch das Anreißen von Streichhölzern ersetzen. Der Bursche hat wahrhaftig die einheimische Streichholzindustrie auf Trab gehalten.«

»Er hat bestimmt auch noch andere Dinge gemacht als nur Streichhölzer angerissen.«

»Nicht viel. Die Schule hat er abgebrochen, Beziehungen zu Frauen hat er höchstens in seiner Fantasie, und auch sonst pflegt er keinerlei Umgang. Er trinkt nicht, betreibt keinen Sport, guckt nicht Formel 1, weiß nicht, wer unser Staatspräsident ist ...«

»Wer ist es übrigens?«, fragte Huusko.

»Wie verteilen wir die Aufgaben?«, unterbrach Jansson. »Es sieht jetzt ganz nach deiner Show aus.«

»Für euch fällt schon noch ein bisschen ab. Luotola muss beschattet werden.«

»Das heißt, wir machen die ganze schmutzige und beschissene Arbeit?«, fragte Huusko.

»Observierung ist gar nicht so beschissen, anständiger Proviant, heißer Kaffee und nette Gesellschaft, dann läuft die Sache wie geschmiert. Ich hätte fast Lust, es selbst zu probieren und alte Erinnerungen aufzufrischen, aber ich habe anderes zu tun.«

Huusko war nicht überzeugt.

»Luotola kriegt das mit.«

»Natürlich bemerkt er euch, aber indem er versucht, uns auszuweichen, gibt er uns Bewegungsfreiheit. Luotola wird befürchten, dass sein Telefon und seine Wohnung abgehört werden, also muss er selber raus, um seine Sachen zu erledigen, und die Zeit arbeitet für uns ...«

»Wie meinst du das?«

»Er weiß genau, dass Grön und Johansson jederzeit reden können, und das einzige Mittel, sie daran zu hindern, ist, ihnen das Maul zu stopfen. Dafür braucht er einen Killer, und die wachsen nicht an jedem Ast ...«

»Glaubst du auch, dass Raid in Luotolas Auftrag im Gefängnis ist?«

»Die Tatsache, dass zwei von Luotolas Handlangern, Johansson und Grön, in der Sicherheitsabteilung desselben Gefängnisses sitzen, ist schon ein merkwürdiger Zufall. Dass dieser Raid dort ganz zufällig sein sollte, ist einfach zu viel des Guten.«

»Was vermutest du?«

»Er hätte sein Bußgeld jederzeit bezahlen können, aber er hat es nicht getan, er wollte also ins Gefängnis. Als er drinnen war, wollte er in die Sicherheitsabteilung, obwohl sämtliche Leute in der Anstalt die Hosen voll haben, solange er dort ist. Dafür gibt es nicht viele Erklärungen.«

»Genau zwei«, mischte Jansson sich ein.

»Welche ist die andere?«, fragte Kempas.

»Raid schützt jemanden.«

»Du möchtest von den Menschen immer nur das Gute glauben ..., aber ihr seid ja auch alte Freunde ...«

»Raid ist nicht dumm und kein Psychopath. Ich glaube nicht, dass er ins Gefängnis gegangen ist, um zu töten, weil es nämlich viel zu schwierig ist, dort zu entkommen, und viel zu leicht, gefasst zu werden.«

»Wen sollte er denn schützen?«

»Es gibt nicht viele Alternativen.«

Kempas nahm beim Rechnen die Finger zu Hilfe.

»Erstens Johansson, zweitens Grön, drittens Ekholm, viertens Suokas? Grön ist der Einzige, der nach unserem Kenntnisstand jemanden wie Raid bezahlen könnte, aber Grön will keinen Schutz. Für ihn wäre das ein Misstrauensvotum gegen Gott.«

»Ekholm hat mit Drogengeschäften ebenfalls Geld gemacht«, bemerkte Sanna Susisaari.

Huusko schüttelte den Kopf.

»Er hat selbstzerstörerische Gedanken und kümmert sich einen Scheißdreck darum, was mit ihm geschieht. Vielleicht wäre er nur froh, wenn ihn jemand tötet. Auf jeden Fall würde er nicht für seinen Schutz bezahlen. Suokas wiederum glaubt, dass die Kumpels aus seiner Gang und der Ruf der Gang ihn schützen.«

»Warum ist er dann in der Sicherheitsabteilung?«, fragte Jansson.

»Auf eigenen Wunsch. Er hat behauptet, dass unter den Häftlingen Anhänger der Konkurrenzgang sind und ihn bedrohen.«

»Bockmist«, schnaubte Kempas. »Er ist der eine Killerkandidat, und Raid der andere. Sie müssen aus der Nähe von Johansson und Ekholm weggeschafft werden.«

»Sag das mal Yrjölä«, bemerkte Jansson.

## 15.

Raid hörte das Geräusch der schweren Schritte schon mehrere Sekunden, bevor die Zellentür aufgerissen wurde.

Es war fast elf Uhr abends und Raid lag im Bett. Zwei der Eindringlinge packten ihn an den Armen und rissen ihn hoch, der dritte durchsuchte das Bett. Raid wurde auf den Flur geschleift und dort mit brutalen Griffen bäuchlings auf den Boden gedrückt.

»Du rührst dich nicht von der Stelle«, sagte einer der Männer und drückte ihm kräftig das Knie ins Kreuz.

Es waren insgesamt sechs Wärter. Alle trugen den gleichen schwarzen Polizeioverall mit breitem Ledergürtel, dazu eine Schirmmütze. Jeder hatte außerdem einen Schlagstock und Handschellen, die am Gürtel befestigt waren. Die Männer des Blitzkommandos waren stolz auf ihre militärische Ausrüstung.

Zwei von ihnen blieben draußen, während sich die anderen über die Zelle hermachten. Die Matratze und das Bettzeug wurden auf den Flur geworfen, und das übrige Inventar segelte hinterher.

»Was sucht ihr?«, fragte Raid höflich.

»Das geht dich nichts an.«

»Ich bin von Natur aus neugierig.«

Der Mann, der auf seinem Rücken saß, drückte das Knie so kräftig zwischen seine Schulterblätter, dass die Knochen knackten.

»Sei still!«

»Das hat wehgetan.«

»Das war auch beabsichtigt.«

Johansson, Grön, Ekholm und Suokas kamen in Begleitung eines der Wärter aus ihren Zellen.

In ihrem Nachtzeug wirkten sie ziemlich kläglich. Johansson trug einen babyblauen, zu großen Pyjama.

»An die Wand, und ruhig stehen bleiben!«, brüllte der Wärter.

Die anderen wühlten in Raids Zelle wie die Bulldozer. Auf dem Flur sammelte sich ein Haufen Gegenstände an. Raid hob den Kopf und sah sich die Aktion an. Einer der Männer kroch gerade unter das Bett und untersuchte dessen Boden. Ein zweiter spähte hinter die Regale und ein dritter kroch auf allen vieren über den Fußboden. Der vierte, der Leiter der Gruppe, bewachte das Vorgehen der anderen.

»Ich würde gern helfen«, sagte Raid.

»Halt die Schnauze!«

Der Mann nahm den Schlagstock vom Gürtel und drückte ihn quer auf Raids Nacken.

Raid wehrte sich und wandte dem Mann sein Gesicht zu.

»Du solltest bedenken, dass ich nachtragend bin.«

»Willst du mir drohen?«

»Ich sag es dir nur.«

Der Mann starrte Raid eine Weile unfreundlich an, lockerte dann aber leicht den Druck des Schlagstockes.

Zwei Männer fingen an, den Haufen auf dem Flur zu untersuchen. Jeder Gegenstand wurde einzeln geprüft. Einer der Männer kippte den Inhalt der Kaffeedose auf einen Teller, dann drückte er die fast volle Zahnpastatube darüber aus.

»Morgenkaffee und Zähneputzen auf einen Schlag.«

Die Männer lachten.

»Wir sollten uns das patentieren lassen«, schlug der Erfinder vor.

»Wer bezahlt euren Spaß?«, fragte Raid.

»Der Staat.«

»Ich muss dringend pinkeln«, sagte Johansson mit klagender Stimme.

Der Gruppenleiter überdachte die Echtheit seines Bedürfnisses.

»Benutz deinen Kübel.«

Johansson schlüpfte in seine Zelle. Der Kübel klapperte, und bald hörte man es rieseln.

»Ich muss auch«, sagte Grön.

»Dies ist keine organisierte Pinkelpause!«, schimpfte der Gruppenleiter.

»Die Not kennt kein Gesetz.«

»Ich muss pissen«, sagte auch Suokas.

Die Zwischentür zur Abteilung sprang auf und Direktor Yrjölä kam herein. Er blieb kurz stehen, um die Lage zu prüfen, und kam dann näher.

»Wie läuft es?«

»Noch nichts gefunden.«

»Der Weg ist manchmal mehr als das Ziel.«

Der Direktor stieß mit dem Fuß gegen den Haufen, der auf dem Flur lag.

»Werft das Zeug zurück.«

»Wir haben noch nicht alles untersucht.«

»Werft es zurück.«

»Und die anderen Zellen?«

»Lasst es sein.«

»Wäre es nicht am besten …«

»Nein!« Yrjöläs Befehl ließ keinen Raum für Zweifel.

Er betrachtete den bäuchlings am Boden liegenden Raid. »Du hast versprochen, dich anständig zu führen, und ich habe versprochen, dass du nur angenehme Erinnerungen an deinen Besuch hier zurückbehältst. Weil du dich nicht anständig geführt hast, sind auch die angenehmen Erinnerungen nicht mehr in Kraft. Lasst ihn los.«

Der Wärter, der Raid niedergedrückt hatte, ließ von ihm ab, und Raid stand auf und reckte seine Glieder.

»Warum diese Mühe?«

»Nach deiner Ankunft ist einfach zu viel passiert, es sind Menschen bedroht und schwer misshandelt worden.«

»Von mir?«

»Eben von dir.«

»Meiner Meinung nach war es umgekehrt.«

»Du hast sie provoziert.«

»Ach ja?«

»Das ist die Wahrheit. Man hat versucht, die Dinge vor mir zu verheimlichen, aber hier haben auch die Wände Ohren. Ich bin geduldig gewesen ...«

»Du hast das hier aus Spaß gemacht.«

»Nicht aus Spaß, sondern aufgrund eines Vertragsbruchs.«

Johansson kam aus seiner Zelle, zog sich die Hosen hoch und schlich näher. Er wirkte wie ein neugieriges Kaninchen.

»Welchen Vertrag habe ich gebrochen?«, fragte Raid.

»Du bist handgreiflich geworden, erst bei Happonen und dann bei Suokas, Happonen und Lehto. Die beiden Letzteren mussten im Krankenhaus behandelt werden.«

»Stimmt, aber ich musste es tun. Du weißt, dass sie mich angegriffen haben.«

»Reine Provokation auch das. Hier wird nichts von euch verlangt, außer zu scheißen und zu tun, was ich befehle. Dies ist die humanste Anstalt der ganzen Republik ...«

»Wie lange müssen wir hier noch stehen?«, protestierte Grön.

»Notfalls die ganze Nacht, wenn ich es befehle.«

»Die humanste Anstalt der Republik, ja?«, murmelte Grön.

»Mir ist kalt«, wimmerte Johansson.

Yrjölä streifte ihn mit einem wütenden Blick.

»Das bisschen wirst du schon aushalten.«

Raid betrachtete seine verwüstete Zelle.

Das Bettzeug und die anderen Gegenstände lagen als Knäuel mitten im Raum.

»Wer räumt hier auf?«

»Ich kann es machen«, sagte Johansson.

»Nein. Das macht der, der für die Unordnung gesorgt hat.«

Raid machte eine schnelle Bewegung und riss den Direktor zu sich heran. Er wirbelte ihn herum und umschloss seinen Nacken mit den Händen. Dann drückte er sich an die Wand, den Direktor als Schild vor sich.

»Du ahnst nicht, wie leicht der Nacken bricht, knack, knack.«

Die Wärter griffen nach ihren Schlagstöcken und näherten sich Raid aus drei Richtungen.

»Halt!«, befahl Raid, und die Männer gehorchten sofort. Kurze und knappe Befehle waren ihnen in Fleisch und Blut übergegangen.

»Halt deine Männer zurück, dann kannst du gesund in Pension gehen. Du glaubst gar nicht, wie leicht eine Lähmung der unteren Gliedmaßen zustande kommt.«

Yrjölä blickte besorgt an sich hinunter.

»Auch das gehört zu den unteren Gliedmaßen«, erinnerte Raid ihn.

»Haltet Abstand«, befahl Yrjölä mit erstickter Stimme.

»Deine forschen Jungs könnten meine Zelle aufräumen, nachdem sie dort alles verwüstet haben, nicht wahr?«

»Scheiße, von wegen!«, blaffte der Gruppenleiter.

»Räumt die Zelle auf.«

Die Männer zögerten und Raid drückte mit den Händen fester zu.

»Räumt auf!«, brüllte Yrjölä.

Der Gruppenleiter bestätigte den Befehl durch ein Nicken.

»Die anderen Häftlinge zurück in die Zellen!«

Ein Teil der Männer begann eilig, Raids Sachen zu ordnen. Johansson kam näher und sah ihnen zu.

»Ich helfe.«

»Jetzt ist für brave Jungen Schlafenszeit«, sagte Raid.

»Ich hab den *Superman* noch nicht durch ...«

»Den *Superman* zu Ende und dann die Augen zu.«

Johansson wirkte zufrieden mit dem Verhandlungsergebnis und schlüpfte in seine Zelle zurück. Grön wäre gern geblieben, aber die Aufseher schoben auch ihn in seine Zelle.

Raids Zelle war schnell fertig.

»Gut so?«, fragte einer der Männer.

»Ich bin nicht pingelig.«

Raid lockerte den Griff um den Hals des Direktors.

»Einigen wir uns darauf, dass wir das Ganze vergessen. Jeder macht mal Fehler.«

Der Direktor unterdrückte seine Wut.

»Du bist zu weit gegangen.«

»Ein schlechter Friede ist besser als ein guter Krieg.«

»Soll ich vergessen, dass du mich vor meinen Männern blamiert hast?«

»Ich habe vorhin auf dem Boden gelegen und Staub geschluckt. Das war auch nicht sehr angenehm.«

Der Direktor überlegte mit geschwollenen Stirnadern.

»Also gut, abgemacht.«

Raid ließ ihn los. Der Direktor machte ein paar Schritte und holte tief Luft. Die Wärter hoben ihre Schlagstöcke und näherten sich Raid. Er wich zurück, den Rücken an der Wand.

»Halt!«, befahl der Direktor.

Die Männer zögerten. Einer von ihnen nahm die Handschellen vom Gürtel.

»Verflucht, könnt ihr nicht hören!«, donnerte Yrjölä.

»Wir können das nicht auf sich beruhen lassen«, sagte der Gruppenleiter.

»Doch, das können wir, und kein Wort mehr von der Sache, ist das klar?«

»Ja.«

Der Direktor entfernte sich mit unsicheren Schritten und rieb sich dabei den Hals. Die Wärter folgten ihm.

Raid kehrte in seine Zelle zurück. Das Bett war nicht so gemacht, wie es seinen strengen Normen entsprach, aber er beschloss, es durchgehen zu lassen. Er zog sich aus, grub sich unter die Decke und drehte den Rücken zur Wand.

## 16.

An der Menge der Essensabfälle auf dem Boden des Autos war zu erkennen, dass die Observierung von Luotolas Haus bereits mehrere Stunden dauerte.

Luotola wohnte im Südteil von Kauniainen, in einem Steinhaus, das die Größe eines Herrenhauses hatte und aus der Jahrhundertwende stammte. Das Haus war von einem üppigen Garten umgeben, der sorgfältig angelegt war und aus gepflegten Blumenrabatten, Ziersträuchern, dichten Chinesischen Kiefern und Steingruppen bestand.

Huusko empfand die Umgebung als fremd und fast unsympathisch. Das bewirkte, dass er sich unsicher fühlte.

Nicht nur die hier wohnenden Menschen, sondern die ganze Gegend schien eine hochmütige Front gegen Befehlsempfänger wie ihn zu bilden. Draußen würden die nassen Birken Wasser auf ihn tropfen lassen, die Sträucher würden seine Hosenbeine benetzen, und auf dem Bürgersteig würde Hundescheiße an seinen Schuhsohlen kleben bleiben.

Sanna Susisaari sah auf das Verpackungsmaterial, das sich im Fußbereich angesammelt hatte.

»Du verdreckst den ganzen Wagen.«

»Etwa nur ich?«

»Nur du.«

Huusko sammelte eine leere Chipstüte, die Verpackung eines Hamburgers, die Folie von zwei Schokoriegeln, eine Limonadendose und einen Pappbecher auf. Er kurbelte das Fenster herunter und schmiss den Abfall ungeniert auf den Bürgersteig.

»Da habt ihr's.«

»Das ist aber kein Aufräumen, sondern Verlagern von Müll. Man wird uns ein Bußgeld wegen Verstoßes gegen das Abfallgesetz verpassen.«

»In Kauniainen soll es eine effektive Müllentsorgung geben.«

»Nicht effektiv genug für dich.«

Huusko begann mit der Produktion neuen Mülls und öffnete eine Schachtel Salmiakpastillen. Die Folie, in der die Schachtel gesteckt hatte, segelte unter den Sitz.

»Luotola sind sie trotzdem nicht losgeworden«, sagte er.

Er hielt Sanna Susisaari die Schachtel hin.

»Süßes für die Süße.«

Sie sah ihn kühl an.

»Werd endlich erwachsen.«

»Nimm es locker, das mildert das Leiden, das man Leben nennt.«

»Du kennst dich da aus.«

Huusko lümmelte in fast waagerechter Stellung hinter dem Lenkrad.

»Soll ich etwa scheißsteif dasitzen? Ich erzähle dir mal eine anerkannte Tatsache. Im Krieg kamen diejenigen am besten klar, die das Ganze locker nahmen. Die verkrampften Typen verloren die Nerven oder rannten in eine Kugel.«

»Aus welcher zuverlässigen Erkenntnisquelle stammt denn diese anerkannte Tatsache?«

»Aus für gewöhnlich zuverlässiger Quelle.«

Sanna Susisaari nahm das Fernglas aus dem Seitenfach an der Tür und spähte zu Luotolas Haus hinüber.

Huusko schielte auf ihre Schenkel in den knappen Jeans. Sie trug einen engen Jumper und eine halblange Lederjacke. Ihre Kleidung sah teuer aus, Sanna Susisaari stammte aus einer wohlhabenden Familie und lebte nicht nur von ihrem kleinen Polizistengehalt.

Huusko lehnte sich lässig zurück und schloss die Augen. Er gab sich für einen Moment seinen erotischen Fantasien hin, in denen Sanna Susisaari die Hauptrolle spielte. Dann wurde er in die Wirklichkeit zurückgeholt.

»Die Lebensgefährtin kommt!«

Der deutsche Sportwagen von Luotolas Lebensgefährtin stoppte laut knatternd vor dem Grundstück. Das Tor öffnete sich automatisch, und die Frau fuhr den Wagen auf die asphaltierte Fläche vor der Garage.

Die Frau war dunkelhaarig und so klein, dass sie hinter den Einkaufstüten, die sie im Arm trug, fast verschwand. Laut Huuskos Informationen stammte sie aus Thailand.

»Ich dachte, die asiatischen Frauen shoppen nicht gern.«

»Doch, alle Frauen tun das«, korrigierte Sanna Susisaari seine falsche Information.

»Du auch?«

»Bin ich etwa keine Frau?«

»Doch, im allerbesten Sinne.«

Die Thailänderin stieg die Treppe zum Haus hoch, hielt kurz inne, blickte in die Richtung des Polizeiautos und verschwand dann hinter einer dichten Zierkiefer.

»Sie hat uns gesehen.«

»War das nicht beabsichtigt?«

Huusko probierte eine Weile verschiedene Radiosender durch, fand aber keine Musik nach seinem Geschmack.

Schließlich wählte er Countryklänge.

»Weißt du, was die beste Methode ist, um zu verhindern, dass aus einem Kind später ein Trunkenbold wird?«

»Nein, wirklich nicht.«

»Es Kasimir zu nennen. Oder hast du je auch nur von einem einzigen Säufer gehört, der Kasimir heißt?«

»Und wenn das Kind ein Mädchen ist?«

»Dann muss es auf den Namen Monika getauft werden.«

»Eine interessante Theorie. Umgekehrt bedeutet es natürlich, dass ein schlecht gewählter Name die betreffende Person in die falsche Richtung lenkt.«

»Du hast sofort verstanden. Wenn ein Mann bei der Taufe den Namen Arvo, Reino oder Pertti bekommt, ist der erste Schritt schon getan. Die Suchtkliniken, Trinkerheilanstalten und Gefängnisse sind voll von Arskas, Reiskas und Peras.«

»Gibst du den Eltern die Schuld, weil sie den falschen Namen für ihr Kind gewählt haben?«

»Gewissermaßen. Wenn ich ein berühmter Strafverteidiger wäre und einen Reino, der etwas angestellt hat, als Mandanten bekäme, würde ich mein Plädoyer mit den Worten beginnen: ›Alles fing damit an, dass mein Mandant bei der

Taufe den Namen Reino erhielt, aus dem die anderen Jungen später sofort Reiska machten‹.«

»Wenn du Anwalt wärest und ich zufällig einen solchen brauchen würde, würde ich dich auf keinen Fall nehmen.«

»Du solltest dich von diesen starren Denkmustern trennen. Ein kreativer Mensch bewertet die Dinge immer wieder neu.«

Sanna Susisaaris Handy klingelte, es war Jansson.

»Wie lange sollen wir hier observieren?«

»Versucht so lange auszuhalten, bis Luotola das Haus verlässt.«

»Wir ertrinken bald in dem Müll, den Huusko produziert.«

»Ich schicke euch einen Müllwagen.«

Jansson senkte seine Stimme fast zu einem Flüstern.

»Die Hakala hat nach Interessenten für den Lehrgang für den gehobenen Dienst gefragt ..., ich bräuchte deine Antwort sobald wie möglich.«

»Wie bald?«

»Am liebsten noch in dieser Woche.«

Sanna Susisaari warf einen Seitenblick zu Huusko. Der horchte konzentriert, obwohl er es zu verbergen versuchte.

»Alles klar. Gibt es sonst noch etwas?«

»Folgt Luotola eine Weile. Es kommt vor allem darauf an, den Druck zu erhöhen.«

Sanna Susisaari schaltete das Handy aus.

»Es war Jansson.«

»Was wollte er?«

»Nichts Besonderes.«

»Nicht?«

»Nein.«

Huusko nahm das Fernglas und starrte auf Luotolas Haus.

»Bald wird der Kerl genug haben und losfahren. Jemand wie er akzeptiert es nicht, dass ihn ein Stein im Schuh scheuert. Wir sind für ihn ein winziger, aber lästiger Stein in seinem teuren italienischen Schuh.«

Sanna Susisaari blickte in den Rückspiegel und drehte sich dann um.

Ein Polizeiauto kam die Straße herunter, es war noch etwa zwanzig Meter hinter ihnen, näherte sich langsam und hielt dann an. Dem Auto entstiegen zwei Polizisten im Overall.

Die beiden kamen näher. Einer von ihnen blieb hinter dem Auto stehen und der andere trat an die Fahrertür.

»Tag«, sagte Huusko.

»Tag, haben Sie eine Panne?«

»Wieso?«

»Uns wurde gemeldet, dass dieser Wagen schon seit vier Stunden an derselben Stelle steht.«

»So lange?«, sagte Huusko verwundert. »Wie doch die Zeit vergeht, wenn man nette Gesellschaft hat.«

»Den Führerschein und die Fahrzeugpapiere.«

»Warum? Ihr habt nicht zufällig das Kennzeichen des Wagens überprüft?«

»Das werden wir bestimmt noch machen.«

»Macht es zuerst.«

»Und wir würden gern hören, warum Sie stundenlang im Auto sitzen.«

»Wenn ihr euch die Mühe machen würdet, das Kennzeichen zu überprüfen, würdet ihr eine Riesenüberraschung erleben, es gehört nämlich dem Innenministerium.«

»Spielt keine Rolle, was suchen Sie hier?«

Sanna Susisaari hatte genug von Huuskos Spielchen.

»Wir sind Polizisten«, sagte sie und reichte dem Mann ihren Dienstausweis.

Er prüfte das Dokument.

»Uns wurde ein verdächtiges Auto gemeldet ..., der Bürger befürchtet, dass es sich um die Vorbereitung eines Einbruchs handeln könnte.«

»Wer, Luotola?«

»Der Bewohner des Hauses dort drüben.«

Der Polizist zeigte auf Luotolas Haus.

»Im Haus befinden sich dem Vernehmen nach Kunst- und andere Wertgegenstände, die mehrere Millionen gekostet haben ... Darf ich fragen, worum es hier geht?«

Der andere Polizist gesellte sich zu seinem Partner.

»Wir schauen uns ein wenig um.«
»Warum?«
»Das kann ich leider nicht sagen.«
»Seid ihr aus Helsinki?«
»Ja, sind wir.«
»Ist diese Sache unserer Leitung gemeldet worden?«
»Welche Sache?«
»Dass ihr auf unserem Gebiet observiert.«
Huusko sah erstaunt zu Sanna Susisaari.
»Wer sagt, dass wir observieren? Steht irgendwo geschrieben, dass sich Polizisten nicht für Architektur interessieren dürfen? Luotolas Haus fasziniert uns vor allem unter diesem Gesichtspunkt.«
Der Polizist betrachtete den Abfallhaufen, der auf dem Bürgersteig lag.
»Habt ihr das hier hingeworfen?«
»Das lag schon da, als wir kamen.«
Der Polizist hob den zerknüllten Kaffeebecher auf und schnupperte daran.
»Der ist frisch.«
»Würdet ihr jetzt bitte wegfahren, die blaue Blinkleuchte auf dem Dach und die Polizeiuniformen erregen Aufsehen.«
»Wir werden uns jedenfalls in Helsinki erkundigen. Es wäre korrekt, Bescheid zu sagen, wenn ihr dienstlich auf dem Gebiet einer anderen Kommune unterwegs seid.«
»Na los, erkundigt euch«, forderte Huusko sie auf.
Die Polizisten entfernten sich widerstrebend.
»Dass die Menschen aber auch so neugierig sein müssen«, sinnierte Huusko.
»Sie waren Polizisten, genau wie wir«, bemerkte Sanna Susisaari. »Du könntest wenigstens höflich sein.«
Huusko angelte aus seiner Tasche, die auf der Rückbank stand, eine Packung Saft und durchstieß die Öffnung mit dem Strohhalm. Beim Trinken machte er blubbernde Geräusche.
»Bewirbst du dich für den Lehrgang für den gehobenen Dienst?«, fragte Sanna Susisaari.
Huusko unterbrach sein Schlürfen.

»Machst du es denn?«
»Ich habe zuerst gefragt.«
»Das war zu intim, so etwas fragt man nicht.«
»Jansson wollte von mir wissen, ob ich interessiert bin.«
»Bist du?«
»Du hast mehr Dienstjahre als ich.«
»Will Jansson dich vorschlagen?«
»Anscheinend.«
Huusko warf sich eine Hand voll Salmiakpastillen in den Mund.
»Was habe ich nur an mir, dass er mich nicht will? Kleide ich mich nicht richtig, benutze ich das falsche Rasierwasser, woran hapert's?«
»Hättest du denn gewollt?«
»Vielleicht ja, vielleicht nein, auf jeden Fall wäre es nett, wenn er mich zumindest vorschlagen würde. Dann hätte ich wenigstens die Möglichkeit, abzulehnen.«
»Du bist ein guter Polizist.«
»Das reicht anscheinend nicht.«
»Vielleicht will die Hakala, dass eine Frau für den Kurs vorgeschlagen wird.«
Huusko blickte finster vor sich hin.
»Du eignest dich am besten für die Praxis«, sagte Sanna Susisaari.
»Ich bin einfach ein Loser.«
Huusko betrachtete sich im Seitenspiegel und zog eine Grimasse.
»Ich sehe nicht mal wie ein Polizist aus.«
»Ich habe selbst noch gar nicht entschieden, ob ich überhaupt teilnehmen will.«
»Natürlich tust du das, wenn du angenommen wirst ..., und das wirst du, so viel ist sicher.«
»So sicher ist es nicht. Für den Kurs bewerben sich über hundert Leute, und höchstens zwanzig werden genommen.«
»Sagt die künftige Kursbeste, die ...«
Huusko sah Luotola die Treppe herunterkommen und verstummte. Luotola verließ das Grundstück und kam zu

ihnen herüber. Er war etwa sechzig Jahre alt, schlank und sah aus wie ein Gentleman. Passend zu den grauen Haaren trug er einen dünnen Schnäuzer.

Luotola trat dicht an die Fahrertür heran und beugte sich leicht vor.

»Sehr angenehm, seine eigene Polizeistreife zur Hausbewachung zu haben. Das schreckt die Einbrecher ab. Ich muss jetzt einiges erledigen, und Sie können in der Küche einen Kaffee trinken ..., aber benutzen Sie die Hintertür.«

»Wir haben unseren eigenen Kaffee.«

»Kaffee aus der Thermoskanne schmeckt wie Hundepisse.«

»Stimmt.«

»Wie lange werden der Herr und das reizende Fräulein noch zu meinem Schutz anwesend sein?«

»Dienstgeheimnis.«

»Hoffentlich lange. Dieses elegante und noble Ambiente lockt Diebe und Bösewichte an ...«

»Das merkt man.«

Luotola lachte.

»Besonders aus der Arbeiterschaft und den unteren Gesellschaftsschichten ..., wozu auch die Polizisten heutzutage gezählt werden ...«

»Zu den Ariern.«

Luotola schwenkte die Hand und entfernte sich lächelnd.

»Arschloch!«, zischte Huusko hinter ihm her.

Luotola hörte es, drehte sich kurz um und lächelte. Seine Zähne waren unnatürlich weiß, wie die eines Hollywoodstars der alten Generation.

Kurz darauf fuhr er seinen funkelnagelneuen 700er-BMW aus der Garage auf den Vorplatz und dann auf die Straße.

Huusko machte Anstalten, hinterherzurasen. Luotola provozierte jedoch nicht, sondern fuhr in mäßigem Tempo, und Huusko konnte gut folgen.

»Hat Jansson von mir gesprochen?«, fragte Huusko.

»In welchem Zusammenhang?«

»Als er dir vorschlug, an dem Lehrgang teilzunehmen. Hat er gesagt, warum er mich nicht vorgeschlagen hat?«

»Nein.«
»Und du hast nicht gefragt?«
»Nein, hätte ich sollen?«
»Was hast du denn zu ihm gesagt?«
»Ich habe gesagt, dass du mehr Dienstjahre aufzuweisen hast.«
»Und er hat sich auch dazu nicht geäußert?«
»Nein.«
Sanna Susisaari betrachtete die von der Herbstsonne beschienene Landschaft. Sie fühlte sich schuldig, obwohl sie wusste, dass sie dazu keinen Grund hatte. Sie hatte sich in Bezug auf den Lehrgang völlig passiv verhalten und sich in keiner Weise aufgedrängt. Allerdings befürchtete sie, dass man ihr das nicht glauben würde, falls sie tatsächlich angenommen würde.
»Die Hakala muss Druck auf Jansson ausgeübt haben. Er schätzt dich, und außerdem bist du erfahrener als ich.«
Huusko antwortete nicht, sondern starrte so verbissen vor sich hin, dass Sanna Susisaari wusste, dass er vergnatzt war.
Luotola bog auf die Turkuer Autobahn ab und fuhr in Richtung Helsinki.
»Hast du dich in deiner neuen Bude schon eingelebt?«
»Halbwegs.«
Luotola beschleunigte und erreichte die Kreuzung, als die Ampel gerade auf Gelb schaltete. Huusko drückte aufs Gas, musste aber trotzdem bei Rot über die Kreuzung fahren. Das schien ihn nicht zu stören.
»Es ist bestimmt angenehmer, als bei Freunden zu hausen. Man ist sein eigener Herr«, sagte Sanna Susisaari.
»Da ist was Wahres dran.«
»Du wirkst nicht so glücklich, wie du es sein müsstest.«
»Eine eigene Wohnung, besteht darin das Glück?«
»Für viele Leute schon.«
»Du hast deine Erfahrungen. Dein Wohnungskredit ist auch schon abbezahlt, während ich mit meinen Krediten noch nicht mal angefangen habe.«
»Mein Vater hat einen Teil der Summe beglichen.«

»So wie es in den besseren Kreisen zu sein pflegt.«

»Mein Vater ist Baumeister und besitzt eine kleine Baufirma, meine Mutter ist Hausfrau. Mit diesem Hintergrund kommt man nicht in den Jetset.«

Huuskos Miene wurde weicher.

»Es kommt mir manchmal immer noch komisch vor, ein sauberes Hemd oder saubere Strümpfe aus dem Kleiderschrank und nicht aus der Reisetasche zu nehmen. Wenn man so lebt, wie ich es in letzter Zeit getan habe, bekommen die Dinge eine ganz andere Bedeutung.«

»Wieso?«

»Man ist wie ein Eingeborener, der durch die Wildnis streift und der Natur ausgesetzt ist. Man muss ständig alle Sinne schärfen und jede verdammte Gelegenheit nutzen, wenn man mal das Hemd und die Strümpfe umsonst waschen oder preiswert eine warme Mahlzeit essen und nachts in einem richtigen Bett schlafen will.«

Luotola fuhr an Konala vorbei in Richtung Pitäjänmäki. Huusko blieb dicht hinter ihm, damit er seinen Ampeltrick nicht wiederholen konnte.

»Findest du es denn jetzt zu einfach?«

»Fast. Wenn man morgens aufwacht und den Kühlschrank öffnet, findet man darin immer eine Kleinigkeit zu beißen, man kocht sich Kaffee, duscht, zieht sich die sauberen Sachen an, die man in der eigenen Waschmaschine gewaschen hat, und fährt zur Arbeit, so wie hunderttausend Nachbarn.«

»Ist das so schrecklich?«

»Vorher kam man sich rebellischer vor. Jetzt, da man genauso ein Matschhirn ist wie die anderen, kann man nicht mehr über ihre Durchschnittlichkeit lästern.«

»Ist Durchschnittlichkeit denn so eine schlimme Sache?«

»Ja.«

Luotola fuhr um den Kreisverkehr und dann weiter in Richtung Haaga. Huusko beschleunigte, damit sich der aus Richtung Pitäjänmäki kommende Fernlaster nicht zwischen ihn und Luotola schieben konnte. Hinter der Feuerwache von Haaga ordnete sich Luotola auf der Spur nach Pasila ein.

»Wir kommen in heimische Gefilde.«

Sie hielten hintereinander an der Ampel. Luotola winkte ihnen zu. Auf der Höhe von Ilmala bog Luotola nach rechts ab und fuhr nach Pasila.

»Warm!«

Beim Rundfunkgebäude bog Luotola wieder nach rechts und dann sofort nach links. Vor dem Polizeigebäude war ein gebührenpflichtiger Parkplatz frei, und er stellte seinen Wagen dort ab. Huusko hielt an der Bordsteinkante.

»Wärmer.«

Luotola stieg aus, suchte in der Tasche nach Münzen und warf sie in den Parkscheinautomaten. Er winkte Huusko wieder zu und ging beschwingt auf das Polizeigebäude zu. Huusko beobachtete, wie er die Stufen hochstieg und eintrat.

»Heiß.«

## 17.

Raid nahm eine volle Packung Schokoladenkekse und drei Tüten Instantkaffee aus dem Regal und verließ seine Zelle, um Johansson zu besuchen. Er hatte dafür die Erlaubnis des Abteilungsleiters.

Johanssons Zelle war sauber und alle Gegenstände waren wohl geordnet. Die Kirche aus Streichhölzern nahm normalerweise die halbe Tischfläche ein. Johansson hatte das Modell jedoch heruntergenommen und stattdessen zwei Becher bereitgestellt.

Raid legte die Kekse und den Kaffee auf den Tisch.

»Die sind für dich.«

Johansson betrachtete das Mitgebrachte verwundert, dann griff er nach der Kekspackung und drehte sie begeistert in den Händen.

»Krieg ich die ... ganz und gar ...?«

»Ganz und gar.«

Der Gedanke wollte Johansson nicht in den Kopf. Im Gefängnis bekam man nichts umsonst. Wenn einem mal etwas angeboten wurde, erwartete der Spender dafür eine Gegenleistung.

»Muss ich irgendwas machen …?«

»Ja, die Kekse essen und den Kaffee trinken.«

Es war nicht zu übersehen, dass der Bewohner dieser Zelle nicht ganz normal war. An den Wänden hingen keine Bilder von nackten oder leicht bekleideten Frauen, sondern von Hunden, Katzen und Vögeln. Die Bilder waren aus Illustrierten ausgeschnitten. Im Regal standen ein altes Kofferradio, ein dickes Buch mit den Märchen von H.C. Andersen und eine lange Reihe Comics: *Batman*, *Superman* und *Spiderman.*

»Du liest anscheinend gern«, bemerkte Raid.

»Superman ist der Beste, und dann Batman … Spiderman ist ein bisschen komisch.«

»Stimmt.«

»Der Superman hat bloß vor einer Sache Angst, errätst du, wovor?«

»Vor grünem Kryptonit.«

Johansson stand vor Begeisterung auf.

»Woher weißt du das?«

»Ich lese auch viel.«

»Der richtige Name von Superman ist Clark Kent, und er ist auf einem anderen Stern geboren, deshalb ist grünes Kryptonit für ihn das allergefährlichste Gift. Zum Glück gibt es das nur im Weltall und nicht auf der Erde.«

»Zum Glück.«

»Grünes Kryptonit macht den Superman ganz schwach, und dann können seine Feinde ihm Böses antun, aber am Schluss besiegt er sie immer alle. Rat mal, was beim Superman am traurigsten ist?«

»Ich komme nicht darauf.«

»Dass er keine richtigen Menschenfreunde hat, weil er nicht verraten darf, wer er wirklich ist.«

»Ich auch nicht«, sagte Raid.

Johansson merkte, dass er eine verwandte Seele gefunden hatte, und wurde mutiger.

»Und ich auch nicht …, weil es ein Geheimnis ist.«

»Geheimnisse soll man höchstens einem guten Freund erzählen«, riet ihm Raid.

»Ein Geheimnis ist kein Geheimnis mehr, wenn man es erzählt.«

»Gut gesagt. Aber ist es nicht noch trauriger, dass der Superman keinen Vater und keine Mutter hat?«

Johansson sah Raid ein wenig verwundert an.

»Finde ich nicht.«

Er vergaß sofort diesen unwichtigen Fakt, als ihm etwas Tröstendes einfiel.

»Aber er hat einen Hund …, ich weiß bloß nicht mehr, wie sein Hund heißt, weißt du es?«

»Nein.«

»Ich hole uns heißes Wasser.«

Johansson machte sich geschäftig auf den Weg.

Raid erforschte Johanssons Zelle. Das Bett war ordentlich gemacht, es war mit einer blaukarierten Tagesdecke bedeckt. Raid spähte unter das Bett. Dort war nichts. Er hob die Decke an und fuhr tastend unter das Kopfkissen. Seine Hand stieß an ein flaches Päckchen. Er zog es heraus, es war ein abgegriffenes und ausgebeultes Portmonee, in der Gesäßtasche verformt.

In dem Portmonee befanden sich der Bibliotheksausweis und zwei Fotos. Auf dem einen Foto, einer Schwarz-Weiß-Aufnahme, stand ein etwa sechsjähriger Junge, vermutlich Johansson, neben einer untersetzten Frau. Das Gesicht der Frau war zerkratzt und unkenntlich gemacht.

Das zweite Foto war farbig, es war anscheinend auf einem Trockendock aufgenommen, denn im Hintergrund sah man an Land gezogene Fährboote und andere kleine Wasserfahrzeuge. Im Vordergrund stand der etwa dreißigjährige, mit einem Blaumann bekleidete Johansson, neben ihm ein ungefähr fünfzigjähriger Mann in einem eleganten Sommeranzug. Johansson sah bewundernd zu dem Mann auf.

Raid hörte Johansson kommen, er steckte das Portmonee wieder unter das Kissen und strich die Decke glatt.

Johansson brachte das Wasser in einer Thermoskanne, die einen Liter fasste. Er schenkte erst Raid und dann sich selbst ein.

Raid riss eine Tüte Instantkaffee auf und schüttete das Pulver in das heiße Wasser.

»Zucker?«, fragte Johansson und reichte ihm das Paket herüber.

Raid öffnete die Kekspackung, die er mitgebracht hatte, und bot seinerseits Johansson daraus an.

Johansson nahm einen Keks.

»Nimm gleich noch einen«, redete Raid ihm zu.

Johansson gehorchte. Er hielt beide Kekse in der linken Hand und in der rechten den Kaffeebecher, aus dem er andächtig trank. Er konzentrierte sich so vollkommen auf den Genuss, dass er fast die Augen schloss.

»Hmmm, guter Kaffee und Kekse. Hast du sie in unserem Laden gekauft?«

»Ja, stimmt.«

Es amüsierte Raid, dass Johansson aus Keksen und Kaffee eine so große Nummer machte. Er hatte fast vergessen, wie das Gefängnis die Wertvorstellungen des Menschen veränderte. Kaffee und Zigaretten waren hier dasselbe wie Geld. Für Kaffee und Zigaretten wurde gekauft und getauscht. Sie waren eine Währung, auf die der aktuelle Hex, die Aktienkurse oder der Zusammenbruch der New Yorker Börse keinen Einfluss hatten.

Neben Kaffee und Zigaretten hatte die Uhr eine enorme Bedeutung im Gefängnis. Eine teure Uhr verlieh dem Häftling einen besonderen Status. Auf eine Uhr bekam man Kredit, und man konnte sie verpfänden oder verkaufen, wenn man in schwerer Bedrängnis war. Für eine Uhr konnte man Prügel für einen anderen Häftling und vieles mehr kaufen. Raid kannte etliche Gangster, die sich für ihr erbeutetes Geld als Erstes eine Rolex angeschafft hatten. Sie dokumentierte den Erfolg des Besitzers, der im Gefängnis auf andere Weise und nach einer anderen Skala gemessen wurde als in der zivilen Welt.

Raid erinnerte sich nur an ein einziges Mal, da der Wert des Kaffees im Gefängnis abgestürzt war, und der Verursacher dieses Börsencrashs war Uki Kukkamaa gewesen.

Uki hatte in Konnunsuo eingesessen und war zum Zeitvertreib und aus Mangel an Beschäftigung in den dortigen Laden eingebrochen. Er hatte sich seine eigenen Schlüssel für das Schloss angefertigt, und es hatte lange gedauert, ehe die Einbrüche bemerkt wurden, denn zufällig hatte der Betreiber des Ladens zum selben Zeitpunkt gewechselt. Der neue hatte keine Inventur gemacht und nicht bemerkt, dass Kaffeepakete verschwanden.

Erst nach mehreren Wochen war dem Betreiber der nächtliche Schwund aufgefallen. Er hatte die Buchführung geprüft und errechnet, dass mehr als hundert Kaffeepakete fehlten. Er hatte Anzeige erstattet, und die örtliche Polizei hatte begonnen, den Fall zu untersuchen.

Uki hatte die Kaffeepakete als Einsatz beim Poker verwendet, und fast jeder Häftling besaß welche davon. Als die Untersuchung begann, wollten alle den Kaffee loswerden, und der Preis des Kaffeepaketes sank auf ein Drittel seines eigentlichen Wertes.

»Du bist ein netter Kumpel«, sagte Johansson aufrichtig.

»Wenn man zu mir nett ist, dann bin ich auch nett.«

»Du bist wirklich nett, auch wenn Ekholm gesagt hat ...«

»Was hat Ekholm gesagt?«, fragte Raid.

Johansson zögerte.

»Er hat gesagt, du hast den Tod in den Augen. Ich finde das zwar nicht, aber er hat es trotzdem behauptet.«

»Hat Ekholm noch mehr gesagt?«

»Ja, dass man sich vor dir vorsehen soll.«

»Wie denkst du selbst?«

»Der Mensch muss nett zum anderen sein, dann geht alles besser, bloß wenn der andere nicht nett ist, dann muss man es selbst auch nicht immer sein.«

»Stimmt.«

»Netten Menschen passieren nette Dinge«, sagte Johansson.

»Stimmt ebenfalls.«

»Außer dass es nicht immer so ist. Obwohl ich nett gewesen bin, sind mir trotzdem schon schlimme Dinge passiert.«

»Manchmal kann das vorkommen.«

Johansson hatte die ganze Zeit verfolgt, wie sich Raids Becher leerte, und er goss Wasser nach.

»Es sind zwei Tassen für jeden drin.«

»Was sind dir für unangenehme Dinge passiert?«, fragte Raid.

Johansson überlegte kurz.

»Ich mag nicht darüber reden.«

»Hat dir jemand etwas angetan?«

»Ja.«

»Was?«

»Mich geschlagen und rumkommandiert ..., und ich hatte nicht mal etwas falsch gemacht. Ich wollte nur mit Streichhölzern spielen.«

»Du magst anscheinend das Feuer?«

»Es gibt nichts Besseres als Feuer.«

»Aber das Feuer ist gefährlich.«

»Nicht, wenn man keine Angst davor hat. Ich habe keine Angst, und das Feuer gehorcht mir, es tut, was ich befehle.«

»Aber im Finanzamt, hat es dir dort nicht gehorcht?«

Johansson wurde ernst, fast ängstlich.

»Woher weißt du davon?«

»Jemand hat erzählt, dass du dort beinah verbrannt wärest.«

»Weil sie die Türen verschlossen hatten. Das war böse.«

»Das war es«, bestätigte Raid. »Wer hat das getan?«

Johanssons Lippen bewegten sich, aber er brachte keinen Laut heraus.

»Wer war so böse?«

»Ich traue mich nicht, es zu sagen. Ich habe Angst, dass er ...«

»Deshalb bist du wohl hier?«

Johansson nickte.

»Hierher kommt er nicht.«

»Du kannst nicht für den Rest deines Lebens hier bleiben.«

»Er ist alt.«

»Willst du warten, bis er stirbt?«

»Ich weiß nicht ..., die Polizei hat gesagt ...«

»Was hat die Polizei gesagt?«

»Wenn ich ihnen helfe, brauche ich keine Angst mehr vor ihm zu haben ...«

»Und, tust du es?«

»Ich weiß nicht.«

»Darf ich dir als dein Freund etwas sagen?«

»Was?«

»An deiner Stelle würde ich der Polizei helfen.«

Johansson sah Raid fest in die Augen.

»Hast du eben gesagt, dass du mein Freund bist?«

»Möchtest du, dass ich es bin, obwohl Ekholm dich gewarnt hat?«

»Ja, ich möchte es.«

»Ist Ekholm dein Freund?«

»Ich hoffe es, Ekholm ist auch nett ... und mutig. Suokas traut sich nicht, ihn zu ärgern, auch wenn er gern möchte. Suokas ist böse, hoffentlich stirbt er.«

Johansson freute sich.

»Manner hat gesagt, dass du Suokas in der Sauna verprügelt hast.«

»Nur ein bisschen. Warum wollte dieser bestimmte Mensch dich töten?«

»Er hat Angst, dass ich etwas weiß ...«

»Und, ist es so?«

»Ich habe seine Papiere, habe sie aus dem Finanzamt mitgenommen.«

»Wo sind sie?«

»Versteckt.«

Johansson rieb sich die Hände und lachte.

»Gut versteckt, in einem richtigen Superversteck ... Die Polizistin hat mich auch nach den Papieren gefragt, aber ich habe ihr nichts erzählt.«

»Warum nicht?«

»Ich trau mich nicht ...«

»Als dein Freund bin ich der Meinung, dass es am besten ist, wenn du es erzählst. Wenn der Mann ins Gefängnis kommt, brauchst du keine Angst mehr vor ihm zu haben.«

»Er ist ein ziemlich schlauer Mann, vielleicht schlauer als die Polizisten.«

»Dazu gehört nicht viel. Du bist auch schlau, wenn du der Polizei erzählst, wo die Papiere sind.«

»Die Polizei sucht danach, hat sie aber nicht gefunden.«

»Du bist bestimmt geschickt darin, Sachen zu verstecken«, lobte Raid ihn.

»Die Polizei weiß nicht, dass ich eine Stelle habe, ein eigenes geheimes Versteck.«

»Deine Wohnung, oder?«

»Ja, fast.«

»Hat die Polizei dort nicht gesucht?«

»Sie wissen nicht, dass ich auch noch eine andere Stelle habe.«

»Wo ist die?«

Johansson überlegte sorgfältig seine Worte. »Ziemlich weit weg, man muss mit dem Moped hinfahren. Im Sommer ist es ein guter Ort, aber im Winter ist es dort ziemlich kalt.«

Johansson knabberte seinen Keks zu Ende und sagte: »Wenn ich der Polizei die Papiere gebe, beschützt du mich dann?«

»Ich bin nur zwei Wochen hier.«

»Beschützt du mich hier?«

»Vorhin hast du gesagt, dass du dich hier vor nichts zu fürchten brauchst.«

»Ich hab wohl geflunkert.«

»Wovor fürchtest du dich?«

»Da ist ein Mann, er ist der Freund von dem alten Mann.«

»Wer ist wessen Freund?«

»In unserer Abteilung ist einer, sein Name ist Grön, und er ist der Freund von dem Mann, dessen Papiere ich habe.«

»Grön sieht nicht Furcht erregend aus.«

»Er kann gut täuschen.«

»Wenn die Polizei die Papiere kriegt, hat Grön keinen Grund mehr, dir etwas Böses zu tun.«

Johansson untersuchte die Thermoskanne, sie war leer. Er schraubte den Verschluss zu.

»Ich muss nachdenken.«

»Tu das.«

Raid stand auf und wollte gehen. Johansson schniefte ein wenig und sagte dann, um sich schielend: »Ich erzähle dir ein kleines Geheimnis ... Der Megamann ist fast genauso stark wie der Superman.«

»Wer ist der Megamann?«

»Mein bester Freund. Er beschützt mich.«

»Was macht er?«

»Wenn jemand böse zu mir oder zu meinen Freunden ist, verbrennt der Megamann ihn zu Asche.«

»Kommt der Megamann auch hierher ins Gefängnis?«

Johanssons Miene wurde verschlossen.

»Das ist ein Geheimnis.«

»Erzähl noch mehr vom Megamann.«

»Den Megamann kann keiner besiegen, nicht mal der Superman. Der Megamann ist der König der Flammen. Wenn er hierher käme und sagen würde: Brenne!, dann würde alles abbrennen.«

»Du auch?«

»Ich natürlich nicht, der Megamann ist mein bester Freund, oder eigentlich ist er mehr wie mein Bruder. Er hat mir beigebracht, wie man dem Feuer befiehlt.«

»Hat der Megamann dich schon besucht?«

»Ja, er kommt und redet mit mir, wenn ich mich einsam fühle. Er hat versprochen, sofort wieder zu kommen, wenn ich ihn darum bitte.«

»Willst du es tun?«

»Vielleicht.«

»Bitte zuerst mich, auch ich komme sofort.«

»Aber wenn du hinter Schlössern sitzt?«

»Ich bin der König der Schlösser. Sie öffnen sich sofort, wenn ich sie darum bitte.«

Johansson musste lachen.

»Dreht sich der Schlüssel von selber auf?«

»Ja, das macht er. Aber man muss schön bitten. Die Schlösser sind manchmal launisch und hitzköpfig.«

Die Hitzköpfigkeit der Schlösser amüsierte Johansson so sehr, dass er in seine Faust kicherte.

»Warum gehst du dann nicht gleich von hier weg?«

»Ich möchte das Geheimnis nicht verraten. Und ich komme sowieso bald raus.«

Es klopfte, und der Wärter sagte: »Das Plauderstündchen ist vorbei.«

Raid stand auf.

»Ehe du den Megamann rufst, damit er seine Zerstörungen anrichtet, ruf mich.«

Johansson versprach, darüber nachzudenken.

## 18.

Manchmal hat auch ein erfolgreicher Mann noch kleine Träume. Anstaltsleiter Yrjölä wollte, wenn er seine verdiente Frührente angetreten hätte, ein eigenes Restaurant eröffnen, eines, das aussehen würde wie dem Film *Casablanca* entlehnt und dessen Speisekarte weitgehend den Topten der ungesunden, aber schmackhaften Gerichte entspräche.

Yrjölä hatte Geld gespart, mit der Bank bereits die Kreditregelung vereinbart und sich sogar schon einen Spezialcocktail namens *Jailhouse Sling* für sein Restaurant ausgedacht. Der Cocktail sollte einen Teil Campari, einen Teil Bananenlikör und drei Teile Gin Tonic enthalten. Dazu reichlich Eis und keinerlei weibische Verzierungen wie geviertelte Orangenscheiben oder kleine Cocktailschirmchen.

Auf Yrjöläs Tisch lag stets ein karierter Schreibblock bereit, auf dem er am Grundriss seines künftigen Restaurants oder am Entwurf für das Namenslogo arbeitete. Der Name würde in altmodischen blinkenden Leuchtbuchstaben über der Tür stehen. Auch die Einrichtung sollte klassisch sein.

Yrjölä hatte beschlossen, außerdem Streichholzschachteln mit dem Logo des Restaurants zu bestellen. Er hatte bereits ein erstes Angebot für einen Posten von tausend Schachteln eingeholt.

Die Suche nach geeigneten Räumlichkeiten war bereits eingeleitet. Yrjölä schwebte ein altes Etagenhaus in zentraler Lage vor. Und die Männer vom Blitzkommando hatten versprochen, im Bedarfsfall als Einlasser zu fungieren.

Yrjölä träumte von einem eigenen Restaurant seit dem Zeitpunkt, da er mit noch nicht einmal zwanzig Jahren die Kriminalfilme der *Nouvelle Vague* des französischen Films gesehen hatte. Dort hatte sich immer vieles in Restaurants abgespielt, und die Besitzer der Restaurants waren Autoritäten gewesen, die von allen respektiert wurden.

Es war eigentlich ein Zufall, dass Yrjölä im Strafvollzug gelandet war. Er stammte aus Hämeenlinna. Mit achtzehn hatte er im dortigen Zentralgefängnis einen Ferienjob bekommen. Im Jahr darauf hatte er das Abitur gemacht und erneut im Sommer dort gearbeitet.

Er war *vorläufig* geblieben. Die Vorläufigkeit hatte sich auf vier Jahre ausgedehnt, und er hatte nebenbei studiert und sein Referendariat gemacht. Mit seiner Ausbildung war er bald als Gefängniswärter überqualifiziert, und so bewarb er sich bei der Abteilung Strafvollzug des Justizministeriums, und zwar mit einem Mandat der Sozialdemokraten, obwohl er der Partei gar nicht angehörte. Im Justizministerium war er sechs Jahre tätig, sein Arbeitsgebiet waren die Außenarbeitsstellen und der offene Vollzug.

Yrjölä war nicht so radikal, dass er sich jenen Bewegungen angeschlossen hätte, die den ganzen alten Justizapparat, den Strafvollzug eingeschlossen, verdammten. Er griff hier und dort neue Ideen auf und erwarb sich so den Ruf, reformfreudig zu sein. Da er außerdem seine Arbeit ernst nahm, konnte er viel bewirken.

Während seiner Zeit im Ministerium machte Yrjölä sein juristisches Saatsexamen. Als in Hämeenlinna die Stelle des stellvertretenden Direktors frei wurde, bewarb er sich und wurde angenommen. Acht Jahre war er dort stellvertretender Direktor, dann rückte er zum Direktor auf, als der alte an einem Herzanfall starb.

Gefängnisdirektor mit vierzig. Er hielt das für einen bemerkenswerten Erfolg. Als zusätzlicher Bonus eine Ehefrau, drei Kinder, Übergewicht, ein leichter Herzanfall und die Scheidung.

Die Kinder waren inzwischen erwachsen, ein Sohn studierte Jura, die Tochter hatte ins Ausland geheiratet, und der zweite Sohn versuchte zusammen mit seiner Frau mitten im Herzen von Savo einen kleinen Neubauernhof zu bewirtschaften. Yrjölä hatte bereits fünf Enkelkinder.

Seit nunmehr dreizehn Jahren leitete er das Bezirksgefängnis in Helsinki.

Er war mit einer Mitarbeiterin der dortigen Wirtschaftsabteilung liiert. Die Beziehung hielt bereits fünf Jahre.

Nach einem ziemlich schweren Herzanfall vor zwei Jahren hatte er seine Frühpensionierung beantragt und positiven Bescheid bekommen. Noch sechs Monate und er wäre frei und könnte tun und lassen, was er wollte.

Yrjölä wollte sein Amt sauber, ohne Chaos und unerledigte Dinge übergeben. Mit dem Gefängnis verhielt es sich wie mit einem Schreibtisch: Vor der Übergabe entfernte man die persönlichen Gegenstände, richtete die Stifte gerade aus und polierte die lackierte Oberfläche.

Yrjölä wollte nicht, dass der neue Direktor ihm auch nur das Geringste nachsagen könnte.

Und alles war auch gut gelaufen, bis unlängst ein Gewaltverbrecher, der sich Raid nannte, ins Gefängnis gekommen war.

Raid stellte eindeutig eine Bedrohung für die gute Disziplin im Haus dar. Seine Übergriffe auf Happonen und Suokas und der Zwischenfall in der Sicherheitsabteilung bewiesen es.

Yrjölä hatte den Männern des Blitzkommandos verboten, auch nur ein Wort darüber zu verlieren, was ihm während der Razzia in Raids Zelle passiert war. Er wusste, dass er nur schwer seine Nachgiebigkeit gegenüber Raid würde erklären können. Er hatte am selben Abend in der Sauna darüber nachgedacht, warum er so und nicht anders gehandelt hatte, und er war zu dem Schluss gelangt, dass er Raids Verhalten irgendwie akzeptierte und sogar seinen Mut bewunderte.

Yrjölä liebte die Bequemlichkeit, aber er war keineswegs dumm. Er erkannte ebenso wie die Polizei, dass Raid im Gefängnis einen Auftrag hatte. Welcher das war, wusste er noch nicht, aber er gedachte es herauszufinden.

Yrjölä hatte plötzlich eine Idee für die Einrichtung seines Restaurants und skizzierte sie mit Bleistift auf seinem Notizblock. Sie betraf die Ausstattung des Salons. Im Restaurant würde es unbedingt einen Salon für besondere Veranstaltungen geben.

Es klopfte, und ein Wärter spähte herein.

»Kommissar Jansson wäre jetzt hier.«

Yrjölä sah auf seine Armbanduhr.

»Zu früh.«

»Soll er warten?«

»Nein, bitte ihn herein.«

In Janssons Begleitung befand sich eine junge Frau. Yrjölä war ihr bereits früher begegnet, aber er konnte sich nicht erinnern, wie sie hieß. Er wusste nur noch, dass in ihrem Namen ein Tier vorkam. War es der Wolf? Der Wolf und noch etwas anderes. Susisaari, *Wolfsinsel,* fiel ihm plötzlich ein. Nach Yrjöläs Werteskala war die Frau anziehend, sogar sexy, aber nicht schön.

Yrjölä hatte vorsorglich für die Besucher eine Thermoskanne mit Kaffee und ein paar Stücke Kuchen bereitstellen lassen.

»Nehmt Platz.«

Yrjölä blieb hinter seinem Schreibtisch sitzen und sah zu, wie Jansson und Susisaari ihre Tassen füllten.

»Ich bin immer zur Zusammenarbeit mit der Polizei bereit, aber beide Partner müssen akzeptieren, dass jeder seine eigenen Aufgaben hat und dass die Interessen nicht immer übereinstimmen.«

»Wird akzeptiert«, sagte Jansson.

»Wir haben die Zelle dieses Raid durchsucht, aber nichts gefunden.«

»Was hättet ihr finden sollen?«

»Eine Waffe, falls er Tötungsabsichten hat.«

»Er tötet notfalls mit einer Rolle Toilettenpapier.«

»Dann nehmen wir ihm auch die weg.«

»Die Umstände haben sich geändert. Wir möchten nicht, dass Raids Bewachung verschärft wird, sondern im Gegenteil. Wir möchten, dass er Bewegungsfreiheit bekommt.«

Yrjölä beugte sich erstaunt vor.

»Welchen Sinn soll das nun wieder haben?«

»Es geschieht nichts, wenn es dazu keine Möglichkeit gibt.«

»Was sollte denn geschehen?«

»Wir wünschen uns Bewegung in irgendeine Richtung, hoffentlich in eine gute.«

»Soll ich einem Profikiller Gelegenheit geben, sich frei zu entfalten? Zweimal darfst du raten, wer den Ärger hat, wenn etwas passiert.«

»Du.«

»Rate ein zweites Mal.«

»Du.«

»Beide Male richtig.«

Susisaaris Handy klingelte, und sie schaltete es aus. Sie klopfte mit dem Gerät auf den Tisch, um ihre Worte zu betonen.

»Wir glauben nicht, dass Raid hier ist, um jemanden zu töten oder abzuschrecken.«

»Kann er auch etwas anderes?«

»Wir glauben, dass er einen Insassen der Sicherheitsabteilung beschützt.«

»Wen von den Männern?«

»Wir sind nicht sicher, aber wir glauben, dass es Johansson ist.«

»Und ihr seid stark in eurem Glauben?«

»Sind wir.«

»Ihr müsst es sein, wenn man bedenkt, was ihr von mir erwartet. Ich habe nur noch sechs Monate abzusitzen ..., wegen meines Herzens darf ich in Frührente gehen, und ich will nicht, dass das Herz vorzeitig stehen bleibt. Jeder Mensch muss die Möglichkeit haben, wenigstens einen seiner Träume zu verwirklichen.«

»Erzähl uns, was für ein Traum das ist«, sagte Jansson.

Yrjölä schämte sich für sein Bekenntnis und verschanzte sich hinter Strenge.

»Dazu ein anderes Mal.«

»Raid beschützt hier jemanden, und wenn ihr das verhindert, kannst du Gift darauf nehmen, dass etwas Unangenehmes passiert.«

»Ich kann die Männer auf die anderen Abteilungen verteilen oder ganz und gar verlegen.«

»Das würde unsere Ermittlungen stören. Ich bin überzeugt, dass wir Johansson zum Reden bringen. Er hat sich hier eingelebt und angenehme Gesellschaft gefunden.«

»Schützt Raid tatsächlich Johansson?«

»Es ist möglich«, bestätigte Jansson.

»Vor wem?«

»Wir hoffen auf Johanssons Aussage, dass Luotola ihn dafür bezahlt hat, den Brand im Finanzamt zu legen. Vielleicht erzählt er bei der Gelegenheit auch von allen anderen Dingen, die uns interessieren.«

»Ich glaube nicht, dass Johansson sich traut, etwas zu erzählen.«

»Gib uns die Möglichkeit, alles in unserer Macht Stehende zu versuchen. Eine zweite so günstige Gelegenheit gibt es vielleicht nie wieder.«

»Habt ihr euch mal gefragt, wer euren Freund Raid bezahlt? Ist euch nicht in den Sinn gekommen, dass Luotola den Kerl beauftragt haben könnte, Johansson auszuschalten? Luotola hätte dafür das Geld und ein Motiv. Das erscheint mir viel glaubhafter als eure Version, dass Raid Johansson beschützt. Er sieht nicht wie ein Schutzengel aus.«

»Bei Raid ist nichts so, wie es ausieht.«

»Er ist auf jeden Fall ein Killer.«

Jansson begann sich über den Direktor zu ärgern. Er war es gewöhnt, dass der Standpunkt der Polizei berücksichtigt wurde, aber bei Yrjölä stieß er auf taube Ohren.

Yrjölä bemerkte, dass sich Janssons Miene verfinsterte, und er gab ein wenig nach.

»Was schlagt ihr vor?«

Jansson nickte Susisaari zu.

»Grön muss die Gelegenheit bekommen, Johansson zu treffen, ebenso Ekholm. Suokas hingegen muss von ihm fern gehalten werden.«

»Und Raid?«

»Keine Einschränkungen.«

»Ist er irgendein 007 mit der Lizenz zum Töten?«

Yrjölä hatte seine schwache Stunde und beugte sich allmählich den Forderungen der beiden Polizisten. Damit sich die Situation nicht wieder zuspitzte, wechselte Jansson rasch zu angenehmeren Themen.

»Was planst du für deine Zeit als Pensionär? Hast du dir schon die Wohnung in Spanien besorgt?«

»Finnland ist der beste Ort auf der Welt. Mich kriegt man hier nicht weg, höchstens für ein paar Wochen während des schlimmsten Matschwetters.«

»Bist du Golfer oder Angler?«

»Keins von beiden.«

Jansson wollte schon das private Geplauder beenden, als Yrjölä unvermittelt zur Sache kam.

»Ich will ein Restaurant eröffnen.«

»Ein Restaurant?«

»Eine richtiges Speiserestaurant ohne irgendwelchen Schnickschnack. Gutes Essen, entspannte Atmosphäre, aber bester Service und ein angenehmes Ambiente. Helsinki verdient eine solche Stätte.«

»Das finde ich auch.«

»Am schwierigsten ist es, die geeigneten Räume zu finden.«

»Hast du dir schon einen Namen ausgedacht?«, fragte Sanna Susisaari.

Yrjölä zögerte, beschloss aber, dass er ebenso gut auch den Rest erzählen konnte.

»*Jailhouse.*«

Jansson sprach das Wort zur Probe nach.

»*Jailhouse*, ein flotter Name. Und du bist natürlich der Gefängnisdirektor.«

Yrjölä lachte.

»Ich benötige nicht mal neue Visitenkarten.«

»Ein guter Name«, bestätigte auch Sanna Susisaari.

Yrjölä wirkte geschmeichelt. Er zeigte seinen Skizzenblock mit dem selbst entworfenen Logo. Jansson betrachtete es prüfend.

»Stilvoll.«

»Die Küche soll international sein, aber mit einem reichhaltigen Angebot an typisch finnischen Gerichten.«

»Ich muss sagen, dass du mich überraschst. Ich hatte gedacht, du ziehst dich in deine Hütte zurück und hackst Holz.«

»Der Mensch muss Träume haben, sonst ist es egal, ob er lebt oder stirbt.«

Der Besuch endete in lockerer Stimmung. Yrjölä fühlte sich durch Janssons und Susisaaris lobende Bemerkungen in seinem Vorhaben bestätigt. Er begleitete seine Gäste bis nach draußen.

»Du kommst dann mit deiner Frau zur Eröffnung«, sagte er zu Jansson.

»Wenn ich eingeladen werde, bestimmt.«

»Und die Oberwachtmeisterin auch, vielleicht mit ihrem Freund …, oder notfalls auch allein.«

Es begann zu regnen. Yrjölä reichte seinen Gästen zur Bekräftigung die Hand.

»Die Behörden müssen zusammenhalten«, sagte er.

# 19.

Reino Ekholm war der Meinung, dass nicht er Angst hatte, sondern vielmehr all jene außerhalb der Abteilung. Sie fürchteten sich vor allem Möglichen, vor Drogendealern, vor Armut und am meisten vor dem normalen Leben ohne den Schutz der Mauern.

Vor dem normalen Leben, in dem man selbst seine Entscheidungen treffen und die Verantwortung für seine Handlungen übernehmen musste. Niemand würde einem Essen machen und vorsetzen, würde einen durch den Spion in der Tür am Morgen wecken oder zur Nacht verabschieden.

Die Tatsache, dass er einen der gefürchtetsten Drogenbosse der Stadt verpfiffen hatte und auch vor Gericht gegen ihn aussagen wollte, bewies seiner Meinung nach etwas anderes als Angst. Vielleicht auch nicht Mut, sondern eher Gleichgültigkeit oder Todessehnsucht.

Ihm war das Ganze scheißegal.

Er hatte nicht darum gebeten, in die Sicherheitsabteilung zu kommen, sondern man hatte ihn dort eingewiesen. Ekholm fürchtete niemanden, weder in diesem Gefängnis noch in anderen. Wenn ihn jemand in der Sauna erwürgen oder abstechen wollte, so sollte er es versuchen, aber auf eigene Verantwortung. Es ging um so schwere Delikte und so viele Jahre Bau, dass seine früheren Partner bestimmt einen Torpedo oder auch zwei auf ihn angesetzt hatten.

Seine Kumpane, die sich an das Leben im Eigenheim und ihren Arsch an die Ledersitze eines 500er-Mercedes Coupés gewöhnt hatten, wollten natürlich nicht in den Knast, unter keinen Umständen.

Darunter würde das mit Anzügen von Hugo Boss untermauerte Image leiden, die Gattin würde ihre gesellschaftliche Stellung verlieren, die Kinder würden in der Schule gehänselt, und die Tanten und Onkel müssten zu den Taten ihres Neffen Rede und Antwort stehen.

»Verfluchte Scheiße! Tötet das Dreckschwein und radiert es aus, bevor es vor Gericht das Maul aufreißt!«, hatte der oberste Boss getobt.

Alle waren gleichermaßen überrascht gewesen, dass der als Vertrauensperson geltende Ekholm gesungen hatte. Am schlimmsten war, dass er sehr lange dabei gewesen war und über alles Bescheid wusste, er kannte die ganze Organisation, die Geldgeber, die importierten Mengen, die Art und Weise des Imports, die Wege, die Kuriere, die Großkunden, die Dealer und die Firmen, mit deren Hilfe der Gewinn gewaschen wurde.

Er kannte sogar die Qualität des verkauften Stoffes, denn er nahm ihn selbst, kein Heroin, aber Amphetamin. Das hielt ihn agil und geschäftig, wie ein Geschäftsmann nun mal zu sein hatte.

Ekholm hatte die Informationen systematisch über Jahre gesammelt, denn er war ein Informant der Drogenfahnder gewesen, ein Spitzel also. Die Beziehung war ganz allmählich gewachsen, aus kleinen Diensten und Gegendiensten.

Ursprünglich hatte er nicht die leiseste Absicht gehabt, persönlich etwas zu riskieren und aus der Deckung zu kommen. Er hatte der Polizei hin und wieder einen Tipp gegeben. Die Verluste waren als normaler Schwund betrachtet und die undichte Stelle war nicht im inneren Kreis vermutet worden.

Dann waren drei Ereignisse eingetreten, die alles veränderten.

Zuerst wurde Ekholms Jugendfreund, der für die Firma kleinere Aufträge erledigt hatte, getötet. Er verschwand so gründlich, dass nur ein flüchtig weggewischter Blutfleck auf dem Fußboden der Autohalle übrig blieb. Erst die DNA-Analyse verriet, wer dort sein Blut vergossen hatte.

Den Verlust des Freundes hätte Ekholm noch akzeptiert, denn dergleichen gehörte nun mal zum Spiel dazu, aber alles zusammen war zu viel gewesen.

Denn als Nächstes starb Oberwachtmeister Hyttinen, dem Ekholm als Informant gedient hatte. Hyttinen hatte

Lungenkrebs bekommen und es nicht mal bis zur Rente geschafft. Ekholm besuchte ihn im Krankenhaus. Obwohl Hyttinen ihm auf unangenehme Art viele Informationen abgepresst hatte, waren sie fast Freunde geworden. Und angesichts des nahenden Todes war der alte Groll vergessen.

Der schwerste Schlag war für ihn jedoch, dass seine neunzehnjährige Tochter Pilvi ins Krankenhaus kam, nachdem sie eine Überdosis Heroin genommen hatte. Pilvi wohnte bei ihrer Mutter und Ekholm hatte sie mehrere Monate lang nicht gesehen. Die Mutter, die mit einem neuen Mann zusammenlebte, hatte bei ihrer Tochter keine Anzeichen des Drogenkonsums bemerkt.

Ekholm hatte eins und eins zusammengezählt und war zu dem Ergebnis gekommen, dass Pilvi den Stoff genommen hatte, den er selbst ins Land holte und der mittlerweile an jeder Ecke verkauft wurde.

Danach hatte Ekholm die Sache hundertprozentig persönlich genommen. Er hatte auf die Vorsicht gepfiffen und alles ausgepackt, was er wusste.

Er hatte jeden Einzelnen ans Messer geliefert. Die andere Alternative wäre ein Blutbad gewesen. Viel hatte nicht gefehlt und er hätte sich eine Waffe besorgt und die ganze Truppe ausgelöscht.

Der Gerichtsprozess würde in einigen Wochen beginnen, und Ekholms Lebensfaden wurde von Tag zu Tag dünner.

Die Polizei hatte vorgeschlagen, ihn in Pasila im Polizeigefängnis zu behalten, wo man für seine Sicherheit hätte garantieren können, aber er hatte nach Katajanokka gewollt.

»Der Seeblick«, hatte er zur Begründung gesagt.

Fast zwei Monate waren ohne Probleme vergangen, dann hatte die Polizei einen Hinweis bekommen, dass mindestens zwei Killer hinter ihm her waren, die auf die Summe spekulierten, die auf seinen Kopf ausgesetzt war. Die Polizei ging davon aus, dass sich die Killer ins Gefängnis hatten einweisen lassen, denn Ekholm auf dem Transport oder während der Gerichtsverhandlung zu töten wäre viel schwieriger.

Außerhalb der Sicherheitsabteilung durfte sich Ekholm

nur in Begleitung eines Wärters bewegen oder wenn alle anderen Häftlinge in ihren Zellen eingeschlossen waren. In die Dusche und die Sauna ging er allein. Der Kali brachte ihm das Essen in die Zelle, wo er es auch verzehrte.

Auch der tägliche Hofgang erfolgte auf einem von den übrigen Häftlingen isolierten Gelände, nämlich auf dem freien Streifen zwischen dem Werkstattgebäude und der Gefängnismauer. Zusätzlich zum Hofgang hatten die Insassen der Sicherheitsabteilung das Recht, die Werkstatt, die Bibliothek und die Kapelle zu besuchen.

Ekholm nutzte von den angebotenen Freizeitbeschäftigungen nur den Hofgang. Nach Büchern oder dem Gottesdienst verspürte er nicht das geringste Verlangen. Ihm reichten die eigenen Gedanken und Bilder. Stundenlang konnte er auf dem Bett liegen und seine Erinnerungen durchgehen wie eine endlose Diareihe.

Mit Einwilligung des Wärters durfte er die anderen Insassen der Sicherheitsabteilung oder angemeldete Besucher treffen. Unterhalten hatte er sich bisher lediglich mit Johansson. Grön und Suokas hatte er nur im Vorbeigehen innerhalb der Abteilung getroffen.

Grön hatte ein paarmal darum gebeten, mit ihm zusammen den Hofgang machen zu dürfen, aber Ekholm hatte die Gesellschaft verweigert, denn er wusste, was Grön im Schilde führte. Ihm war klar, dass Grön seine Todessehnsucht erkannte wie ein Geier das künftige Aas. Grön wollte sich seiner Seele bemächtigen, ehe sie sich ins Unerreichbare flüchtete.

In puncto Sicherheit vertraute Ekholm keinem der anderen Insassen der Abteilung, höchstens vielleicht Span-Johansson. Er kannte dessen Geschichte, und der Mann tat ihm Leid. Bisher war er nur gemeinsam mit Johansson auf dem Hof gewesen.

Die Frage, wer versuchen würde, ihn kaltzumachen, war ihm fast gleichgültig. Als Suokas in die Abteilung gekommen war, hätte er wetten mögen, dass dieser mit der Aufgabe betraut worden war.

Nachdem er den Mann ein paarmal gesehen hatte, war er zu der Auffassung gelangt, dass Suokas vielleicht die Physis eines Killers hatte, nicht aber die erforderliche Kaltblütigkeit. Suokas wäre wohl in der Lage zu töten, aber nur in betrunkenem oder einem anderweitigen Zustand von Unzurechnungsfähigkeit. In dieser Hinsicht unterschied er sich in nichts von den meisten anderen finnischen Männern.

Der neue Mann hingegen, der Raid genannt wurde, war von anderem Kaliber. Niemand zweifelte daran, dass dieser ein vollblütiger Killer war. Ekholm fand es lächerlich, dass man ihn in die Sicherheitsabteilung eingewiesen hatte.

Er war genauso wie alle anderen davon überzeugt, dass der Mann hinter einem Insassen der Abteilung her war, aber hinter wem genau, konnte er nicht mit Sicherheit sagen. Sich selbst hielt er jedoch für einen aussichtsreichen Kandidaten. Die andere Alternative war Johansson.

Ekholm hielt es auch für denkbar, dass der Mann mit Suokas oder einem anderen Häftling zusammenarbeitete. Ohne Hilfe innerhalb des Hauses käme der Killer nach der Tat nicht weit, und ein Profi vom Schlage Raids würde sich unter keinen Umständen selbst opfern.

Er hielt es sogar für möglich, dass Raid einen Mitarbeiter des Hauses im Rücken hatte, der dafür sorgen würde, dass er zuschlagen könnte und außerdem ein Alibi hätte.

Ein Wärter, den Ekholm an der Stimme als Manner identifizierte, klopfte an die Zellentür und rief: »Freistunde.«

Ekholm stand auf und ging auf den Flur. Er sah, dass Manner auch die anderen Zellen öffnete.

Johansson und Raid kamen heraus. Manner wandte sich an Ekholm.

»Ist es dir recht, wenn ihr zusammen rausgeht? Die Herbstgrippe hat zugeschlagen. Vier Beamte sind krankgeschrieben, und es gibt nicht genügend Bewacher für draußen.«

Ekholm sah Manner misstrauisch an und wollte schon ablehnen, doch da sagte Johansson eifrig: »Mir ist es recht.«

»Dito«, sagte Raid.

Raid sah Ekholm an, und der erwiderte den Blick. Ekholm nahm die Herausforderung an.

»Hauptsache, ich muss nicht reden.«

»Brauchst du nicht«, sagte Manner.

Draußen war es kalt, ein scharfer Nordwind fegte über den Hof und trieb Blätter und Abfall vor sich her.

Die Insassen der Sicherheitsabteilung absolvierten ihren Hofgang auf dem freien Streifen zwischen Werkstatt und Mauer. Aus den Zellen der Nordseite wie auch aus den Fenstern der Werkstatt hatte man Einblick in das Gelände.

Raid marschierte zügig in Richtung Westfront der Mauer los. Johansson versuchte mit ihm Schritt zu halten, er bewegte sich eigenartig hüpfend. Ekholm folgte mit einigem Abstand, ebenso Manner. Nach einer Runde hatte Manner genug und setzte sich auf die Stufen vor der Werkstatt.

»Geht ihr nur weiter.«

»Die Kirche ist bald fertig«, sagte Johansson.

»Was machst du damit?«, fragte Raid.

»Ich hab mit dem Pastor gesprochen, ob ich sie ihm für die Kapelle geben darf.«

»Was hat er gesagt?«

»Er hat sich bedankt und gesagt, er will sich einen geeigneten Platz dafür überlegen.«

Ekholm holte Raid ein und starrte ihn wütend an.

»Wer bezahlt dich?«

»Wofür?«

»Dafür, was du hier tust.«

»Niemand.«

»Tötest du umsonst?«

»Ich will niemanden töten.«

Ekholm glaubte ihm nicht. Er blieb stehen und packte Raid am Ärmel.

»Verarsch mich nicht, ich weiß, wer du bist. Du hast es entweder auf mich oder auf Johansson abgesehen.«

Raid riss seinen Arm los.

»Wir sind Freunde«, sagte Johansson.

»Du weißt nicht, was für ein Mann dein Freund ist.«

»Du weißt es auch nicht«, sagte Raid.

»Machst du mit Suokas gemeinsame Sache?«

»Ich habe ja gesagt, dass du nichts weißt.«

»Mit wem dann?«

Raid lächelte und sagte nichts. Ekholm packte ihn wieder am Arm.

»Es ist mir scheißegal, was mit mir passiert, aber wenn du Johansson etwas antust, ergeht es dir dreckig.«

»Jungs, Jungs!«, rief Manner.

»Wirklich, er ist mein Freund. Stimmt doch, oder?«, fragte Johansson.

»Ja.«

»Und du hast versprochen, mich zu beschützen.«

»Stimmt ebenfalls.«

»Dein Freund ist ein Killer.«

Johansson blickte ängstlich.

»Bist du das?«

»Mancher könnte es so sehen.«

»Beschönige es nicht, ich bin ein Spitzel und du bist ein Killer.«

Ekholm ging mit langen Schritten davon. Raid folgte ihm in langsamerem Tempo.

Ekholm marschierte zügig etwa zwanzig Minuten lang. Dann hatte er genug.

Er ging zu dem immer noch auf den Stufen sitzenden Manner und setzte sich neben ihn. Johansson war unschlüssig, ob er Ekholm folgen oder sich zu Raid gesellen sollte.

»Es ist ziemlich kühl«, sagte Manner. »Hast du genug?«

Ekholm nickte. Johansson näherte sich zögernd und blieb dann ganz stehen. Ekholm erhob sich und ging zu ihm.

»Was ist?«

»Ich weiß nicht so richtig, ihr seid beide meine Freunde.«

Manner stand auf, wischte sich den Hosenboden ab und rief.

»Wir gehen dann rein.«

Raid blieb stehen und sah sich um, kam dann aber ebenfalls zu den anderen.

»Wir haben noch eine Viertelstunde Zeit.«

»Willst du hier erfrieren?«

»Ich friere nie.«

»Und du?«, erkundigte sich Manner bei Ekholm.

»Ich friere überall.«

In der Werkstatt wurde ein Fenster geöffnet. Raid begriff im Bruchteil einer Sekunde, was vor sich ging. Ekholm war langsamer. Vielleicht war es ihm auch egal. Manner und Johansson bemerkten nicht, was hinter ihnen geschah.

Aus dem Fenster schob sich eine Art Schusswaffe. Raid konnte noch erkennen, dass sie selbst gebaut war, als Lauf diente ein Stück Wasserrohr. Die Waffe richtete sich auf Ekholm.

»Pass auf!«

Ekholm wachte auf und beschloss, dennoch lieber zu leben. Er drehte sich seitlich zur Waffe und sprang zurück.

Die Waffe dröhnte, und aus dem Lauf züngelte eine Flamme.

Raid sah, dass der Schuss Ekholm in die Seite traf und ihn zu Boden warf. Raid stieß gegen die untere Fensterkante, die Waffe kam ins Rutschen und fiel polternd herunter.

Raid stürzte zur Tür, aber die war abgeschlossen. Manner hatte begriffen, was geschehen war. Er suchte nach seinen Schlüsseln.

»Zur Vodertür!«, rief Raid.

Manner lief um die Werkstatt herum, sah aber nur noch den Rücken des Schützen, der in Richtung des Haupthauses rannte und um die Ecke verschwand.

»Verfluchter Killer!«, brüllte er, so laut er konnte.

Als er zurückkehrte, war Raid gerade dabei, Ekholm zu untersuchen.

»Hat es dich schwer erwischt?«

»Auf der rechten Seite.«

Der Schütze hatte Flintenmunition verwendet, denn die tiefe Wunde in der Seite war mehrere Zentimeter breit.

»Ein paar Rippen sind getroffen«, sagte Raid.

»Versuch die Blutung zu stillen, ich hole Hilfe.«

Manner rannte zum Haupteingang. Raid warf seine Jacke ab, zog das Hemd aus und presste es auf die Wunde. Doch das Blut floss weiter und sickerte durch den Stoff hindurch.

Ekholm begann zu zittern wie im Schüttelfrost. Raid sah sich nach Johansson um. Der saß auf den Stufen und schaukelte den Oberkörper hin und her, wobei er leise wimmerte.

»Hast du den Schützen erkannt?«, fragte Raid den Verletzten.

Ekholm hörte die Frage, aber er hatte nicht die leiseste Absicht zu antworten. Er sah, wie das Blut, das aus seiner Wunde sprudelte, den roten Fleck auf Raids Hemd immer größer machte. Seine Leistengegend fühlte sich heiß an, aber er empfand es fast als angenehm.

»Ein Krankenwagen ist unterwegs.«

Die Information interessierte Ekholm nicht. Eigentlich war alles in Ordnung. Jemand hatte getan, wozu er selbst nicht den Mut gehabt hatte. Er sagte das Einzige, was ihm in dieser Situation wichtig war: »Verzeih, Pilvi, bitte verzeih mir, ich war ein schlechter Vater.«

Dann fühlte er einen Schwindel, der immer stärker wurde. In seinem Kopf begann ein Schwarm Wespen zu summen, und die herbstlichen Farben des Hofes gingen in Weiß über. Er spürte, wie er unaufhaltsam vornüberfiel. Mehr spürte er nicht mehr.

## 20.

Die Aufforderung, bei der Hakala zu erscheinen, kam für Jansson nicht überraschend. Er hatte darauf gewartet, seit er von Huusko gehört hatte, dass Luotola im Polizeigebäude gewesen war.

Auch an ihrem gereizten Ton erkannte Jansson, dass die Sache Luotola betraf. So hörte sich die Hakala immer dann an, wenn sie von oben unter Druck gesetzt wurde.

Luotola hatte gute Beziehungen zu den politischen Entscheidungsträgern und verfügte über die Durchsetzungskraft des Geldes. Er unterstützte großzügig alle gemeinnützigen Organisationen in Kauniainen, vom Rassekatzenverein bis hin zu den Kriegsveteranen. Er war langjähriges Mitglied des Finnischen Klubs und spielte Golf im Gefolge des Expräsidenten.

Jansson legte sich ein paar giftige Antworten auf die Fragen zurecht, die er im Voraus ahnte.

»Ich glaube, das Ganze ist weniger schlimm, als es sich anhört«, sagte Huusko. »Die Hakala ist schließlich nicht dumm.«

»Angst lässt die Menschen merkwürdige Dinge tun.«

»Was hat die Hakala zu befürchten?«, fragte Sanna Susisaari. »Was hat eine von Politikern gewählte Polizeidirektorin zu befürchten?«

Jansson hatte darüber schon früher nachgedacht, auch laut. Seiner Meinung nach war die Sache in ihrer ganzen Erbärmlichkeit letzten Endes einfach.

»Dass diejenigen, die für sie gestimmt haben, glauben, sich geirrt zu haben, und dass sie, wenn der Posten des Polizeipräsidenten ausgeschrieben wird, keine Unterstützung mehr bekommt. Wenn man sich, wie die Hakala, für eine bestimmte Seite und ein bestimmtes Ziel entschieden hat, gibt es kaum ein Zurück«, beantwortete sich Jansson selbst seine Frage.

»Die Hakala kann die Ermittlungen trotzdem nicht verhindern«, sagte Huusko.

»Doch, wenn sie es glaubhaft begründet.«

»Wie denn?«

»Ein paar Beispiele. Erstens kann sie sagen, dass in einer Demokratie der Mensch so lange unschuldig ist, bis man ihn verurteilt hat. Die Polizei darf sich natürlich nicht erlauben, einen unschuldigen Mann zu schikanieren. Sie kann auch behaupten, dass wir, vielmehr ich, die Sache zu persönlich nehmen und dass uns die Urteilskraft verlassen hat. Wir haben die kühle Objektivität verloren, die von einem Kriminalbeamten erwartet wird. In diesem Land ist schon mit dümmeren Behauptungen die Aufklärung schwerer Delikte verhindert worden.«

»Es kann trotzdem Ärger geben, vor allem wenn die Zeitungen davon Wind bekommen …, und das werden sie doch, oder?«, fragte Huusko hoffnungsvoll.

»Die Hakala fürchtet sich mehr vor dem Ärger, den es gibt, wenn sie nichts für Luotola tut. Die Hunde bellen, aber die Karawane zieht weiter. Die Presse macht eine Weile Geschrei und vergisst es dann, aber Luotolas Freunde vergessen nie.«

»Steck einen Taschenrekorder ein und nimm alles auf Band auf«, riet Huusko.

»Ein guter Gedanke, aber ich werde es wohl nicht tun.«

Das Gespräch war auf dreizehn Uhr in Hakalas Arbeitszimmer anberaumt.

Die Hakala verkörperte in ihrem grauen Kostüm zwar das Urbild einer effizienten Beamtin, doch ihr Zimmer quoll von weiblichen Details über. Sie saß am Schreibtisch und blätterte eine Weile in Papieren, ehe sie beschloss, von Jansson Notiz zu nehmen.

»Setz dich.«

Sie zeigte eine gut einstudierte herablassende Miene, deren Zweck es war, die Rangordnung deutlich zu machen. Ansonsten wirkte die Hakala mit ihrer fülligen Figur mütterlich weich, aber das war sie nicht.

»Gegen dich wurde eine ernste Beschwerde erhoben.«

»Ja?«

»Ahnst du, worum es dabei geht?«

»Vermutlich um die Ermittlungen im Fall Luotola.«

»Luotolas Anwalt hat darauf aufmerksam gemacht, dass es für die Ermittlungen keine Begründung gibt, seiner Meinung nach handelt es sich um Schikane und Belästigung.«

»Seit wann glaubst du Anwälten?«

»Versuch mich davon zu überzeugen, dass es nicht so ist, wie er sagt.«

»Die Ermittlungen stützen sich auf verschiedene Hinweise, die Luotolas mutmaßliche Wirtschaftsverbrechen sowie den Tod des Anwalts und des Buchhalters betreffen.«

»Meinst du mit Hinweisen das, was dieser Halbirre, der im Gefängnis sitzt, erzählt hat.«

»Dieser Halbirre hat mehr als zehn Jahre für Luotola gearbeitet.«

»Er wurde als zurückgeblieben und teilweise unzurechnungsfähig eingestuft. Wir machen uns lächerlich, wenn wir seinen Erzählungen glauben.«

»Wir haben noch mehr aufzuweisen.«

»Darf ich fragen, was?«

»Einen zweiten Zeugen.«

»Wen?«

»Luotolas ehemaligen Geschäftsfreund.«

»Meinst du Voitto Grön?«

Jansson nickte.

»Es wird immer besser. Ein fromm gewordener Ganove, der in seinem Sündenbekenntnis sogar Dinge bekennt, die er gar nicht getan hat. Ist das dein Ernst?«

»Grön hat keinen Grund, uns anzulügen.«

»Nein? Laut Luotolas Anwalt hat er die Zwangsvorstellung, dass jeder Mensch seine Sünden bekennen muss.«

»Luotolas Anwalt ist sicherlich die denkbar zuverlässigste Quelle.«

»Zumindest ist er im Vollbesitz seiner geistigen Kräfte, was man von Johansson nicht sagen kann, und auch nicht guten Gewissens von Grön.«

Jansson spürte, wie ihm die Wut die Röte ins Gesicht trieb. Er zwang sich zur Ruhe.

»Wir glauben, dass Johansson Unterlagen besitzt, mit deren Hilfe Luotola überführt werden kann.«

»Worauf begründet sich dieser feste Glaube?«

»Auf Informationen, die Kempas bekommen hat.«

»Informationen von Grön, oder? Merkst du nicht, wie du dich im Kreis drehst? Du hast zwei völlig unzuverlässige Zeugen, die füreinander aussagen, nichts Konkretes oder wirklich Neues ... Wenn du nicht mehr aufzuweisen hast, kann ich nicht erlauben, dass du Luotola weiter behelligst. In einer Demokratie ...«

»In einer Demokratie ist der Mensch so lange unschuldig, bis man ihn verurteilt hat«, fuhr Jansson fort.

»Stimmt, und auch Luotola ist unschuldig, bis man ihn für irgendetwas verurteilt hat. Außerdem treibt dich persönliche Rachgier, eine Art Mission, du hast das Gefühl, dass Luotola dich blamiert hat, und du willst dich rächen.«

»Hat Luotolas Anwalt diese geniale Schlussfolgerung gezogen?«

»Die ist allgemein bekannt.«

»Nicht so allgemein, dass ich sie gehört hätte.«

»Der Mensch ist manchmal sich selbst gegenüber ziemlich blind. Mir ist bereits aufgefallen, wie sehr du davon überzeugt bist, dass du dich niemals irrst.«

»Du bist es umgekehrt nicht?«

»Ich habe daran gearbeitet, mir selbst gegenüber ebenso kritisch zu sein wie anderen gegenüber.«

Jansson sah die Hakala prüfend, fast frech an.

»Die Arbeit hat eine schöne Frucht getragen.«

Sie errötete, aber dann wurde ihre Miene wieder streng.

»Ich bin deine Vorgesetzte, und du tust, was ich anordne. Alternativen gibt es nicht.«

»Muss ich die Sache so interpretieren, dass die Ermittlungen nicht fortgeführt werden?«

»Bei dieser Beweislage nicht ..., wenn neue Beweise auftauchen, wird die Angelegenheit natürlich erneut geprüft.«

»Wo sollen denn die neuen Beweise herkommen, wenn wir nicht weiter ermitteln dürfen?«

»Das ist deine Sache, jedenfalls lässt du deine Leute nicht mehr stundenlang vor Luotolas Haus herumlungern. Das ist eine Schikane, die der Polizei unwürdig ist. Oder gab es für diesen Streich etwa ermittlungstaktische Gründe?«

Jansson erhob sich steif. Das Gespräch mit der Hakala hatte ihn gelähmt wie eine starke Dosis Betäubungsmittel.

»Ich glaube, du wirst deinen Beschluss noch bereuen. Wenn Beweise auftauchen, führt das unter Umständen zu einer Diskussion in den Medien. Dann werden deine Motive hinterfragt ...«

»Damit kann ich leben.«

Jansson verließ den Raum wie benommen. Er ging aus Versehen in sein ehemaliges Zimmer und kam erst zu sich, als er Jokelas erstaunten Blick bemerkte.

Jansson murmelte eine Entschuldigung und fand beim zweiten Anlauf sein eigenes Büro.

Er hatte sich während seiner Polizeilaufbahn an allerlei Intriganten und Arschkriecher gewöhnt, aber trotzdem hatte sich bisher bei allen, zumindest wenn man ein wenig an der Oberfläche kratzte, die Seele eines Polizisten gefunden.

Die Hakala war von ganz anderem Kaliber, fast wie von einem anderen Stern. Sie hatte ein ganzes Rudel altgedienter Kriminalbeamter dadurch abgehängt, dass sie eine juristische Ausbildung absolviert hatte. Mit der Unterstützung einiger Politikerinnen hatte sie sich zunächst den Posten des Polizeiinspektors im Innenministerium gekrallt. Dort profilierte sie sich, indem sie mit einer Arbeitsgruppe allerlei Ideen zur Zukunft der Polizei entwickelte.

Zehn Jahre Ministerium und die Hakala wurde zur Polizeidirektorin gewählt. Nach der gemeinsamen Auffassung ihrer Untergebenen hatte sie von der praktischen Polizeiarbeit nur die dunklen Vorstellungen einer Bürokratin.

»Scheiße, Scheiße, Scheiße!«, fluchte Jansson und hämmerte mit der Faust auf die Tischplatte.

»So was nehmen andere nicht mal in die Hand, geschweige denn in den Mund«, ertönte Huuskos Stimme von der Tür her.

Bei Huusko wusste man nie, ob er gerade ging oder kam oder einfach nur da war. Er trug zumeist auch drinnen seine Lederjacke und er tauschte auch nie seine Sportschuhe gegen Sandalen oder Gesundheitslatschen aus, wie viele andere Mitarbeiter. Man muss immer zum plötzlichen Aufbruch bereit sein, pflegte er selbst zu erklären.

»Hopo, verflucht!«

»Muss ich mir Sorgen machen? Der Mann sitzt hier, beschwört seine Exkremente und bearbeitet den unschuldigen Tisch mit der Faust.«

»Vielleicht musst du es wirklich.«

»Alles wegen der Hakala?«

»Ja. Die Frau ist mir ein Rätsel.«

»Sie ist keine Frau, sondern ein Wesen aus dem Kosmos, eine Außerirdische.«

Jansson rieb sich die Schläfen. Die Adern pochten in seinem Schädel wie lebende Wesen.

»Was hältst du davon, wenn wir uns gemütlich in ein Lokal setzen und die Arbeit anderen überlassen?«, fragte Jansson.

Huusko sah ihn besorgt an. Jansson fluchte oft über die Hakala oder über andere, aber noch nie hatte er vorgeschlagen, mitten am Tag saufen zu gehen.

»So schlimm ist es?«

»Allerdings.«

»Also gut, wenn es nur nicht zur Gewohnheit wird.«

Jansson und Huusko blieben nicht im Umkreis des Polizeigebäudes von Pasila, sondern fuhren mit der Straßenbahn ins Stadtzentrum. Huusko fungierte als Guide und führte Jansson zu einem Bierlokal am Erottaja.

»Hier gibt es zwanzig verschiedene Biersorten.«

»Eine reicht mir.«

Das Lokal war fast leer. Huusko holte die Getränkekarte vom Tresen und zeigte auf einen bestimmten Namen.

»Probier erst mal das.«

Jansson bestellte die empfohlene Sorte für sie beide und bezahlte. Sie setzten sich an einen Fenstertisch.

Das Bier schmeckte Jansson, und nach fünf Minuten holte er zwei neue Gläser.

Er erzählte Huusko, was die Hakala gesagt hatte, und holte nochmals Bier. Nach dem dritten Glas begann er sich zu beruhigen.

»Manchmal hat man den Eindruck, dass Politiker ihre ganz eigenen Moralauffassungen haben.«

»Nur manchmal? Ich habe ständig diesen Eindruck. Wir werden getriezt, verarscht und in den Hintern getreten, und die Politiker führen den Taktstock.«

Nach dem vierten Bier fühlte Jansson sich Huusko näher als je zuvor.

Huusko war ihm fast wie ein Sohn, den er väterlich hoffnungsvoll durchs Leben geleitet hatte, allerdings mit bescheidenem Erfolg. Er fühlte für Huusko eine Sympathie, in die sich Mitleid und Schuldbewusstsein mischten. Er, Jansson, war mit schuld daran, dass Huusko bisher in seiner Karriere nicht weitergekommen war.

Er schlug Huusko kameradschaftlich, aber schwer auf die Schulter.

»Hopo, hab ich dir jemals gesagt, dass du ein verdammt guter Kerl und ein verdammt guter Polizist bist?«

»Hast du.«

»Wann?«

»Als Susisaari die Tilgung ihres Wohnungskredits gefeiert hat.«

»Da war ich vermutlich blau.«

»Stockbesoffen.«

»Du weißt wahrscheinlich, dass wieder die Bewerber für den Lehrgang für den gehobenen Dienst ausgewählt werden müssen.«

»Klar.«

»Jetzt ist es nur so, dass die Dame das letzte Wort haben will.«

»Das habe ich mir schon gedacht.«

»Die Hakala und das Ministerium wollen mehr Frauen im gehobenen Dienst.«

»Du meinst, sie wollen Susisaari.«

»Tja.«

»Da kann man nichts machen.«

»Es tut mir Leid, wenn die guten Männer auf der Stelle treten müssen ..., du bist ...«

»Lass gut sein.«

»Wirklich, ich finde, du ...«

»Susisaari auch.«

»Stimmt, das lässt sich nicht leugnen.«

»Und Kempas? Was hältst du von dem?«

Jansson überlegte kurz.

»Zweifellos ein guter Polizist, aber eine eigenwillige Persönlichkeit.«

»Ehrlich gesagt, er bringt mich manchmal zur Weißglut, aber irgendwie hat der Mann auch sein Gutes. Er ist nicht so ein Marzipanschwein wie manch anderer.«

»Er hat seine Ecken und Kanten«, bestätigte Jansson.

»Der Fall Nygren hat seine Aktien in meinen Augen erhöht. Eine harte Schale, aber drinnen steckt ein weicher Kern.«

Jansson und Huusko tauschten sich eine Weile über Kempas' widersprüchliche Charaktereigenschaften aus.

»Wollen wir ihn nicht anrufen und zum Bier einladen?«, schlug Huusko vor.

Jansson überlegte kurz.

»Er ist ein guter Mann, wird aber nicht eingeladen.«

»Ein andermal?«

»Ein andermal.«

Dann traf Huusko eine Feststellung.

»Ich habe Kohldampf.«

Jansson bemerkte bei sich dasselbe. Er bekam Lust auf gebratene Strömlingsfilets mit Kartoffelpüree, und er erzählte es Huusko.

»Der Wunsch des Chefs ist mir Befehl, wir suchen dir die Strömlingsfilets.«

Jansson erinnerte sich an ein Lokal, in dem er ein paarmal gewesen war. Es war für seine Strömlingsfilets berühmt. Und es lag nicht mal weit entfernt.

Innerhalb von zehn Minuten waren sie an Ort und Stelle. Beide nahmen Strömlingsfilets mit Kartoffellpüree. Zum Hinunterspülen bestellten sie sich jeder ein großes Bier.

Als sie aßen, musste Jansson an Tuomela denken, der ein großer Freund dieses Gerichts war. Wenn die Strömlinge im Frühsommer schwärmten, stand Tuomela sehr zeitig auf und fuhr mit seiner Angelrute zur Lauttasaari-Brücke. Jansson war einmal dabei gewesen und hatte sich über die Art des Angelns gewundert. Tuomela hatte an der Schnur keinen

Köder gehabt, sondern eine große Menge Haken. Wenn er die Rute angehoben hatte, waren Strömlinge in allen nur erdenklichen Stellungen daran aufgespießt gewesen. Tuomela hatte innerhalb einer knappen Stunde fast einen Eimer voll gefangen.

Anschließend waren sie zu Tuomelas Boot gefahren, das am Ufer von Kaisaniemi lag, und Tuomela hatte die Strömlinge in Butter gebraten. Zum Essen hatte er kaltes Bier gereicht.

»Strömlingsfilets sind Tuomelas Lieblingsessen«, sagte Jansson.

»Tuomela war ... ist ein guter Mann«, sagte Huusko. »Er hätte zum Polizeidirektor ernannt werden müssen und nicht die Hakala.«

»Ein zu guter Mann.«

»Ein Mann mit richtigem Weitblick.«

Huusko schätzte Polizisten mit Weitblick, solche, wie er selbst einer war.

»Wir sollten ins Krankenhaus fahren und ihm Strömlingsfilets bringen.«

Jansson fand Huuskos Gedanken hervorragend und wunderte sich, dass er nicht selbst auf so etwas Selbstverständliches gekommen war, dabei war er Huuskos Vorgesetzter. Tuomela hatte Strömlingsfilets verdient.

»Ausgezeichnete Idee. Habe ich dir jemals gesagt, dass du ein verdammt guter Kerl und ein guter Polizist bist?«

Jansson diskutierte mit der Serviererin und ließ dabei kurz seine Dienstmarke sehen. Schließlich versprach die Frau, ihnen eine Isoliertasche zu leihen und die Portion hineinzupacken. Die Tasche und das Besteck sollten sie am nächsten Tag zurückbringen.

Sowie sie das Gewünschte erhalten hatten, warfen sie sich in ein Taxi und fuhren zur Klinik nach Meilahti.

Es war halb sieben Uhr abends, und es waren viele Besucher auf der Station. Tuomela befand sich immer noch allein in dem Zimmer, das für mehrere Personen eingerichtet war. Sein Bett war halb hinter einem Wandschirm verborgen, er lag zugedeckt da. Seine Augen waren geschlossen, und in seinen Arm und seine Nase führten Schläuche.

Jansson und Huusko traten an sein Bett.

»Wir haben dir Strömlingsfilets mitgebracht.«

Jansson öffnete die Isoliertasche, holte den Teller heraus und befreite ihn von der Alufolie, dann hielt er den Teller vor Tuomelas wachsbleiches Gesicht.

»Kross gebratene Strömlingsfilets, Kartoffelpüree und zerlassene Butter.«

Huusko griff in die Jackentasche.

»Und ein fast kaltes Bier.«

Zu Janssons Enttäuschung schien Tuomela das Angebot in keiner Weise zu würdigen.

»Er schläft«, flüsterte Huusko.

Jansson hielt den Teller hartnäckig unter Tuomelas Nase.

»Schnupper wenigstens mal.«

Tuomela tat ihm nicht den Gefallen.

»Was ist denn hier los!«

Die strenge Stimme gehörte einer untersetzten, etwa fünfzigjährigen Krankenschwester in Gesundheitssandalen und Stützstrümpfen.

»Jansson und Huusko von der Kripo, wir haben unserem Freund etwas zu essen gebracht.«

»Strömlingsfilets«, ergänzte Huusko.

»Ist das Ihr Ernst? Herr Tuomela ist heute operiert worden, er ist noch nicht aus der Narkose aufgewacht, und Sie drängen ihm Strömlingsfilets auf. Sind Sie verrückt oder betrunken? Betrunken natürlich ...«

»Er wurde operiert?«

»Es hat Komplikationen gegeben, und er musste erneut operiert werden. Gehen Sie jetzt, sonst muss ich Ihren Vorgesetzten informieren.«

Huusko zeigte mit dem Finger auf Jansson.

»Er ist mein Vorgesetzter.«

»Umso schlimmer. Und jetzt machen Sie, dass Sie wegkommen.«

Jansson sträubte sich. Die Aufgabe war noch nicht erfüllt.

»Wie geht es ihm?«

»Die Operation ist gut verlaufen und er wird sich erholen, aber solche Fälle sind immer ernst.«

»Gut, dass sie gut verlaufen ist«, sagte Huusko.

Die Schwester zeigte auf die Tür. »Raus!«

»Und die Strömlingsfilets ...«

»Die nehmen Sie wieder mit.«

»Aber wenn er aufwacht und Hunger hat ...«

»Er darf zwei Tage nichts essen.«

Jansson marschierte hinaus und hörte, wie die Schwester spöttisch auflachte.

»Strömlingsfilets, was sagt man dazu ...«

Jansson und Huusko verließen die Station unter dem strengen Blick der Schwester. Unten vor der Tür merkte Jansson, dass er betrunkener war, als er geglaubt hatte. Er setzte sich neben Huusko auf eine Bank und hielt ihm den Teller hin.

»Wie wäre es mit einem kross gebratenen Strömlingsfilet?«

»Danke.«

Huusko nahm sich zwei Stück und schlang sie hinunter.

»Sie sind gut, schade, dass Tuomela keine abgekriegt hat.«

»Aber er kriegt welche, sowie er essen darf. Dafür sorgen wir, stimmt's?«

»Unbedingt.«

Janssons Handy klingelte. Es dauerte eine Weile, ehe er herausfand, in welcher Tasche es steckte.

Sanna Susisaari war dran.

»Hast du schon von Ekholm gehört?«

»Wieso, was ist mit ihm?«

»Bist du betrunken?«

»Kann sein.«

»Ist Huusko bei dir? Ich habe ihn den ganzen Tag noch nicht gesehen.«

»Ist hier in bester Obhut.«

»Auf Ekholm ist während der Freistunde im Gefängnis geschossen worden. Sein Zustand ist kritisch. Der Schütze ist noch nicht gefasst worden.«

»Wer bearbeitet den Fall?«

»Jokela, aber wir wissen noch nicht einmal, was dort genau passiert ist. Ein Bereichsleiter, Raid und Johansson waren anwesend, als geschossen wurde.«

»Werde ich gebraucht?«

»Schlaf dich lieber erst mal aus. Falls Raid der Schütze ist, ist die Situation für uns ernst.«

Jansson beendete das Gespräch. Im selben Moment kam das Taxi.

»Ich kann dich zu Hause absetzen.«

»Nee, dann verpufft der schöne Rausch.«

»Du wärst wenigstens im Zentrum.«

»Nee«, Huusko winkte abwehrend mit der Hand. Mit der anderen Hand stützte er sich auf das Dach des Taxis.

»Mir ist eingefallen, dass es hier ganz in der Nähe eine Gaststätte gibt, in der viele Krankenschwestern verkehren. Man hat wissenschaftlich nachgewiesen, dass Polizisten und Krankenschwestern gut zusammenpassen, wie Galle und Schnürtel ... Schnalle und Gürtel.«

»Stimmt«, bestätigte Jansson.

»Hoffentlich haben sie die wissenschaftliche Untersuchung gelesen«, hörte er Huusko noch nuscheln, ehe er die Tür des Taxis zuschlug.

## 21.

Gefängnispastor Sainio betrachtete enttäuscht seine kleine Herde. In der Anstalt befanden sich fast zweihundert Häftlinge, aber nur sieben waren an der Rettung ihrer Seelen interessiert, und selbst von ihnen nahmen einige an der Bibelstunde nur in Ermangelung einer besseren Alternative teil oder um die Gelegenheit zu haben, einen bestimmten anderen Häftling zu treffen.

Sieben von zweihundert, und nur bei dreien war sich Sainio sicher. Er glaubte, dass bei ihnen die Saat auf fruchtbaren Boden fiel und eine tausendfache Ernte einbringen würde.

Grön teilte die Bibeln aus.

»Denkt daran, dass es ein heiliges Buch ist, jedes Wort darin ist wahr. Mögen sich die Worte mit feurigen Lettern in eure Herzen brennen.«

Sainio konnte sich für Gröns flammende Worte nicht begeistern. Er fand eher, dass Grön eine Arbeit machte, die ihm, dem Pastor, zustand.

Die Teilnehmer blätterten in ihren Bibeln. Einer der Männer stutzte und fing an zu lachen. Die anderen sahen ihn an und er wurde ernst.

»Hier hat einer einen guten Witz reingeschrieben. Soll ich ihn vorlesen?«

»Lass es«, sagte Sainio.

»Hier steht, dass ...«

Grön packte die Hand des Mannes und starrte ihm in die Augen.

»Du hörst doch, lass es.«

Der Mann schluckte und sein Lächeln gefror.

Sainio arbeitete seit fast zwanzig Jahren im Gefängnis, und er wusste immer noch nicht, ob er die richtige Wahl getroffen hatte. Anstelle des Gefängnisses hätte er das Pfarramt in einer kleinen, mittelfinnischen Gemeinde bekommen können. Er hatte das Gefängnis gewählt, weil ihn die größere Herausforderung lockte. Er hatte seinen Dienst im Gefängnis mit viel Eifer angetreten, hatte fast ebenso für die Aufgabe gebrannt wie Grön ...

Sainio sah, wie Grön vor dem Altar niederkniete, ein paar leise Worte murmelte, aufstand und sich in die vorderste Reihe setzte.

»Es ist alles bereit.«

Wenn Sainio auf seine Arbeit zurückblickte, begriff er, dass er all die Fehler gemacht hatte, die ein Anfänger in seiner Naivität und seinem übersteigerten Wunsch zur Rettung der Seelen machen konnte. Man hatte ihn ausgenutzt, ihn ausgelacht und, was am schlimmsten war, er hatte mit seinem Auftreten jene vertrieben, die sonst empfänglich für das Wort Gottes gewesen wären.

Sein Übereifer hatte die Sensibleren verschreckt und die Verstockten amüsiert. Er hätte sich auf die Ebene seiner Zuhörer begeben müssen. Erst nach jahrelanger Gefängniserfahrung hatte er allmählich die Gedankenwelt und die Wertvorstellungen der Häftlinge zu verstehen gelernt.

Sainio trat vor den Altar, senkte den Kopf und kniete kurz nieder, dann stand er auf und drehte sich zu seiner Gemeinde um.

»Heute sprechen wir über den Begriff der Gnade. Ist Gottes Gnade unendlich oder kann auch bei ihm das Maß einmal voll sein?«

»Kann es nicht«, sagte Grön überzeugt. »Wenn der Mensch von Herzen bittet …«

»Ich möchte zunächst eine kleine Einführung geben.«

Sainio drehte sich nach der Bibel um, die auf dem Altar lag. Plötzlich hatte er wieder das Gefühl, dass Grön hinter seinem Rücken lachte und Gesten machte. Er wandte sich rasch um und sah zu ihm hin, aber Grön saß ernst und aufnahmebereit da.

Grön war ein harter Brocken für Sainio. Einerseits war er überwältigt von dessen brennendem Eifer, aber andererseits fand er ihn nur anstrengend. Grön biss sich an den Worten fest und trug seine eigenen Interpretationen vor, die er für die richtigen hielt. Er schien überzeugt zu sein, dass er besser als andere wusste, was Gott mit seinen jeweiligen Gedanken gemeint hatte.

Grön hatte anscheinend ein phänomenales Gedächtnis, denn er konnte lange Passagen aus der Bibel auswendig zitieren und zahllose Stellen auf Anhieb benennen.

Manchmal hatte Sainio jedenfalls Lust, niederzuknien und Gott anzuflehen: Ich habe dich zwar gebeten, mir Schäfchen zu geben, damit ich sie rette, aber könntest du nicht Grön wieder zurücknehmen oder ihn jemand anderem aufbürden?

Grön hatte sich angeboten, bei den Gottesdiensten am Samstag und Sonntag zu helfen, und Sainio hatte sich hinreißen lassen, einzuwilligen. Grön verteilte die Bibeln und sammelte sie wieder ein, er steckte die Nummern der Lieder an die Tafeln, schob die Bänke zurecht, machte sauber und übernahm die Ankündigung der Veranstaltungen. An der Bibelstunde beteiligte er sich mit derselben Betriebsamkeit.

Allmählich war Grön in Sainios Revier vorgedrungen. Er schlug die Themen für die Predigten vor, wählte eigenmächtig die Lieder aus. Er hatte sich sogar bereit erklärt, zu den Andachten privat Kaffee zu spendieren, um mehr Teilnehmer zu gewinnen. Direktor Yrjölä hatte eingewilligt, und der Kaffee zum Gottesdienst war jetzt an drei Wochenenden probeweise ausgeschenkt worden. Dadurch hatte sich die Anzahl der Teilnehmer verdreifacht.

Als die Bibelstunde zu Ende war, verschwanden die Teilnehmer sofort, aber Grön blieb noch da, um aufzuräumen. Der Direktor hatte ihm jeweils eine halbe Stunde dafür bewilligt.

Grön stapelte die Bibeln an den Bankenden auf. Dann sammelte er die benutzten Kassetten ein. Während der Bibelstunde wurde die Wunschmusik der Teilnehmer gespielt, geistliche natürlich.

Grön ließ sich so viel Zeit, dass es sogar Sainio auffiel. Im Allgemeinen bewegte sich Grön so zielstrebig, als hätte er jeden Schritt und jede Bewegung vorab geplant.

Sainio unterbrach seine eigene Beschäftigung und sprach ihn an.

»Hast du etwas auf dem Herzen?«

Grön senkte den Kopf und wirkte fast demütig.

»Ich möchte dich um einen großen Gefallen bitten.«

»Und welchen?«

»Ich möchte eine Seele retten.«

»Tu dir keinen Zwang an, dazu brauchst du nicht meine Erlaubnis.«

Sainio glaubte, eine witzige Antwort gefunden zu haben, aber Grön blieb ernst.

»Der Abteilungsleiter willigt ein, wenn du einverstanden bist.«

»Womit einverstanden?«

»Ich möchte den Betreffenden hierher in die Kapelle bringen.«

»Hierher?«

Grön nickte.

»Warum?«

»Hier ist es ruhig, hier ist Gottes Geist besser zu spüren …«

»Gott ist überall.«

»Natürlich, aber dies ist Gottes Haus, ein Tempel …«

»Ihr würdet euch also hier unterhalten?«

»Ja.«

»Ich wüsste gern, was du diesem Betreffenden erzählen willst.«

»Ich möchte ihm von meiner eigenen Rettung berichten, das gibt ihm vielleicht Hoffnung, außerdem möchte ich ihm aus der Bibel vorlesen, und, wenn es recht ist, ein paar schöne geistliche Lieder spielen … Ich spüre, dass Gott es so will.«

»Wie könnte ich Gott widersprechen.«

Sainio glaubte wieder, witzig und treffend geantwortet zu haben.

Grön war erfreut.

»Danke.«

Er ging wieder mit seiner früheren Energie zu Werke. Er nahm einen Staublappen und wischte den Altar ab. Dann holte er Besen und Schaufel und fegte den Fußboden. Sainio war mit seinen eigenen Verrichtungen fertig und trat zu Grön.

»Ich muss mir noch die Erlaubnis vom Abteilungsleiter holen.«

»Natürlich.«

»Gibt es sonst noch etwas?«

Grön konzentrierte sich aufs Fegen.

»Ist noch etwas?«

Grön fuhr auf.

»Nein.«

Sainio überlegte kurz.

»Ich hätte eine Frage.«
»Welche?«
»Wer ist es, den du retten willst?«
Grön erzählte es ihm.
»Hat er versprochen zu kommen?«
»Er hat selbst darum gebeten.«
»Hierher?«
»Er wollte unbedingt hierher, deshalb möchte ich ihm nicht gleich zu Anfang eine Enttäuschung bereiten.«
Sainio nickte verständnisvoll.
»Ich bitte Gott um Erfolg für dein Vorhaben.«

## 22.

Johansson hatte fast die ganze Nacht mit dem Megamann gesprochen.
Der Megamann war unzugänglich gewesen, und Johansson hatte mit seiner ganzen Schläue zu Werke gehen müssen. Er hatte den Megamann nicht unumwunden um Hilfe gebeten, sondern hatte sich gedreht und gewendet und schließlich eine kleine Andeutung gemacht, um sein Interesse zu wecken. Dann, als der Megamann allmählich reagierte, hatte Johansson geheimnisvoll getan und sogar ein wenig abgewiegelt.
»Ich glaube, die Sache ist nicht geeignet für dich, vielleicht ist sie auch zu schwer.«
»Nichts ist zu schwer für mich.«
»Dies ist eine wirklich schwierige Sache, eine der schwierigsten bisher, wenn nicht sogar die allerschwierigste.«
»Noch schwieriger, als die mit dem Sommerhaus?«
»O ja.«
»Erzähl erst, dann entscheide ich.«
»Ich habe nicht gesagt, dass ich Hilfe brauche, oder?«, fragte Johansson listig.
»Warum hast du mich dann geweckt?«
»Ich wollte dich nur nach deiner Meinung fragen.«

»Jetzt kennst du sie.«
»Du bist wirklich schlau, der Schlaueste von allen.«
»Du brauchst also gar keine Hilfe?«
»Vielleicht doch.«
»Dann erzähl.«
»Ich bin nicht sicher, ob die Sache für dich geeignet ist.«
»Lass mich das selbst entscheiden.«
»Ich kann es vielleicht auch allein machen.«
»Sind wir nicht Freunde?«
»Doch.«
»Freunde helfen einander.«
»Ich möchte dich da nicht reinziehen, nur wenn du es selbst willst.«
»Du kommst nicht ohne mich aus.«
»Ich bin vielleicht nicht so stark und so mutig wie du, aber ich bin flink und schlau.«
»Du brauchst trotzdem meine Flammen.«
»Habe ich das gesagt?«
»Ich kenne dich.«
»Weil wir Freunde sind, oder?«
»Ja, weil wir Freunde sind.«

Aus der gegenüberliegenden Zelle war in der Nacht leises Schluchzen zu hören gewesen.

Johansson hatte den Eindruck gehabt, es sei aus Suokas' Zelle gekommen. Er hatte trotzdem nicht recht daran geglaubt. Suokas sah nicht so aus, als ob er überhaupt weinen könnte.

Das Weinen hatte Johansson und den Megamann jedoch gestört. Erst gegen drei Uhr morgens waren sie sich einig geworden, dass sie einander brauchten.

»Wenn du mir nicht hilfst, ergeht es mir schlecht, sehr schlecht, aber wenn du mir hilfst, kann alles gut werden.«
»Bin ich nicht der Beste?«
»Ja, das bist du.«
»Besser als Spiderman?«
»Noch besser. Du bist wie Superman und Spiderman zusammen.«

»Netten Menschen passieren nette Dinge.«

»Das stimmt.«

Johansson hatte ein wenig zur Seite gesehen, damit der Megamann seine Unsicherheit nicht bemerkte. Er war sich nämlich nicht recht schlüssig gewesen, ob er wirklich richtig handelte oder ein ganz, ganz kleines bisschen falsch. Der Megamann war eigentlich gut und wollte niemandem etwas Böses tun, und Johansson hatte ihn überzeugen können, dass sie nichts dergleichen beabsichtigten. Sie wollten lediglich ihn, Johansson, und den Freund vor dem bösen Mann retten.

»Der ist nämlich wirklich gerissen, er tut freundlich, will uns aber Böses.«

»Woher weißt du das?«

»Mein Freund hat es erzählt.«

»Vertraust du ihm, obwohl er dir Schlimmes angetan hat?«

Johansson hatte den Blick des Megamannes gemieden und mit der Streichholzschachtel gespielt. Er hatte gehört, wie die Hölzchen in der Schachtel mit winzigen Stimmchen zu ihm flüsterten. Als er die Schachtel ans Ohr gedrückte hatte, hatte er es ganz deutlich gehört: »Komm und zünd uns an. Wir möchten brennen.«

»Aber der Freund hat mir auch viel Gutes getan. Er braucht meine Hilfe und ich brauche deine. Er vertraut uns.«

Johansson war mit einem guten und sicheren Gefühl eingeschlafen, fast wie als Kind, damals, als der Vater noch zu Hause gewesen war. Manchmal war der Vater an sein kleines Bett getreten, war ihm mit der Hand durchs Haar gefahren, hatte die stoppelige Wange an seiner Wange gerieben und gesagt: »Schlaf gut und träum was Schönes.«

Manchmal hatte der Vater auch gesagt: »Schlaf in wohlgeborgner Ruh, Mond und Sterne schauen zu.«

## 23.

Raid lehnte sich an die Gefängnismauer und drückte die Stirn an die kühlen Ziegel. Er spürte, dass irgendetwas im Argen lag. Er musste sein Gehirn aktivieren.

Ekholm lag im Krankenhaus. Der mutmaßliche Schütze war gefasst worden. Es war ein Este, der für mehrere Raubüberfälle einsaß. Seinen Auftraggeber hatte er noch nicht genannt. Suokas war sicherheitshalber ins Polizeigefängnis nach Pasila verlegt worden. In der Sicherheitsabteilung befanden sich außer Raid nur noch Grön und Johansson.

»Ist alles o.k.?«, fragte Manner.

Raid richtete sich auf und begann, seine Runden im Hof zu drehen. Manner folgte ihm in zwei Metern Abstand.

»Wann ist Johansson in die Sicherheitsabteilung verlegt worden?«

»Vor drei Wochen.«

»Und Suokas?«

»Zur selben Zeit.«

»Und Grön?«

»Eine Woche vorher.«

»Sie kommen nicht besonders gut miteinander aus?«

»Grön ist in seinem Bekehrungseifer aufdringlich und anstrengend. Johansson mag das nicht, die meisten anderen übrigens auch nicht.«

»Meinst du, dass Gröns Glaube echt ist?«

Manner dachte eine Weile darüber nach.

»Es hat den Anschein.«

»Finde ich auch.«

»Grön würde wohl kaum das Risiko eingehen, gegen Rainer Luotola auszusagen, wenn ihm die Sache nicht ernst wäre. Luotola hat bestimmt schlaflose Nächte gehabt, seit Grön und Johansson hier sind. Er weiß genau, was passiert, wenn die beiden reden.«

»Wie gut kennen sich die beiden von früher?«

»Nicht gut, glaube ich, aber sie sind sich zumindest begegnet.«

»Was hältst du von Grön?«

»Ich möchte nicht in Luotolas Haut stecken. Grön ist ein alter Fuchs, ein wirklich harter Knochen.«

Raid drehte in Manners Begleitung noch ein paar Hofrunden. Jedes Mal, wenn sie an der Werkstatt vorbeikamen, sahen sie instinktiv zu dem Fenster, aus dem der Schuss auf Ekholm abgefeuert worden war.

»Wie ich hörte, wird Ekholm überleben«, sagte Manner.

»Gut.«

»Komisch, aber ich glaube, dass er jetzt seinen Lebensmut wiederfindet, nachdem er an der Schwelle des Todes gestanden hat.«

»Vielleicht.«

»Manner!«

Der Ruf kam von einer jungen Beamtin, die auf dem Weg zur Werkstatt war.

»Ja?«

»Du wolltest über Johanssons Tun und Lassen informiert werden.«

»Was ist denn?«

»Johansson und Grön treffen sich gleich in der Kapelle. Grön will wohl versuchen, Johansson zu bekehren. Er hat die Erlaubnis des Abteilungsleiters und des Pastors.«

»Danke.«

Manner rieb sich sein stoppeliges Kinn. Es schien, als könnte er sich nicht entscheiden, was er machen sollte.

»Was jetzt?«, fragte Raid.

»Ich vertraue Grön, aber es gefällt mir nicht, dass er Johansson gefährdet. In die Kapelle hat man leichten Zugang.«

»Du hast doch gesagt, dass Grön vor Johansson hergekommen ist?«

»Grön kam zuerst, dann Suokas und Johansson.«

Raid packte Manner am Ärmel.

»In die Kapelle, aber schnell!«

Grön hatte bereits ein paar Vorkehrungen getroffen, als der Wärter Johansson in die Kapelle führte. Grön hatte den Kassettenrekorder auf einem kleinen Tisch bereitgestellt und die passende Musik ausgewählt. Jetzt suchte er noch die geeigneten Bibelstellen heraus und notierte sie auf einem kleinen Zettel. Er wusste, dass die falschen Worte Johansson, der scheu wie ein Nachtvogel war, erschrecken könnten.

»Setz dich, ich lese nur eben eine besonders schöne Bibelstelle. Ich möchte sie gerade dir, lieber Freund, vorlesen.«

Johansson setzte sich ans Ende einer Bank und sah sich um. Er war zum ersten Mal in der Kapelle, wusste aber trotzdem, wo er suchen musste. Er hatte genaue Anweisungen erhalten.

Die Plastikflasche befand sich in dem Blecheimer, der zwischen Wand und Besuchertisch stand. In dem Eimer steckte außerdem der Mopp.

Grön besann sich auf die Musik und stellte den Rekorder an. Er hatte geistliche Klassiker gewählt.

*Tut mir auf die schöne Pforte ...*

Er hörte Johansson mit irgendetwas klappern und drehte sich um. Johansson hatte den Putzeimer auf die Bank gestellt und leerte gerade die Flasche mit dem Reinigungsmittel darin aus.

»Was ist denn ...«

Die Flasche war leer, Johansson stellte den Eimer auf den Fußboden und machte sich daran, die schwere Bank vor die Tür zu schieben. Er strengte seine ganze Kraft an, und die Bank bewegte sich. Johansson holte tief Luft und nahm den Eimer.

»Ist etwas nicht in Ordnung? Hier brauchst du keine Angst zu haben ...«

Johansson hob den Eimer hoch und goss ihn über sich aus. Mindestens ein Liter Flüssigkeit rann in seine Haare, auf sein Hemd und seine Hose. Grön schnupperte und erkannte den Geruch.

»Benzin!«

Johansson holte eine Schachtel Streichhölzer aus der Tasche und öffnete sie. Seine dünnen Finger liebkosten die Hölzchen.

»Aber nicht doch, mein Junge, gib deinem Bruder die Gelegenheit …«

Grön sah Johansson wie verzaubert an, denn in dessen Bewegungen lagen zum ersten Mal Kraft und Sicherheit.

»Brenne Feuer, sprühe Feuer, leuchte und wärme …«

Johansson fand das richtige Hölzchen und nahm es zwischen Zeige- und Mittelfinger.

Grön spürte, wie ihn die Angst ansprang, aber er verscheuchte sie. Er zwang sich zur Ruhe und fragte: »Warum? Wir sind doch Freunde.«

»Du bist kein Freund! Freunde helfen, aber du willst uns Böses. Du willst, dass Vater ins Gefängnis kommt.«

»Luotola ist nicht dein Vater.«

»Alle haben einen Vater. Ich habe Vater versprochen, ihm zu helfen. Er ist nicht immer sehr nett, aber manchmal ist er es doch, und deshalb habe ich ihm Hilfe versprochen, als er mich darum bat, ich und der Megamann. Er hat gesagt, dass wir uns danach immer gut vertragen.«

Johansson kam näher und hielt das Streichholz an die Schachtel.

»Megamann, Megamann, brenne Feuer, sprühe Feuer, leuchte und wärme.«

Johansson riss das Streichholz an und führte es an seine Brust. Das vergaste Benzin flammte auf, noch bevor das Streichholz auf das Hemd traf. Die Flammen stiegen sofort nach oben und Johanssons Gesicht verschwand hinter ihrem gelben Vorhang.

Er lief zu Grön und es gelang ihm, dessen Hand zu fassen. Johanssons Hände brannten bereits und Grön spürte, wie die Hitze seine Hand versengte. Er versuchte sich loszumachen, aber Johansson hielt beharrlich fest. Johansson streckte auch die andere Hand aus, um Grön in seine Umarmung zu ziehen.

*Ich bin, Herr, zu dir gekommen …*

Grön hörte, wie jemand die Tür der Kapelle eintrat und

hereinstürmte. Dann griffen Hände nach ihm und rissen ihn von Johansson los.

Er erkannte Raid und dann sah er Manner, der versuchte, das Feuer an Johanssons Körper mit seiner Jacke zu löschen. Raid eilte ihm zu Hilfe und wickelte ebenfalls seine Jacke um Johansson. Der sank zu Boden und Raid und Manner konnten die Flammen ersticken.

Johansson lag in Embryonalstellung da, die Hände zwischen den Knien. Rauch stieg aus seiner Kleidung und seinen Haaren auf, sein Gesicht war schwarz.

»Ich musste Vater retten …«

Manner hockte sich nieder und nahm Johanssons verbrannten Kopf in seine Arme. Johanssons Zähne wirkten schneeweiß inmitten der schwarzen Haut. Grön setzte sich auf eine Bank und fing an zu weinen.

»Wer weint da?«, fragte Johansson. »Nicht weinen, bald kommt Vater …«

*Rede, Herr, so will ich hören, und dein Wille geschehe …*

Auch Manner weinte, leise und mit ausdruckslosem Gesicht. Dann sah er Raid bittend an.

Johansson sprach so leise, dass es kaum zu hören war.

»Netten Menschen passieren nette …«

Raid schlang seinen rechten Arm um Johanssons Kopf. Er sah Manner an. Der nickte. Johansson öffnete die Augen und sah etwas, das die anderen nicht sahen.

»Kleiner Junge …, mit den Schwefelhölzern …«

Raid drehte Johanssons Kopf, bis der Nacken ein knackendes Geräusch machte. Manner nahm ihn wieder in seine Arme und schloss ihm die Augen.

## 24.

Yrjöläs Büro wirkte ausnahmsweise gemütlich, denn draußen regnete und stürmte es. Außer dem Direktor waren Jansson, Susisaari, Huusko und Manner anwesend. Alle Blicke waren erwartungsvoll auf Manner gerichtet.

»Johansson war der Sohn meiner Schwester, ich war also sein Onkel«, sagte Manner. »Ich lebte in Schweden, als meine Schwester starb und der Junge ins Kinderheim gesteckt wurde ... Ich war der einzige Verwandte und man bat mich, die Vormundschaft für den Jungen zu übernehmen. Ich hatte zu meiner Schwester nach ihrer Scheidung keinen Kontakt mehr, und so betrachtete ich es als meine Pflicht, der Bitte nachzukommen, auch wenn ich wusste, was mit dem Jungen los war.«

»Du warst der Eigentümer des Grundstücks«, sagte Jansson.

»Das war eigentlich meine einzige praktische Pflicht. Als der Junge volljährig war, musste er allein zurechtkommen, aber derlei Dinge hätten ihn überfordert. Wir vereinbarten, dass das Haus weiter auf meinen Namen läuft, dass er aber frei darüber verfügen kann. Ich habe mich in keiner Weise eingemischt ...«

»Bist du wegen des Jungen nach Finnland gekommen?«, fragte Yrjölä.

»Es war mit ein Grund. Der Junge hatte bald allerlei Schwierigkeiten, er brach den Armeedienst ab, dann kamen das Jugendgefängnis und andere Probleme ... Ich war ja mehr als zehn Jahre in Schweden als Gefängniswärter tätig gewesen ... Ich erkundigte mich also nach freien Stellen in Finnland und fand eine in Hämeenlinna, später kam ich dann hierher. So konnte ich den Jungen wenigstens einigermaßen im Auge haben und ihm beistehen ...«

»Du hast Raid hergeholt?«, fragte Jansson.

»Ja, das habe ich getan.«

»Warum?«

»Ich dachte, dass er am besten helfen kann. Wir hatten uns kennen gelernt, als ich Wärter in Schweden war, er saß damals zum ersten Mal ein, und es war sehr hart für ihn, ich versuchte ihm zu helfen, so gut ich konnte ...«

»Machtest du dir Sorgen um Johansson?«, fragte Yrjölä mit sanfter Stimme.

»Mein Neffe erzählte, dass er von Luotola einiges wusste und Angst vor ihm hatte ... Ich war überzeugt, dass Luotola etwas unternehmen wird, aber ich ahnte nicht, dass er außer dem Jungen auch Grön umbringen will. Jetzt scheint es mir selbstverständlich …«

»Glaubst du, dass Luotola das alles geplant hat, also auch Johanssons Behauptungen, derentwegen er in die Sicherheitsabteilung verlegt wurde?«, fragte Sanna Susisaari.

»Es muss so sein, denn mein Neffe hätte sich so etwas nicht allein ausgedacht. Er hat nur wiederholt, was Luotola ihm aufgetragen hatte. Das Wichtigste war, dass er in Gröns Nähe kam. Mein Neffe hat Luotola von klein auf bewundert. Er war mit seiner Mutter oft auf Luotolas Landgut und suchte stets seine Gesellschaft. Luotola fuhr ihn manchmal mit dem Traktor umher. Er wusste genau, was bei einem Jungen, der sich zeitlebens nach seinem Vater gesehnt hat, gut ankommt, und das nutzte er schamlos aus. Er hat meinem Neffen eingeredet, dass Grön der Böse war, der alles Vertraute und Sichere zerstören wollte …«

»Woher hatte Johansson das Benzin?«, fragte Huusko.

Yrjölä richtete sich auf.

»Das ist untersucht worden, und wie es scheint, hat Suokas das Benzin mithilfe des Kalfaktors dorthin geschafft. Offenbar war es seine Aufgabe, dafür zu sorgen, dass Johansson aktiv werden konnte. Woher Suokas das Benzin hatte, ist noch nicht klar, aber Möglichkeiten gibt es viele, vielleicht aus der Werkstatt, aus dem Rasenmäher …«

»Das Schlimmste ist, dass Luotolas Anteil an der Sache schwer zu beweisen sein wird«, sagte Jansson.

»Nicht unbedingt«, sagte Manner.

Alle sahen ihn an.

»Ihr müsst zu einer bestimmten Stelle fahren.«

## 25.

Von Johanssons Elternhaus gab es nur noch den geschwärzten Steinsockel, das Betonfundament des Ofens und des Schornsteins und ein paar verkohlte Bretterstücke, die zwischen Sträuchern im Gras lagen. Das Haus befand sich ungefähr in dem Zustand, in dem es die örtliche freiwillige Feuerwehr nach dem Löschen des Brandes zurückgelassen hatte.

Die größten Veränderungen waren jene, die das Wetter und die Natur verursacht hatten. Obwohl der Pflanzenbewuchs zwischendurch gerodet worden war, wucherten aus der Ruine ein Birkenschößling von zwei Metern Höhe, außerdem üppige Büschel von Brennnesseln und Weidenröschen. Es regnete leise und Huusko spürte, wie ihm das nasse lange Gras die Hosenbeine der Jeans benetzte. Als Nächstes würde die Feuchtigkeit durch seine Schuhsohlen dringen.

Sanna Susisaari war besser ausgerüstet. Sie trug kurzschäftige Stiefel und einen langen leuchtend gelben Regenmantel. Ihre Voraussicht ärgerte Huusko. Susisaari war wie eine umsichtige Mutter, die stets wusste, welche Kleidung für ihr Kind jeweils passend war.

Die beiden umrundeten das Haus. Huusko entdeckte auf dem Boden eine rostige Blechbüchse, er bückte sich, um sie näher zu betrachten, und trat mit dem Fuß dagegen. Die Büchse rollte klappernd an den Sockel des Hauses.

»Eins zu null.«

Auf die verfallenen Betonstufen hatte jemand ein radloses Spielzeugauto aus Plastik gestellt. Die einst rote Farbe war unter den Einflüssen von Sonne und Wetter verblasst, übrig geblieben war nur fahles Grau.

Huusko und Susisaari betrachteten das Auto und beide dachten dasselbe: Johansson hatte vielleicht damit gespielt, ehe das Haus zu Asche verbrannt war und mit ihm die Mutter und die unschuldige Kindheit.

»Er hätte lieber nur mit Spielzeug und nicht mit Streichhölzern spielen sollen«, sagte Huusko.

Sanna Susisaari konnte sich nicht so schnell von den Assoziationen lösen, die das Spielzeugauto hervorgerufen hatte. Sie stellte sich vor, wie der kleine Johansson glücklich lachend über den Hof lief, in der Hand das leuchtend rote Auto.

Huusko nahm das Spielzeug auf und betrachtete es näher.

»Es muss nicht unbedingt von Johansson stammen. Vielleicht hat es irgendein Junge beim Äpfelklauen verloren.«

»Es ist Johanssons«, sagte Sanna Susisaari mit seltsamer Gewissheit.

»Kann sein«, bestätigte Huusko. Er stellte das Auto wieder an seinen Platz und ging weiter.

An der Südseite der Ruine standen fünf Apfelbäume und ein fast vertrockneter Pflaumenbaum. Die Äpfel, die an den Zweigen hingen, waren klein und schrumpelig. Das Grundstück fiel in südliche Richtung sanft ab und mündete in einen schmalen Sandweg. Jenseits des Weges begann ein stoppeliges Feld und dahinter stand ein großes herrschaftliches Landhaus. In unmittelbarer Nähe des Hauses fuhr ein blauer Traktor über das Feld.

In der nördlichen Ecke des Grundstücks wuchsen große Fliederbüsche, und zwischen ihnen stand eine kleine fahlrote Blockhütte. Sie hatte weiße Fensterrahmen und einen Rauchabzug aus Blech. Ein überwucherter Pfad führte zum Eingang.

Huusko und Susisaari gingen zu der Hütte. Die Fliederbüsche waren seit Jahren nicht beschnitten worden und verdeckten sie fast. Huusko versuchte den nassen Zweigen auszuweichen und schlängelte sich zur Tür durch. Sie hatte zwei Schlösser, ein altes, das grob gefertigt und ins Holz eingelassen war, und darüber ein Riegel mit einem Vorhängeschloss.

Huusko spähte durchs Fenster, sah aber durch den Gardinenspalt nur Dunkelheit.

»Im Auto sind eine Axt und eine Brechstange«, sagte er.

»Willst du etwa in die Hütte einbrechen?«

»Warum nicht? Wir sind doch nicht umsonst extra hier rausgefahren.«

»Wir könnten erst mal versuchen, Schlüssel zu besorgen.«

»Mach eine einfache Angelegenheit nicht so kompliziert.«

Huusko watete durch das Gras zum Auto zurück. Die Brechstange von einem halben Meter Länge gehörte nicht zur Standardausrüstung, aber Huusko hatte sich darauf vorbereitet, dass man versuchen würde, ihm Hindernisse in den Weg zu legen.

Er bemerkte, dass der Traktor, der auf dem Feld herumfuhr, näher gekommen war. Er schob die Brechstange unter den Bügel des Vorhängeschlosses und drückte kräftig. Das Metall war stark gehärtet und brach knackend. Huusko schlug gegen das Schloss und es fiel zu Boden.

Er rüttelte an der Tür, aber sie ließ sich noch nicht öffnen, da war noch das zweite Schloss.

Huusko holte ein Universalwerkzeug aus der Tasche und klappte das Messer heraus. Er stocherte damit im Schloss herum, um die Falle anzuheben, aber sie bewegte sich nicht.

»Das einfachste Mittel ist das beste.«

Er schob das gebogene Ende der Brechstange unter den Schnäpper und schlug mit der Rückseite der Axt gegen das andere Ende. Die Spitze bohrte sich zwischen Tür und Pfosten. Er schlug noch zwei Mal zu.

»Und jetzt mit roher Gewalt.«

Er drückte so kräftig zu, dass ein großer Streifen aus der Tür brach. Er setzte die Brechstange noch einmal an derselben Stelle an und drückte erneut. Diesmal sprang die Tür auf.

Huusko trat ein und zog die Gardinen am Fenster zurück. Die Hütte bestand nur aus einem einzigen Raum. An der anderen Seite war ein zweites Fenster und Huusko zog dort ebenfalls die Gardinen auf. Obwohl das Fenster fast ganz von Sträuchern zugewachsen war, drang genügend Licht ein, sodass man drinnen gut sehen konnte.

Auch Sanna Susisaari kam herein.

»Richtig gemütlich.«

Der Raum war etwa vier Meter lang und drei Meter breit. An einer Wand stand ein gusseiserner Holzherd und daneben ein Spankorb mit Brennholz. Die Einrichtung wirkte spartanisch. Es gab einen Tisch, auf dem ein Stapel Comics lag, und eine flache Liege mit Bettzeug. Am Kopfende der Liege stand eine Kommode und oben drauf ein aus

Streichhölzern zusammengesetztes, etwa einen halben Meter hohes Modell des Turkuer Schlosses.

»Hier hat jemand gewohnt.«

Huusko nahm eines der Comics zur Hand und blätterte darin.

»Und wer wohl?«

Er hielt das Heft hoch.

*»Spiderman.«*

Er nahm ein paar weitere Hefte vom Stapel.

»*Superman* und der *Sohn des Superman.* Nur grünes Kryptonit kann ihnen etwas anhaben.«

Er sah auf der Rückseite nach und fand den Namen des Abonnenten.

»Ralf Johansson.«

Huusko rüttelte an der Kommodenschublade, sie war verschlossen. Er benutzte wieder die Brechstange und öffnete sie. Sanna Susisaari trat näher. In der Schublade lag nur ein schwarzes Fotoalbum, Huusko nahm es heraus und schlug es auf.

»Fotos.«

Sanna Susisaari beugte sich neugierig vor.

Es waren Schwarz-Weiß-Fotos, aufgenommen vor mindestens dreißig Jahren.

Eines der Fotos zeigte einen jüngeren Mann, der einen kleinen Jungen in Badehosen auf den Schultern trug. Der Junge hatte die Arme um den Hals des Mannes geschlungen und lächelte glücklich.

Auf einem anderen Foto schob eine junge Frau eine altmodische Sportkarre, darin saß ein zweijähriger Junge. Und auf einem dritten Foto lenkte ein Mann einen Traktor, zwischen seinen Knien stand ein etwa sechsjähriger Junge, der das Lenkrad festhielt.

Nur die ersten Seiten enthielten Fotos. Auf allen war derselbe Junge zu sehen, und manchmal auch der Mann oder die Frau, aber nie alle drei zusammen.

»Span-Johansson als Kind«, sagte Huusko. »Er sieht fast normal aus.«

Huusko warf das Album auf den Tisch und begann mit der Suche.

Sie durchforschten jeden Winkel, fanden aber nichts Interessantes. Huusko ging nach draußen und bückte sich, um unter der Hütte nachzusehen. Die Hütte war auf einem Erdwall errichtet und hatte ein geschlossenes Fundament.

»Falls das Zeug hier ist, muss es drinnen liegen.«

Huusko setzte sich auf den Stuhl am Fenster und sah sich eine Weile um.

»Wollen wir Verstärkung rufen?«, fragte Sanna Susisaari.

Huusko schüttelte nachdenklich den Kopf. Plötzlich stand er auf, trat an die Kommode und nahm das Modell des Turkuer Schlosses herunter. Es stand auf einer Spanplatte und war sorgfältig befestigt. Huusko schüttelte das Modell.

»Irgendwas ist da drin.«

Er untersuchte die Bodenplatte und fand vier kleine Schrauben. Er löste sie mit seinem Universalwerkzeug. Die Bodenplatte fiel herunter und mit ihr drei dicke Hefte und mehrere maschinengeschriebene Seiten.

Huusko trug den ganzen Inhalt zum Tisch und setzte sich. Sanna Susisaari stellte sich hinter ihn.

»Sieh nach«, forderte sie.

»Dräng nicht.«

Huusko versuchte locker zu wirken, aber Sanna Susisaari sah, dass auch er aufgeregt war.

Er löste das Gummiband, das die Hefte zusammenhielt. Es sprang ihm aus der Hand und flog mehrere Meter weit.

Es waren Buchführungshefte. Huusko öffnete das erste. Die Spalten waren professionell und sauber ausgefüllt. Huusko blätterte die Seiten durch, das Heft war fast voll. Offenbar enthielt es die Jahresbuchhaltung irgendeiner Firma.

»Hoffentlich ist es das, wonach es aussieht.«

Huusko nahm sich die losen Seiten vor, die unter den Heften lagen, und las die erste.

»Dies ist auf jeden Fall das, wonach es aussieht. Luotolas Anweisungen für Geldüberweisungen ins Ausland und die dazugehörigen Kontonummern.«

»Johansson muss das Material von Luotolas Buchhalter bekommen haben«, sagte Sanna Susisaari.

Huusko nickte.

»Und das bedeutet, dass er auch die Sommerhütte angezündet hat.«

Jemand klopfte an den Türrahmen, Huusko und Sanna Susisaari fuhren auf.

In der Tür stand ein etwa sechzigjähriger Mann in senfgelbem Overall und mit Schirmmütze.

»Was ist hier los?«, fragte er streng.

Huusko zeigte seinen Dienstausweis.

»Kriminalpolizei Helsinki.«

»Eine Polizeiaktion also?«

»Ja.«

»Ich hatte schon gehört, dass der Johansson in Schwierigkeiten steckt.«

»Wann war er zuletzt hier?«

»Das ist mindestens zwei Monate her.«

»Kam er oft?«

»Hin und wieder, hauptsächlich an den Wochenenden. Im Winter weniger, weil es sich dann mit dem Moped schlecht fährt.«

»Benutzte er ein Moped?«

»Ja. Ein Auto hatte er nicht. Man kann auch den Linienbus nehmen, aber vom Dorf sind es dann noch fast fünf Kilometer bis hierher.«

Huusko nahm die Hefte an sich, die losen Schreibmaschinenseiten schob er dazwischen. Draußen regnete es immer noch, und so steckte er den Stapel unter seine Jacke.

»Was hat der Junge getan?«

»Die Untersuchungen stehen erst am Anfang.«

»Er war ja geistig immer ein bisschen zurückgeblieben, aber er ist kein schlechter Kerl …, mal abgesehen davon, dass er das Haus angezündet hat. Aber weil seine Mutter nun mal so und nicht anders war, konnte man das irgendwie fast verstehen.«

Der Mann begleitete sie bis zum Auto. Sein Traktor stand

am Feldrand. Der Mann zeigte keine Eile, er war sichtlich neugierig.

Huusko blickte zu dem herrschaftlichen Anwesen jenseits des Feldes.

»Ihres?«

Der Mann lachte.

»Nein, auch ich bin bloß ein Knecht.«

»Und wessen?«

»Das Gut gehört der Familie Luotola. Ich erledige für den Eigentümer die praktische Arbeit, bin als eine Art Verwalter angestellt.«

»Rainer Luotola?«

»Und seiner Schwester. Es ist ihr Elternhaus, allerdings wohnen sie schon längst nicht mehr hier.«

»Das heißt, Johansson und Luotola sind alte Nachbarn«, sagte Sanna Susisaari.

»Diese Parzelle ist in den Fünfzigerjahren von Luotolas Ländereien abgeteilt worden. Johanssons Großvater war Knecht auf dem Gut.«

»Unser Johansson ist also Luotolas Knecht in der dritten Generation?«

»Auch seine Mutter hat manchmal auf dem Hauptgut gearbeitet. Damals war dort noch mehr zu tun, es gab Kühe und anderes Vieh.«

»Was geschah mit dieser Parzelle, als die Mutter bei dem Brand umkam?«

»Sie lag über Jahre brach und verkam, dann wurde für Johansson ein Vormund eingesetzt, es war ein Verwandter, der damals in Schweden lebte und daraufhin wieder nach Finnland kam. Er sorgte dafür, dass der Pflanzenbewuchs gerodet und die Hütte halbwegs in Stand gehalten wurde.«

»Das heißt, das Grundstück läuft auf seinen Namen?«

»Ja, der Junge wäre mit diesen praktischen Dingen nicht klargekommen. Ich fand die Lösung richtig, der Verwandte kümmerte sich um alles und ließ den Jungen ansonsten tun, was er wollte.«

»Kommt der Verwandte manchmal her?«

»Zuletzt war er vor ein paar Wochen hier.«

Als sie im Auto saßen, drehte Huusko die Heizung auf.

»Jetzt nach Hause, aber schnell, die Kälte macht einen sonst ganz steif.«

## 26.

Eine Gruppe von etwa zehn japanischen Touristen starrte auf das Trio, das in die Abflughalle geeilt kam. Zwei Touristen hoben ihre Kameras. Aus der Richtung der Objektive schloss Huusko, dass ihr besonderes Interesse Kempas galt.

Kempas trug einen Nadelstreifenanzug, der vom Beginn der Siebzigerjahre stammte, dazu einen schwarzen Hut mit schmaler Krempe und spitze, glänzende Schuhe.

Das Interesse der Japaner begründete sich nicht allein auf Kempas' Kleidung. Gerade eben hatte er eine Mark auf dem Fußboden entdeckt und die Münze aufgehoben. Dabei hatte sich sein Jackett geöffnet, und die Waffe, die er am Gürtel trug, war sichtbar geworden. Einer der Japaner hatte sie entdeckt, und ein paar kurze, abgehackte Worte hatten die Kunde in der ganzen Gruppe verbreitet.

Kempas bemerkte die ängstliche Verwirrung der Japaner, er zückte seinen Dienstausweis, hielt ihn hoch und sagte: »*Criminalpolis!*«

Als sich alle wieder beruhigt hatten, stellte sich der mutigste Japaner neben Kempas und ließ sich mit ihm fotografieren. Das Beispiel machte Schule. Zwei Mädchen gelang es sogar, sich Arm in Arm mit ihm ablichten zu lassen.

Huusko und Susisaari standen abseits und beobachteten das Geschehen, bis die Japaner Kempas freigaben.

»Seltsames Volk, diese Burschen aus Nippon«, sagte er, sichtlich geschmeichelt durch die Aufmerksamkeit, die ihm zuteil geworden war.

Der Finnair-Flug nach Malaga wurde fast am nördlichsten Ende der Halle abgefertigt. Bis zum Start waren noch mehr als vierzig Minuten Zeit.

Huusko und Kempas inspizierten den Bereich, fanden aber nicht, was sie suchten. Sanna Susisaari untersuchte inzwischen die hinterste Nische der Halle. Sie kam zurück und traf auf die Männer.

»Ich sehe ihn nirgends.«

»Er muss aber hier sein.«

Kempas versuchte Sicherheit in seine Stimme zu legen, doch es gelang ihm nicht ganz.

Huusko spähte umher, sein Blick fiel auf das Obergeschoss.

»Ich checke das Restaurant.«

Er stieg die Treppe hoch, und Susisaari und Kempas warteten unten.

Am Eingang blieb Huusko stehen und nickte.

»Man speist«, sagte Kempas.

Luotola saß mitten im Restaurant, vor sich eine Pizzahälfte und ein Glas Bier. Er bemerkte die Ankömmlinge erst, als sie neben ihm stehenblieben.

»*Quattro stagione?*«, fragte Huusko.

Luotola blieb gelassen.

»Setzt euch, ich lade euch ein.«

»Das schaffst du nicht mehr«, sagte Kempas.

Luotola sah auf seine Uhr, die so viel gekostet hatte, wie Huusko in einem halben Jahr verdiente.

»Es ist ja noch Zeit.«

»Zeit wofür?«, fragte Huusko.

»Bis zum Start der Maschine.«

»Wir sprechen von zwei verschiedenen Dingen. Du startest nicht mit der Maschine, sondern mit uns, und wir haben es eilig.«

»Ihr glaubt hoffentlich nicht an das Gerede von dem Schwachkopf.«

»Wen meinst du?«

»Johansson.«

»Johansson ist tot.«

»Tot? Wie ist das passiert?«

»Er hat sich selbst angezündet.«

Luotola versuchte mitfühlend zu wirken.

»Das Feuer war für ihn eine Zwangsvorstellung.«

Kempas winkte die Kellnerin heran.

»Hätten Sie vielleicht etwas zum Einpacken? Der Herr nimmt den Rest seiner Pizza mit.«

Luotola errötete.

»Keinesfalls.«

»Im Gefängnis ist die Verpflegung schlecht«, erinnerte Huusko ihn.

»Hat er bezahlt?«, fragte Kempas.

»Nein.«

»Dann bringen Sie die Rechnung.«

Luotola schlug mit der Faust auf den Tisch.

»Schluss mit dem Theater! Worum geht es hier?«

»Das erfährst du, wenn wir in Pasila sind.«

»Ich fahre in kein verdammtes Pasila!«

»Soll das heißen, du machst uns die Freude, dich wegen Widerstandes gegen die Staatsgewalt anklagen zu dürfen?«, fragte Kempas.

Luotola holte sein Handy aus der Jackentasche und tippte eine kurze Nummernfolge ein. Huusko ahnte, welche es war.

»Verbinden Sie mich mit der Polizeidirektorin Hakala, es ist dringend! – Dann lecken Sie mich doch!«

Er stand auf und verlegte sich auf Kempas.

»Trägst du hierfür die Verantwortung?«

»Wofür?«

»Für eine grundlose Festnahme.«

»Gern.«

Luotola warf einen Hunderter auf den Tisch und nahm seine Flugtasche.

»Du kriegst eine Menge Ärger.«

»Es wäre nicht das erste Mal.«

Die japanischen Touristen waren immer noch da, und als sie Luotola sahen, begriffen sie sofort, worum es ging. Die Kameras wurden startklar gemacht. Luotola schlug mit seiner Tasche nach dem frechsten Fotografen.

»Lächeln«, sagte Huusko.

Sanna Susisaari fuhr, Kempas und Huusko saßen auf der Rückbank, Luotola zwischen sich.

»Rat mal, was mir Spaß macht«, sagte Kempas.

Luotola antwortete nicht.

»Die Tatsache, dass dumme Polizisten einen so genialen Kerl geschnappt haben.«

»Du brauchst nicht zufällig einen Hausmeister für die Zeit, die du im Knast sitzt, so für zwölf Jahre?«, fragte Huusko. »Eine vornehme Villa wie deine lockt Kriminelle an.«

»Es kann natürlich sein, dass du gar nicht so genial bist, wie du glaubst. Die andere Alternative wäre, dass wir noch cleverer sind.«

»Ich bin für die zweite Alternative«, sagte Huusko.

Luotola starrte vor sich hin. Er begann zu begreifen, was Huuskos und Kempas' Spötteleien bedeuteten.

»Seid euch eurer Sache nur nicht so verdammt sicher!«

»Um wie viel wollen wir wetten?«

Huusko streckte seine Hand aus. Luotola schlug sie weg.

»Ein kleiner Tipp: Gröns Aussage und Johanssons Unterlagen.«

Kempas schlug ihm auf die Schulter.

»Johansson ist verbrannt, die Papiere nicht.«

Luotola begann das Ausmaß der Katastrophe zu ahnen.

»Man soll zwar nicht schadenfroh sein, aber aus irgendeinem Grund bin ich verdammt froh.«

Kempas' Bekenntnis trug nicht dazu bei, Luotolas Stimmung zu heben.

Es begann zu regnen und Sanna Susisaari schaltete die Scheibenwischer ein.

»Für wie viel verkaufst du deinen BMW?«, fragte Huusko.

»Eine kleine Geldspende an die Sozis oder vielleicht an die Zentrumsleute, die Konservativen, die Christen oder die Grünen könnte helfen.«

Luotola reagierte nicht auf Kempas' Vorschläge, sondern starrte vor sich hin. Die Wolken, die sich hinter der regennassen Windschutzscheibe zeigten, waren von düsterem Grau, genauso düster wie seine Zukunft.

## 27.

Als Jansson um kurz vor sieben zu Huuskos Wohnung hinaufstieg, war die Einweihungsfeier schon in vollem Gange. Lautstarke Musik, Johlen und Lachen waren bis auf den untersten Treppenabsatz zu hören. Jansson hatte bereits im Laufe des Tages bemerkt, dass man sich allgemein für das abendliche Ereignis rüstete. Gleich nach Dienstschluss hatte sich ein Teil der Mitarbeiter in eine nahe gelegene Kneipe verzogen, um offiziell mit dem Feiern zu beginnen.

Jansson war in der Dienststelle geblieben, um Papierkram zu erledigen. Gegen sechs Uhr hatte er in einem Geschäft in der Nähe die ›Kleinigkeit zu essen‹ besorgt, die Huusko in seiner Einladung erwähnt hatte. Jansson wollte nicht durch Protzerei unangenehm auffallen, und so kaufte er fünf Dosen Kartoffelsalat, fünfzig Würstchen und zehn Flaschen Bier, dazu ein paar Baguettes und ein großes Stück Käse.

Die hochprozentigen Getränke hatte er bereits im Laufe des Tages bei *Alko* gekauft. Und als Geschenk sollte Huusko sechs deutsche Biergläser bekommen.

Jansson hatte keine große Lust auf die Feier, aber er wusste, dass er nicht drum herum kam. Wenn er fernbliebe, würde er Huusko damit abgrundtief beleidigen.

Jansson war sich im Voraus so sicher, wie es ein Pessimist nur sein konnte, dass er sich im Laufe des Abends zahlreiche Frotzeleien und bissige Bemerkungen über seine neue Position als Leiter der Abteilung würde anhören müssen.

Außerdem würde er dutzende von Ratschlägen bekommen, wie er die Abteilung leiten, in welche Richtung er sie entwickeln und wie er schon allein aus Solidaritätsgründen den Herren im Ministerium eins auswischen sollte.

Die einen würden ihn mit ihrem Geschimpfe nerven und die anderen damit, dass sie ihm alle fünf Minuten auf die Schulter klopfen und ihm erzählen würden, was für ein prima Kerl er doch war.

Jansson versuchte sämtliche Gedanken, die dem Frohsinn abträglich waren, aus seinem Kopf zu verbannen und stieg mit seinen klappernden Taschen zur ersten Etage hoch. Die Türklingel funktionierte nicht und er musste klopfen. Das Klopfen ging im Lärm unter, beim zweiten Versuch alarmierte er lediglich den Nachbarn, der den Kopf aus der Tür steckte.

Der Mann war um die fünfzig. Er trug ein gestreiftes Hemd und einen legeren Wollpullover. Seine Haare waren lang und zerzaust. Jansson hätte wetten mögen, dass der Mann weichen Drogen nicht abgeneigt war.

»Stimmt es, dass dort wieder ein Polizist eingezogen ist?«, fragte der Mann.

»Leider.«

»Schon der vierte Polizist innerhalb von fünf Jahren. Werdet ihr mit Wohnungen bestochen, oder was ist los?«

»Mögen Sie keine Polizisten?«

»Sie?«

»Ich ertrage sie.«

»Ich habe im Jahre zweiundsiebzig an der Demonstration gegen den Schah von Persien teilgenommen, und damals hat mir ein Polizistenschwein in der grünen Minna mit dem Gummiknüppel auf den Rücken geschlagen. Ich habe an der Stelle riesige Schwellungen gekriegt. Seitdem habe ich kein Vertrauen mehr zu Polizisten.«

»Es gibt auch gute.«

»Die drei vorigen Bewohner der Bude haben mich eher in meiner negativen Auffassung von Polizisten bestärkt. Ich hoffe, dass dieser vierte anders ist, aber ich befürchte Schlimmes ... Aber man soll ja keine Vorurteile haben.«

Drinnen hörte man das Klirren von zerbrechendem Glas.

»Er ist hoffentlich kein Drogenbulle?«

»Nein. Für ihn ist das Leben die schlimmste Droge.«

»Nicht dass ich etwa ...«

Der Mann hatte plötzlich eine Idee.

»Was würde der neue Nachbar sagen, wenn ich mitfeiern würde ..., als alter Nachbar ...«

»Das möchte ich Ihnen nicht empfehlen.«

»Warum nicht?«

»Ich fürchte, es würde Ihre Vorbehalte bestätigen.«

Jansson klopfte erneut, und diesmal wurde geöffnet, ein Mitarbeiter des Branddezernats stand in der Tür. Der Mann war bereits mächtig betrunken.

»Chef im Anmarsch!«, rief er.

Als Jansson eintrat, stolperte der Mann rückwärts und führte symbolisch die Hand an die Mütze.

Jansson trug seine Tüten in die Kochnische. Auf der Spüle stand bereits eine ganze Batterie leerer Flaschen.

In einem großen Kessel schwammen zerplatzte Würstchen in einer fetten Brühe. Auf dem Schneidebrett standen Dosen mit Kartoffelsalat, daneben lagen Käsestücke.

Huusko erschien.

»Willkommen in meiner bescheidenen Hütte.«

Jansson zeigte, was er mitgebracht hatte.

»Das Bier, die Würstchen und der Salat müssen ins Kalte, das andere kann gleich verbraucht werden.«

»Das Einweihungsgeschenk«, sagte er und überreichte Huusko den Karton mit den Biergläsern.

Huusko freute sich.

»Echte deutsche Biergläser! Gerade solche habe ich mir immer gewünscht ..., wir probieren sie gleich aus.«

Er riss den Karton auf, nahm zwei Gläser heraus und spülte sie ab.

Dann holte er zwei Flaschen Bier aus dem Kühlschrank und goss die Gläser voll. Der Schaum floss über den Rand und tropfte auf die Spüle.

Er reichte Jansson ein Glas.

»Prost, und auf die neue Wohnung.«

»Prost«, sagte Jansson und stieß mit Huusko an.

Sanna Susisaari kam in die Kochnische.

»Wir testen echte deutsche Biergläser.«

Sanna Susisaari trank Weißwein aus einem Stielglas. Sie holte die geöffnete Flasche aus dem Kühlschrank und schenkte sich nach.

»Ich habe deinen Nachbarn getroffen«, sagte Jansson zu Huusko.

»Den Kiffer?«

»Aus der Wohnung gegenüber.«

»Ich werde ihm eines Tages Rauschgifthunde auf den Hals hetzen.«

»Ein netter Mann, aber er mag keine Polizisten.«

»Wer mag die schon.«

Huusko zog Jansson ins Wohnzimer.

Dort befanden sich mehr als zehn Personen. Die Luft war grau vom Zigarettenrauch, obwohl das Lüftungsfenster geöffnet war.

Huuskos Innenarchitekt hatte seinen Auftrag nicht vollendet. In der Schlafnische stand eine abgenutzte Bettcouch, auf die sich fünf Männer gequetscht hatten. Vor der Couch stand ein schwarzer runder Rauchtisch und in der Ecke die Stereoanlage, darauf ein kleiner Fernseher. Gardinen gab es nicht, und der größte Teil von Huuskos Habe befand sich noch in Pappkartons, die in einer Ecke des Wohnzimmers aufgestapelt waren.

Jansson stand unter der Lampe, einer nackten Glühbirne ohne Schirm, und betrachtete das Zimmer.

»Hübsche Einrichtung. Meine Frau wäre bestimmt dankbar, wenn sie den Namen deines Innenarchitekten erfahren könnte.«

»Er ist sehr gefragt, aber ich werde euch empfehlen.«

Die fünf Männer auf der Couch unterhielten sich über Literatur.

»Ludlum ist der Beste«, sagte einer.

Ein zweiter schwor auf Ed McBain, und der Schlauberger unter ihnen erzählte, dass er alles von John Le Carré gelesen habe.

»Er ist der Einzige, der weiß, wovon er redet … Ist selber Spion gewesen …«

Jansson schaltete auf Durchgang. Sanna Susisaari war ans Fenster getreten. Jansson gesellte sich zu ihr.

»Saure Wochen, frohe Feste.«

Sanna Susisaari lächelte.
»Vorhin haben wir gewettet, ob es dir Spaß macht, Abteilungsleiter zu sein oder nicht.«
»Worauf hast du getippt?«
»Es stand ungefähr fifty-fifty. Ich habe gesagt, dass es dir keinen Spaß macht.«
»Du hast gewonnen.«
»Falls Tuomela arbeitsunfähig wird, bist du der Kandidat Nummer eins.«
»Wer sagt das?«
»Alle.«
»Tuomelas Platz ist nicht leicht auszufüllen.«
»Wenn es einer schafft, dann du.«
»Schön gesagt. Ehe ich herkam, habe ich einen zehnseitigen Vorschlag des Innenministeriums für das Budget des nächsten Jahres gelesen. Es hat mir keinen Spaß gemacht.«
»Man kann die Sache auch andersherum betrachten, nämlich, wenn du den Job nicht nimmst, dann kriegt ihn womöglich ein Holzkopf vom Stile der Hakala.«
»Ein bedenkenswerter Aspekt.«
»Ein Idiot als Kommissar ist das geringere Übel im Vergleich zu einem Idioten als Abteilungsleiter.«
»Ich bin geneigt, ebenso zu denken«, gab Jansson zu.
Er sah sich um.
»Hast du zufällig registriert, dass du die einzige Frau auf diesem niveauvollen Fest bist?«
»Ist mir schon aufgefallen.«
»Ich meine damit, dass es zu späterer Stunde womöglich Probleme gibt.«
»Sollte ich besser gehen, damit die Männer nicht auf dumme Gedanken kommen?«
»Ich bin überzeugt, dass du auf dich aufpassen kannst ...«
»Ich hatte sowieso nicht die Absicht zu bleiben.«
»Ich weiß aus Erfahrung, was alles passieren kann, wenn zehn Männer bis obenhin voll sind. Ich möchte nicht, dass Huusko seine Wohnung verliert, ehe er die Umzugskisten ausgepackt hat.«

Gegen neun Uhr kamen weitere Gäste. Huuskos kleine Toilette wurde auf eine so harte Probe gestellt, dass Jansson fürchtete, das Rohr könnte platzen. Der Zigarettenqualm war bereits so dick, dass man sich fast an ihn anlehnen konnte. Jansson trat ans Fenster und steckte den Kopf hinaus.

Draußen regnete es und die Tropfen prasselten auf seinen kahlen Scheitel. Er genoss die kühlende Wirkung des Regens und die frische Abendluft.

Vor dem Haus stoppte eine grüne Minna, vier Männer stiegen schwankend aus. Sie entdeckten Jansson und winkten ihm zu.

»Ist dort die Fete?«

»Ja, hier.«

Jansson trat vom Fenster zurück.

Huusko kam. Er nahm seine Rolle als Gastgeber ernst und riss sich zusammen, um nüchtern zu bleiben. Er schlug Jansson auf den Rücken.

»Ich habe nochmal Würstchen heiß gemacht, und Kartoffelsalat ist auch noch da, falls du mit diesen bescheidenen Gaben vorlieb nimmst.«

Jansson fischte sich aus dem wild kochenden Wasser zwei Würstchen und füllte sich dazu Salat auf den Teller. Er nahm sich ein Stück Baguette und eine Flasche Bier und stellte sich an die Spüle, um zu essen.

Er setzte absichtlich eine so verschlossene Miene auf, dass man ihn in Ruhe ließ. Nur Sanna Susisaari wagte sich in sein Revier vor.

»Ich glaube, es ist Zeit zu gehen.«

»Ich breche auch bald auf. Wenn der Chef verschwindet, kommt erst die richtige Stimmung auf.«

»Wie du siehst, hast du das Zeug zum Chef.«

»Und du? Du hast versprochen, dich wegen des Lehrgangs schnell zu entscheiden.«

»Ich bin einverstanden.«

Jansson schluckte das letzte Stück Würstchen hinunter und spülte mit Bier nach. Die einfachsten Dinge waren manchmal die besten.

»In der Abteilung gibt es viele, die mehr Dienstjahre aufzuweisen haben«, sagte Sanna Susisaari.

»Zu dem Lehrgang kommt man nicht nur aufgrund der Dienstjahre.«

»Es wird Gerede geben.«

»Das gibt es immer.«

Jansson bemerkte, dass Susisaari ehrlich verwirrt war.

»Ich gehe jetzt. Noch einen schönen Abend«, sagte sie.

»Gleichfalls.«

Jansson beobachtete, wie Huusko sie im Flur anhielt und etwas zu ihr sagte. Sie schüttelte den Kopf, zog die Jacke an und ging. Huusko blieb in der Tür stehen. Nach einer Weile besann er sich und kehrte zu seinen Gästen zurück.

Jansson ging im Zimmer herum und sprach mit diesem und jenem. Die Gruppe auf dem Sofa diskutierte darüber, ob der Hund Lajka das erste lebende Wesen gewesen war, das in den Weltraum geschickt wurde.

»Ein Affe, als Erstes wurde ein Affe raufgeschickt«, sagte einer der Männer.

»Quatsch. Ein Affe sieht dich aus dem Spiegel an, wenn du dir morgens die Zähne putzt. Als Erster war der heldenhafte Hund Laika oben.«

Einer der Männer entdeckte Jansson.

»Jansson entscheidet, er trägt die meisten Knöpfe auf der Schulter. Hund oder Affe?«

»Ich muss zugeben, dass ich es nicht weiß«, sagte Jansson.

Der Mann, der Jansson als Schiedsrichter vorgeschlagen hatte, zückte sein Handy.

»Ich rufe einen Redakteur an, den ich kenne. Er kann uns die Information besorgen.«

Der Mann tippte eine Nummer ein.

»He, hier ist Jokke, du musst mir unbedingt helfen. Wir haben hier eine Wette laufen, wer zuerst ins Weltall raufgeschickt wurde, der Hund Laika oder ein Affe ..., bin bei einem Kumpel auf der Einweihungsparty ...«

Das Ergebnis interessierte Jansson nicht so sehr, dass er extra auf das Ende des Gesprächs gewartet hätte. In der

Küche setzte Huusko gerade eine neue Portion Würstchen auf.

»Ein kluger Chef bricht beizeiten auf, damit seine Leute in Ruhe feiern können.«

»Mir scheint, die Kerle lassen sich sowieso nicht stören ... Außerdem wollen wir nachher noch ausgehen.«

»Ich werde trotzdem aufbrechen.«

Aus dem Wohnzimmer waren lautes Krachen und das Klirren von Glas zu hören. Huusko ging nachsehen.

»Scheiße! Das Ding hat vierzig Mark gekostet ..., es ist fast antik«, schimpfte er.

Jansson warf einen Blick in den Raum. Der Wachtmeister vom Branddezernat, der ihn eingelassen hatte, war auf den Rauchtisch gefallen. Die Tischplatte und die Beine waren zerbrochen. Der Mann lag inmitten von Glasscherben, seine Kollegen halfen ihm hoch. Eine Scherbe hatte ihn ins Gesäß geschnitten, und aus seinem Hosenbein tropfte Blut auf den Fußboden.

»Du hast eine Wunde am Arsch«, sagte jemand.

Der Mann untersuchte die Wunde und bekam blutige Finger. Einer der anderen riss ein langes Stück Haushaltspapier von der Rolle ab und brachte es ihm.

»Da, stopf dir das in die Hose. Gibt es in diesem Haus Pflaster?«

Der verwundete Held zog sich ohne Scheu die Hose herunter. Die halbmondförmige Wunde war etwa zwei Zentimeter lang und schien tief zu sein.

»Die muss mit ein paar Stichen genäht werden.«

»Bestellt eine Ambulanz«, rief jemand.

»Eine Ambulanz, ein heldenhafter Polizist hat sich am Arsch verletzt.«

Es gab allgemeines Gelächter. Der Mann mit der Wunde verstand in dieser Situation keinen Spaß.

»Leckt mich!«

Huusko kam mit einer Packung Pflaster und klebte das Haushaltspapier auf der Wunde fest.

Während die anderen den Vorgang aufmerksam verfolgten, nahm Jansson seine Jacke und verließ unbemerkt die Wohnung.

Draußen regnete es immer noch, aber der Regen war dünn, fast wie Nebel, und die Luft war mild. Die Kirchenuhr zeigte kurz nach elf. Er ging zur Straßenbahnhaltestelle und wartete auf die Linie sechs, die aus der Richtung der Arabia-Werke kam und ins Zentrum fuhr.

In Hakaniemi stieg Jansson in die Metro um.

Als die Metro gebaut worden war, war er einer ihrer heftigsten Gegner gewesen. Das war ein Grund gewesen, weshalb er die Untersuchung des Bestechungsskandals im Zusammenhang mit dem Bau aus nächster Nähe verfolgt hatte. Ein alter Bekannter von ihm hatte an der Spitze der Ermittlungen gestanden und ihn regelmäßig über den letzten Stand der Dinge unterrichtet.

Doch inzwischen genoss Jansson die gleichmäßige und mühelose Fahrt der Metro. Er verspürte fast ein schlechtes Gewissen, dass er sich über ein Verkehrsmittel freute, dessen Bau auf einem unsauberen Geschäft beruhte.

Von der Metrostation war es weniger als ein Kilometer bis zu seinem Haus. Er beschloss, zu Fuß zu gehen.

Unterwegs dachte er über Sanna Susisaaris Bewerbung zum Lehrgang für den gehobenen Dienst nach. Von Susisaari wanderten seine Gedanken zu Huusko. Der war als Polizist erfahrener als sie, aber es war Jansson nicht einmal in den Sinn gekommen, ihn für den Lehrgang vorzuschlagen. Er schätzte Huusko und hielt ihn für einen guten Polizisten, aber zum gehobenen Dienst …

Außerdem war er sich sicher, dass sich Huusko geweigert hätte.

Nein, er war sich keineswegs sicher. Er nahm es nur an, weil es ihm die Sache leichter machte.

Jansson versuchte sich Begründungen zu überlegen, warum er Huusko nicht vorgeschlagen hatte, falls sich herausstellen sollte, dass der doch gern zu dem Lehrgang wollte:

»Du hast nicht das Zeug zum Leiter.«

»Dein Abiturzeugnis war so schlecht.«

»Du benimmst dich nicht wie jemand, der Chef werden möchte. Du verstehst nichts vom hierarchischen Leitungsmodell.«

»Du kleidest dich nicht so, wie es ein künftiger Chef tun sollte. Es gibt auch noch andere Kleidungsstücke als Jeans und Sportjacke.«

»Deine Lebensweise ist nicht die eines künftigen Chefs. Du säufst zu viel, deine Finanzen sind in desolatem Zustand und deine Beziehungen zu Frauen völlig verkorkst.«

»Du bist ein zu guter Ermittler, als dass ich dich zwischen Papieren versauern lasse.«

Jansson schätzte, dass er diese letztere Version benutzen würde, denn sie traf zu. Huusko war ein zu guter Polizist, um ihn durch das Amt des Kommissars zu verderben.

Jansson öffnete seinen Briefkasten und nahm eine kostenlose Zeitung und ein paar Werbeblätter heraus. Er sah, dass im Schlafzimmer noch Licht brannte. Das Fenster stand offen und die Geräusche des Fernsehers waren bis nach draußen zu hören.

Jansson stellte seine Schuhe auf der Veranda ab und warf die Zeitungen auf den Küchentisch. Als er sich ein belegtes Brot machte, kam seine Frau herunter.

»Gab es dort nichts zu essen?«

»Doch, etwas in der Art.«

»Würstchen und Kartoffelsalat?«

»Richtig.«

»War es nett?«

»Was glaubst du?«

»Du wärest nicht so früh gekommen, wenn es nett gewesen wäre.«

»Oder ich bin zu alt, um mit jungen Polizisten zu feiern.«

»Waren denn gar keine jungen Polizistinnen da?«

»Susisaari, aber sie ist zeitig aufgebrochen.«

Seine Frau massierte ihm den Nacken.

»Du bist nicht zu alt, sondern gerade richtig. Wie ist Huuskos Wohnung?«

»Ganz gut.«

»Wahrscheinlich nicht für eine Einrichtungszeitschrift geeignet?«

»Nein.«

»Huusko kann einem irgendwie Leid tun«, sagte seine Frau.

Jansson sah sie überrascht an.

»Ja, er ist schon ziemlich durch den Wind, keine Frau und keine Kinder, kein Fixpunkt und keine Zukunft. Hoffentlich festigt er sich jetzt, da er eine eigene Wohnung hat.«

»Vielleicht findet er eine nette Frau.«

Jansson schluckte den letzten Bissen hinunter und drehte sich zu seiner Frau um.

»Glaubst du, dass Huusko zum Lehrgang für den gehobenen Dienst möchte?«

»Nein, glaube ich nicht.«

»Ich auch nicht.«

»Und Susisaari?«

»Eine gute Wahl.«

Jansson spürte, dass er ruhiger wurde Er beschloss, am nächsten Morgen richtig auszuschlafen.

## 28.

Raid packte seine wenigen Sachen in die Reisetasche und sagte seiner Zelle Lebewohl. Er würde sie nicht vermissen. Sie hatte keine Spuren in ihm hinterlassen und er nicht in ihr.

Manner erwartete ihn auf dem Gang und klimperte mit den Schlüsseln. Er wirkte mehr wie der Portier eines guten Hotels und nicht wie ein Gefängniswärter. Raid klopfte bei Grön an die Tür, und Manner schloss auf. Grön erhob sich von seinem Bett und kam zu ihnen. Raid gab ihm die Bibel zurück.

Grön lächelte und schüttelte den Kopf.

»Du kannst sie behalten«, sagte er.

Raid steckte die Bibel in seine Tasche.

»Du brauchst sie mehr als ich. Tröste dich damit, dass eines Tages die Ersten die Letzten und die Letzten die Ersten sein werden.«

Grön reichte ihm die Hand. Raid drückte sie.

Es schien, als wollte Grön noch etwas sagen. Er behielt es jedoch für sich und nickte nur.

Draußen herrschte windiges und kühles Herbstwetter. Raid ging über den Hof, Manner dicht hinter ihm.

Unmittelbar vor dem Eingang stand ein Kleintransporter mit abgedunkelten Scheiben. Der Wagen gehörte dem Gefängnis, mit ihm wurden im Allgemeinen Häftlinge zum Gericht transportiert. Manner öffnete die Tür und Raid stieg ein.

Manner hielt am Tor in der Vyökatu. Rechts neben dem Tor stand ein kleines rotes Auto, und daran lehnte eine junge, schöne dunkelhaarige Frau. Der Wind, der nach Meer roch, spielte mit ihrem Haar.

Manner drehte sich zu Raid um.

»Ich würde am liebsten etwas sagen, aber in diesen Dingen macht jeder seine eigenen Fehler.«

Raid sah zu Merja hin. Es schien, als spürte sie es, denn sie wandte sich um.

»Du entscheidest«, sagte Manner.

»Fahr weiter.«

Manner zuckte die Achseln und bog nach links ab, hin zum Hafen und dem schäumenden Meer.

Raid sah auf die Uhr. Das Schiff würde in einer Stunde ablegen und ihn mitnehmen. Er wusste nicht, wann, sondern nur, dass er zurückkehren würde.

# Krimis aus den Niederlanden

*Henk Apotheker:* **Ayse ist weg**
Deutsche Erstausgabe ISBN 3-89425-511-0
Arnheim: Im ›Türkenviertel‹ verschwindet ein 4-jähriges Mädchen.
»Apothekers Schreibkunst, die auch eine Heilkunst ist, hat einen lebenswarmen Kern: Es ist das Mitgefühl mit ihren Figuren.« (Die Zeit)
»Henk Apotheker konfrontiert den Leser in seinem Krimi nicht nur mit erschreckenden Geschehnissen, vielmehr erzählt er auch die Geschichte ›seines‹ Arnheims. Darüber hinaus zeichnet er mit ironischer Feder ein zeitgenössisches Sittengemälde seiner Landsleute. Kurz gesagt, ein Krimi, der spannend und deshalb lesenswert ist.« (NRZ)

*Felix Thijssen:* **Cleopatra**
Deutsche Erstausgabe ISBN 3-89425-504-8
Privatdetektiv Max Winter wird in ein Geflecht aus Korruption, Erpressung, Ehebruch und Rache hineingezogen.
»Ein routiniert geschriebener Krimi mit dichter Atmosphäre und gut gezeichneten Charakteren, der bis zur letzten Seite fesselt.« (ekz-Informationsdienst)

*Felix Thijssen:* **Isabelle**
Deutsche Erstausgabe ISBN 3-89425-513-7
Was als romantische Liebesnacht begann, endet als Tragödie: Der Liebhaber der jungen Isabelle wird vor ihren Augen erschossen, sie selbst schwer verletzt. Eine Erbschaft, ein Waisenhaus und eine Adoption bringen Privatdetektiv Max Winter und seine Freundin CyberNel auf eine Spur, die nach Frankreich führt.

*FelixThijssen:* **Tiffany**
Deutsche Erstausgabe ISBN3-89425-520-X
Widerwillig nimmt sichMax Winter der jungen Prostituierten Tiffany an, die er bewußtlos zwischen den Müllsäcken vor seiner Haustür findet. Bald bemerkt er, dass hartnäckig auf seinen Findling Jagd gemacht wird.

*Jac. Toes:* **Auf der Strecke geblieben**
Deutsche Erstausgabe ISBN 3-89425-506-4
Der Anwalt Fred Benter und der Journalist Donald de Wacht kommen einer vertuschten Affäre aus den achtziger Jahren auf die Spur und geraten dabei selbst in Lebensgefahr.
»Subtil die Morde, subtil aber auch die Personen, die letztlich für Aufklärung sorgen.Toes baut dabei Spannung auf, die den Leser fesselt, ihn nicht mehr loslässt.« (Emsdettener Volkszeitung)
»Jac. Toes erzählt mit viel Liebe zum Detail. Sein Krimi ist mit Humor und Ironie gewürzt, auch was die niederländische Heimat des Schriftstellers angeht.« (NRZ)

*Jac. Toes:* **Tief gesunken**
Deutsche Erstausgabe ISBN 3-89425-516-1
In der Arnheimer Mafia rollen Köpfe. Eine Abrechnung unter Kriminellen? Oder hat die Polizei ihre Finger im Spiel? Fred Benter, Donald de Wacht und die Polizistin Yvon Matiber kommen einer Verschwörung auf die Spur, die ihren Ursprung in politischen Ambitionen und verletzter Eitelkeit hat.

**grafit**

# Krimis aus Europas Süden

**Sandrone Dazieri:** ***Ein Gorilla zu viel***
Deutsche Erstausgabe ISBN 3-8425-503-X
Mailand: Eigentlich soll ›Gorilla‹ Sandrone nur verhindern, dass Alices Punkerfreunde die Party der Industriellenfamilie stören. Doch alles läuft aus dem Ruder und am andern Tag ist Alice tot.

**Sandrone Dazieri:** ***Keine Schonzeit für den Gorilla***
Deutsche Erstausgabe ISBN 3-89425-514-5
Cremona/Turin: ›Gorilla‹ Sandrone soll die wahren Hintergründe des Mordes an einem jungen Albaner herausfinden und einen Verleger beschützen, der um sein Leben fürchtet.

**Guillem Frontera:** ***Das Mallorca-Komplott***
Deutsche Erstausgabe ISBN 3-89425-507-2
»Spannung zeichnet den Krimi aus, der Mallorca ganz anders zeigt, als wir es aus den Reiseprospekten oder vom ›Ballermann‹ her kennen.« (Emsdettener Volkszeitung)

**Jorge M. Reverte:** ***Gálvez stößt an Grenzen***
Deutsche Erstausgabe ISBN 3-89425-521-8
Madrid: Journalist Julio Gálvez soll Fremdenführer für eine japanische Kollegin spielen. Ein Handtaschendiebstahl und der Verlust wichtiger Dokumente wecken Gálvez' Spürsinn. Dann tauchen die Leichen zweier marokkanischer Kinder auf und Gálvez bekommt es mit der chinesischen Mafia zu tun.

**Giampiero Rigosi:** ***Nachtbus***
Deutsche Erstausgabe ISBN 3-89425-522-6
Bologna: Die schöne Beischlafdiebin Leila wird von Polizei und Mafia gejagt, weil sie ein kompromittierendes Dokument entwendet hat. Auch der Nachtbusfahrer Francesco will ein neues Leben beginnen ...

**Jacques Vettier:** ***In eigener Sache***
Deutsche Erstausgabe ISBN 3-89425-500-5
Nizza: Die Untersuchungsrichterin Carole Ménani wird beinahe Opfer einer Vergewaltigung. Der Täter macht auch weiter auf sich aufmerksam und zwingt die Juristin, einen alten Fall wieder aufzunehmen.

grafit